迦陵书系

叶嘉莹
说杜甫诗

[加] 叶嘉莹 著

中华书局

图书在版编目（CIP）数据

叶嘉莹说杜甫诗/（加）叶嘉莹著. —北京：中华书局，2024.
10. —（迦陵书系：典藏版）. —ISBN 978-7-101-16768-9

Ⅰ. I207. 22

中国国家版本馆 CIP 数据核字第 2024NE3642 号

书　　名	叶嘉莹说杜甫诗
著　　者	［加］叶嘉莹
丛 书 名	迦陵书系（典藏版）
责任编辑	傅　可
文字编辑	刘德辉
装帧设计	刘　丽
责任印制	陈丽娜
出版发行	中华书局
	（北京市丰台区太平桥西里 38 号　100073）
	http://www.zhbc.com.cn
	E-mail：zhbc@zhbc.com.cn
印　　刷	北京盛通印刷股份有限公司
版　　次	2024 年 10 月第 1 版
	2024 年 10 月第 1 次印刷
规　　格	开本/880×1230 毫米　1/32
	印张 10⅝　插页 2　字数 210 千字
印　　数	1-6000 册
国际书号	ISBN 978-7-101-16768-9
定　　价	56.00 元

出版说明

2006年，叶嘉莹先生写毕"迦陵说诗"系列丛书的序言，连同书稿交给中华书局，开启了与书局的合作，至今已历一十八载。在这十数年间，书局先后出版了《叶嘉莹说汉魏六朝诗》《叶嘉莹说阮籍咏怀诗》《叶嘉莹说唐诗》《叶嘉莹说诗讲稿》《迦陵诗词稿》《迦陵讲赋》等十余部作品。这些作品不仅涵盖了先生的学术专著、教学讲义和她个人的诗词作品，也有先生专门为青少年所写的普及读物，是先生一生的学术造诣、教学生涯、人生体悟的全面展现。这些图书在上市之后行销海内外，深受读者喜爱，重印数十次，并经历数次改版升级。其中，《叶嘉莹说唐诗》后因体量较大，拆分成两部——《叶嘉莹说初盛唐诗》与《叶嘉莹说中晚唐诗》。《迦陵诗词稿》则以中华书局2019年增订版为基础，收入叶先生截至2018年的诗词作品，并经作者本人审定。

今年迎来先生百岁诞辰。在先生的期颐之年，我们特将先生在书局出版的作品汇于一系，全新修订，精益求精，采用布面精装，并将更新后的先生年谱附于《迦陵诗词稿》之后，以期为读者朋友们提供一个更加完善的版本。

《楞严经》中有鸟名为"迦陵"，其仙音可遍十方界，因与"嘉莹"音颇近，故而叶嘉莹先生取之为别号。想必此鸟之仙音在世间的投射，便是叶先生之德音。有幸，最初先生讲述"迦陵说诗"系列的录音我们依然留存，并附于书中，虽因年代久远，部分内容或有残损，且因整理与修订幅度不同，录音与文字并不完全吻合，但今天我们依然能聆听先生教学之音，本身便不失为一大乐事。愿此音永在杏坛之上，将古典诗词感发的、蓬勃的生命力，注入国人心田之中。

中华书局编辑部

2024年8月

原"迦陵说诗"系列序言

　　中华书局最近将出版我的六册讲演集,编为"迦陵说诗"系列,要我写一篇总序。这六册书如果按所讲授的诗歌之时代为顺序,则其先后次第应排列如下:

　　一、《叶嘉莹说汉魏六朝诗》

　　二、《叶嘉莹说阮籍咏怀诗》

　　三、《叶嘉莹说陶渊明饮酒及拟古诗》

　　四、《叶嘉莹说唐诗》

　　五、《好诗共欣赏》

　　六、《叶嘉莹说诗讲稿》

　　这六册书中的第二种及第五种,在1997及1998年先后出版时,我都曾为之写过《前言》,对于讲演之时间、地点与整理讲稿之人的姓名都已做过简单的说明,自然不需在此更为辞费。至于第一种《叶嘉莹说汉魏六朝诗》与第四种《叶嘉莹说唐诗》,现在虽然分别被编为两本书,但其讲演之时地则同出于一源。二者都是二十世纪八十年代中我在加拿大温哥华不列颠哥伦比亚大学讲授古典诗歌时的录音记录,只不过整理成书的年代不同,整理讲稿的人也不同。前者是九十年代中期由天津的三位友人安易、徐晓莉和杨爱娣所整理写定的，后者则是近年始由南开大学硕士班的曾庆雨同学写定的。后者还未曾出版过，而前者则在2000年初已曾由台湾之桂冠图书公司出版，收入在《叶嘉莹作品集》的第二辑《诗词讲录》中，而且是该专辑中的第一册，所以在书前曾写有一篇长序，不仅提及这一册书的成书经过，而且对这一辑内所收录的其他五册讲录也都做了简单的介绍。其中也包括了现在中华书局即将出版的《叶嘉莹说阮籍咏怀诗》和《叶嘉莹说陶渊明饮酒诗》，但却未包括现在所收录的陶渊明的《拟古》诗，那是因为"饮酒"与"拟古"两组诗讲授的时地并不相同，因而整理人及成书的时代也不相同。前者是于1984年及1993年先后在加拿大温哥华的金佛寺与美国加州的万佛城陆续所做的两次讲演，整理录音人则仍是为我整理《叶嘉莹说汉魏六朝诗》的三位友人。因此也曾被桂冠图书公司收入在他们2000年所出版的《叶嘉莹作品集》的《诗词讲录》一辑之中。至于后一种《拟古》诗，则是晚至2003年我在温哥华为岭南长者学院所做的一次系列讲演，而整理讲稿的人则是南开大学博士班的汪梦川同学，所以此一部分陶诗的讲录也未曾出版过。

　　回顾以上所述及的五种讲录，其时代最早的应是二十世纪六十年代中我在台湾为教育电台播讲大学国文时所讲的一组阮籍的"咏怀"诗，这册讲录也是我最早出版的一册《讲录》。至于时代最晚的则应是前所提及的2003年在温哥华所讲的陶渊明的《拟古》诗。综观这五册书所收录的讲演录音，其时间跨度盖已有四十年以上之久，而空间跨度则包括了中国台湾、美国、加拿大及中国大陆四个不同的地区和国家。不过这五册书所收录的讲演却仍都不失为一时、一地的系列讲演，凌乱中仍有一定的系统。至于第六册《叶嘉莹说诗讲稿》则是此一系列讲录中内容最为驳杂的一册书。因为这一册书所收的都是不成系列的分别在不同的时地为不同的学校所做的一次性的个别讲演，当时我大多是奔波于旅途之中，随身既未携带任何参考书籍，而且我又一向不准备讲稿，都是临时拟定一个题目，临时就上台去讲。在这种情况下就不免会出现了不少问题。其一是所讲的内容往往不免有重复之处，其二是我讲演时所引用的一些资料，既完全未经查检，但凭自己之记忆，自不免有许多失误。何况讲演之时地不定，整理讲稿之人的程度不定，而且各地听讲之人的水平也不整齐，所以其内容之驳杂凌乱，自是必然之结果。此次中华书局所拟收录的《叶嘉莹说诗讲稿》原有十三篇之多，计为：

1. 《从中西诗论的结合谈中国古典诗歌的评赏》（这是我二十世纪八十年代初在四川成都所做的一次讲演，由缪元朗整理，讲稿曾被收入在河北教育出版社所出版的《古典诗词讲演集》。）

2. 《从几首诗例谈中国古典诗歌中形象与情意之关系》（这是二十世纪八十年代初我在天津师范大学所做的一次讲演，由徐晓莉整理，讲稿亦曾收入在《古典诗词讲演集》。）

3. 《从形象与情意之关系看三首小诗》（这是1984年在北京经济学院所做的一次讲演，由杨彬整理，讲稿亦曾被收入《古典诗词讲演集》。）

4. 《旧诗的批评与欣赏》（这是我在二十世纪九十年代中在南开大学所做的一次讲演，此稿未曾被收入我的任何文集。）

5.《从比较现代的观点看几首旧诗》(这是二十世纪六十年代中我在台湾大学为"海洋诗社"的同学们所做的一次讲演,讲稿曾被收入台湾桂冠图书公司所出版的《迦陵说诗讲稿》。)

6.《漫谈中国古典诗歌中的感发作用》(这应是二十世纪八十年代末或九十年代初的一次讲演,时地已不能确记,此稿以前未曾出版。)

7.《从中西文论谈赋比兴》(这是2004年在香港城市大学的一次讲演,曾被收入香港城市大学出版之《叶嘉莹说诗谈词》。)

8.《古诗十九首的多义性》(这是2003年在香港城市大学的一次讲演,曾被收入《叶嘉莹说诗谈词》。)

9.《诗歌吟诵的古老传统》(同上。)

10.《杜甫诗在写实中的象喻性》(同上。)

11.《从西方文论看李商隐的几首诗》(这是2001年我在南开大学所做的一次讲演,未曾收入我的任何文集。)

12.《一位晚清诗人的几首落花诗》(这也是2003年在香港城市大学所做的一次讲演,曾被收入《叶嘉莹说诗谈词》。)

13.《阅读视野与诗词评赏》(这是2004年我在一次会议中的发言稿,未曾收入我的任何文集。)

以上十三篇,只从讲演之时地来看,其杂乱之情形已可概见,故其内容自不免有许多重复之处。此次重新编印,曾经做了相当的删节。即如前所列举的第一、第二、第四与第五诸篇,就已经被删定为一篇,题目也改了一个新题,题为"结合中西诗论看几首中国旧诗中的形象与情意之关系";另外第六与第七两篇,也被删节成了一篇，题目也改成了一个新题，题为"从'赋、比、兴'谈诗歌中兴发感动之作用"。我之所以把原来十三篇的内容及出版情况详细列出，又把删节改编之情况与新定的篇题也详细列出，主要是为了向读者做个交代，以便与旧日所出版的篇目做个比对。而这些篇目之所以易于重复，主要盖由于这些讲稿都是在各地所做的一次性的讲演，每次讲演我都首先想把中国诗歌源头的"赋、比、兴"之说介绍给听众，举例时自然也不免谈到形象与情意之关系。而谈到形象与情意之关系时，又不免经常举引大家所熟悉的一些诗例，因此自然难以避免地有了许多重复之处。然而一般而言，我每次讲演都从来没有写过讲稿，所以严格说起来，我每次讲演的内容即使有相近之处，但也从来没有过两篇完全一样的内容。只是举例既有重复，自然应该删节才是。至于其他各篇，如《叶嘉莹说汉魏六朝诗》、《叶嘉莹说唐诗》、《叶嘉莹说阮籍咏怀诗》、《叶嘉莹说陶渊明饮酒及拟古诗》等，则都是自成系列的讲稿，如此当然就不会有重复之处了。

除去重复之缺点外，我在校读中还发现了其中引文往往有失误之处。这一则是因为我的讲演一向不准备讲稿，所有引文都但凭一己的背诵，而背诵有时自不免有失误，此其致误的原因之一。再则这些讲稿都是经由友人根据录音整理出来的，一切记录都依声音写成，而声音往往有时又不够清晰，此其致误的原因之二。三则一般说来，古诗之语言自然与口语有所不同，所以出版时之排印也往往有许多错字，此其致误的原因之三。此次校读中，虽然对以前的诸多错误都曾尽力做了校正，但失误也仍然不免，这是我极感愧疚的。

回首数十年来我一直站立在讲堂上讲授古典诗词，盖皆由于我自幼养成的对于诗词中之感发生命的一种不能自已的深情的共鸣。早在1996年，当河北教育出版社为我出版《迦陵文集》时，在其所收录的《我的诗词道路》一书的《前言》中，我就曾经写有一段话说："在创作的道路上，我未能成为一个很好的诗人，在研究的道路上，我也未能成为一个很好的学者，那是因为我在这两条道路上，都并未能做出全心的投入。至于在教学的道路上，则我纵然也未能成为一个很好的教师，但我却确实为教学的工作投注了我大部分的生命。"关于我一生教学的历程，以及我何以在讲课时开始了录音的记录，则我在1997年天津教育出版社为我出版《阮籍咏怀诗讲录》一书及2000年台湾桂冠图书公司为我出版《诗词讲录》一辑的首册《汉魏六朝诗讲录》一书时都曾先后写过序言，而此两册书现在也都被北京中华书局编入了我的"迦陵说诗"系列之中。序言具在，读者自可参看。回顾我自1945年开始了教书的生涯，至于今日盖已有六十一年之久。如今我已是八十三岁的老人，仍然坚持站在讲台上讲课，未曾停止下来。记得我在1979年第一次回国教书时，曾经写有"书生报国成何计，难忘诗骚李杜魂"两句诗。我现在仍愿以这两句诗作为我的"迦陵说诗"六种之序言的结尾，是诗歌中生生不已的生命使我对诗歌的讲授乐此不疲的。

　　是为序。

叶嘉莹

2006年12月

目　录

导　言

不久之前我们讲完了李白的诗，今天我们开始讲杜甫。而在讲杜甫之前，我们先要将这两位大诗人做一个比较。

讲完李白再讲杜甫，大家就会发现，这两位诗人的作品都是非常富于感发生命的。可是，他们感发的生命不同，感发的作用和效果也不同。我说过，李白是一个不受约束的天才，他的整个生命的表现是他不羁的天才的表现，他是在规范之外的一个天才；杜甫正好相反，他是规范之内的一个天才。李白是难学的，你如果没有李白的天才和理想，就只能够学到他那种狂放的、破坏的缺点，而不能达到他真正的才华和理想的那个高度。只有达到那个高度才配生活在规范之外，否则你根本没有资格去破坏那些规范。李白破坏了规范，可他完成了比本来的规范更为宝贵的东西。如果你不能够完成一个更为宝贵的东西，只是把规范破坏了，那么你只有破坏的罪过，而没有完成的好处，就一无是处了。所以，李白是可以敬仰的，但不见得是可以学习的。

我们不否认，人生来就有才能和资质的不同。以前在"文革"的时代，有一段时间完全否认了天才，这是错误的。可是我还要说：天才是重要的，天才生长的环境也是重要的。因为李白生活在唐朝那个道教盛行的时代，所以曾有学道的向往；如果他生在今天，他的天才可能会有另外的向往，甚至于他可以参加革命，也说不定呢！如果他生在北美洲，他当然不会信奉道教。这很难说，就是说他的天才是不改变的，但这种天才在不同的环境中可能有不同的表现和发挥。

以前讲李白的时候，我先是从总体上介绍了这位诗人，然后才讲他的诗。可是讲杜甫不然，我要先把他的家世简单地介绍一下；至于他以后更详细的生活，我们还要结合他的诗歌来讲。为什么这样呢？你看李白的《远别离》，说"远别离，古有皇英之二女"，写的是舜与娥皇、女英的别离；再看他的《长干行》，说"妾发初覆额，折花门前剧。郎骑竹马来，绕床弄青梅"，写的是长江边上一对相爱的人从小到大的生活和感情，这些诗里所写的都不是他自己。可是杜甫与李白不同，他很多首诗中都反映了他自己的生活以及当时国家的情况，这也是将他的诗冠以"诗史"称号的缘故。

关于李白的家世，我说过，这根本就是一个谜。我们虽然知道他的祖先是从胡地迁移到四川的，可是，如果他的祖先是汉人，最初为什么要到胡地去？李白的父亲叫李客，这等于没有一个固定的名字。纵然他的父亲这一代是中国的血统，可他们在胡地待了这么久，其血统中有没有掺入了一些外族的成分？而他的祖父、曾祖父那些人究竟是做什么事情的？我们已不能详细地考证了，这都是很难确定的。

至于杜甫的家世，我们就很清楚了。杜甫的十三代以前有一位很有名的远祖叫杜预，文武双全，无论学问还是事功，都有相当了不起的成就。从文的方面说起来，如果大家看古代的经书，你会发现十三经里边的《左传》就是杜预做的注解；另外在武功方面，大家还要了解那时的历史。杜预是晋朝人，晋以前三国鼎立，后来魏灭掉蜀，不久，魏的政权又被司马氏篡夺，改国号为晋。最后，晋才消灭了东南的孙吴，而当时率军讨伐东吴的正是杜预。杜甫在诗中常常写到其祖先的这份功业，这是杜甫的远祖，那么他的曾祖呢？他的曾祖名叫杜依艺，曾经做过河南巩县的县令，杜甫就出生在巩县的南窑村。我对那里是比较熟悉的。1983年大陆召开了一次关于杜甫全集汇注的研讨会，会址就在河南巩县①。我应邀参加，参观了南窑村。那里有一座山，山上共有三座山峰，好像一个笔架，被当地人称为笔架山。山下有一座土山，土山的山崖上挖有窑洞。你要了解中国北方人的生活，像陕西、河南的一些地方，很多人都是开窑洞居住的。穷人当然住在很矮小的土窑中，就是很富有的人家，同样是住窑洞的。我也参观了当地所谓地主的那些家庭，他们的窑洞前面是平地，可以配合窑洞盖出一大片房子来。杜甫就出生在南窑村的一个窑洞里。当我走到那里就想：这是杜甫曾经走过的地方。

杜甫的祖父杜审言也是一位诗人。我在讲初唐诗歌的时候，讲过他的《和晋陵陆丞早春游望》，那是一首五言律诗，而杜审言对初唐五言律诗这种体裁的奠定，是有一份贡献的。不但杜审言以文学出名，杜审言的从祖兄杜易简也是以文学出名的。所以杜甫写给他儿子的一首诗中有这么两句：

诗是吾家事，人传世上情。(《宗武生日》)

他说，作诗就是我们家的事情，瞧他有多大的口气！

有时候，家庭的熏习确实对人的成长影响很大。杜甫的家族有

---

①巩县：今河南省巩义市。——编者

中国儒家读书仕宦的传统，可细讲起来，读书仕宦的家庭也有很多不同。有些家庭表面上当然也读书了，不然他怎么参加科举考试？怎么得到仕宦的结果？但某些人的仕宦只是为了利禄而已，而杜甫的家族呢？我要说：他的家族不仅有读书仕宦的文学诗歌传统，而且有一种品格道德的传统。杜甫的外祖母本来是唐朝的宗室，我常常提到屈原，屈原如此忠义，当然一方面是因为他本来就有一种热烈深厚的感情；另一方面，他也是楚国的宗室，而家族的观念对中国人的影响非常深刻。杜甫的外祖母是义阳王李琮的女儿，当年武后想把李氏的天下变成武氏的天下，很多唐朝的宗室获罪被杀，义阳王也没能幸免。当义阳王还在监狱里的时候，差役去他家里捉拿他的儿子。他有两个儿子，哥哥已经长大成人，弟弟还小，那些人只把哥哥带走了，于是弟弟哭泣着说：如果把哥哥放了，他愿意去替死。这样要求的结果是，不但哥哥没有放，连弟弟也被杀死了。所以有人说义阳王的儿子是"死悌"。死忠，是为国家尽忠而死；死孝，是为父母尽孝而死；为兄弟而死就叫"死悌"了。中国古代的男子总是比较重要，义阳王的两个儿子受父亲连累而死，可女儿没有被抓进去，当然那时女儿还很小。义阳王在监狱中还没有被杀之前，探监送饭的就是这个女儿，人们都说这家人是非常孝义的。此外，杜甫在南北朝时有一位叫杜叔毗的先祖，名列在《周书》的《孝义传》中。可见，无论是他父亲的家族还是他母亲的家族，都有一个孝义的传统。

当然，我这么说并不是认为人生下来就已经带了这样那样的血统，像俗话所说的"龙生龙，凤生凤，老鼠生来会打洞"，等等。

最近大陆的作家浩然给我寄来他的小说，写的是一个男孩子，他的生身父亲是地主，在他没有出生前就被斗死了。他的母亲跟一个贫农结了婚，而他就生在贫农家里边。他虽然不曾过一天地主的生活，但长大以后别人总因为他有地主的血统而歧视他，这是很不公平的。我所说的传统，指的是一个人所属的家族、所生长的环境、所接触的人有某种传统，而这种传统对一个人的影响不容忽视。

西方近代文学批评家艾略特曾经写过一篇很有名的文章，题目是《传统与个人才能》，说的就是一个人所生长的环境背景以及此环境背景所结合的传统对个人才能的重要影响。人天生来的才能有不同的类型，人所接触的事物，不管是具体的人事，还是书本中的思想，每个人的兴趣所在以及吸收的能力、方式也都有所不同。即便生长在同样的环境里，甚至同一家庭中的兄弟姐妹，他们所受到影响的方面也都是不同的。

像李白和杜甫，他们的才能就不属于同一类型：李白飞扬，杜甫沉着。李白作为天才是不受拘束的，那么杜甫的天才是什么特色呢？我实在要说，是他的博大、正常、健全、深厚，他完全站在"正"的这一面。用一个比喻：李白是飞上去的天上的一朵云；杜甫是稳稳当当站在地面上的一座山。李白的诗如"白云从空，随风变灭"（《御选唐宋诗醇》卷六），随着风的吹动而变化消逝，他都是跳出来在空中的。可是杜甫呢？如同一座大山一样坚实难移，他这样坚固踏实，你很难将他移动。不仅才性不同，李白和杜甫所生长的环境、家庭的背景也有很大差别。前面说过，李白的家世已无从考证，而杜甫的家族世代都有读书仕宦的传统，这样的家庭对杜甫的影响非常深远。

杜甫在诗歌方面的成就当然与他的成长环境有关。前面提到他的祖父杜审言，我们也曾讲过杜审言《和晋陵陆丞早春游望》这首诗，他这首诗是什么体裁？你一定要注意到，那是一首五言律诗。"云霞出海曙，梅柳渡江春。淑气催黄鸟，晴光转绿蘋"，他对得非常工整。我要说什么？杜甫在老年时讲到他对于诗歌的见解，有这么两句诗：

　　不薄今人爱古人，清词丽句必为邻。（《戏为六绝句》之五）

他为什么说"不薄今人爱古人"呢？因为当时有一种风气，有些人觉得后来人写的那些律诗只讲平仄对偶和风花雪月，不能够表现一种深刻的思想和志意，所以是不好的。谁说这个不好？我们现在回想以前讲过的诗，不是说初唐的陈子昂提倡过复古吗？他认为只注重形式的美丽而内容空洞的诗不好。

李白写过一组古风，一共写了五十九首，第一首表现了他对于文学的见解，其中有两句是这么说的：

　　自从建安来，绮丽不足珍。（《古风五十九首》之一）

"建安"是东汉献帝的年号，那时已经开始有三国分立的形势，不过曹魏还没有篡汉，曹操挟天子以令诸侯，掌握着实权。就在那个时代，曹操、曹丕和曹植都写诗写得很好，可是现在李白说了：自从建安以来的诗歌是"绮丽"的，"绮"就是有文采的样子，大家只注重外表辞采的美丽，他认为这样的诗是没有价值的。

在初唐，五言律诗是刚刚确立的一种新体式，很多有才能的人都来尝试这种体裁，写了很多美丽工整的律诗。像杜审言，还有沈佺期、宋之问这些人都是以律诗写得好而出名的。而陈子昂、李白等人就认为，这些诗只注重辞采，缺乏真正的内容。所以，他们就在内心里给自己划定了一个范围，认为这样的诗不好，那样的诗才好。

我们讲过李白的一首五言律诗，像"晓战随金鼓，宵眠抱玉鞍"（《塞下曲六首》之一）这样的句子对得也很工整，可是你要知道，李白这样的天才属于不羁的类型，他是以不受约束的自由飞扬为美的，如"大江无风，波浪自涌。白云从空，随风变灭"（《御选唐宋诗醇》卷六），他像一只苍鹰，本来在天上自由飞翔，你弄一个小笼子把他装进去，他的翅膀就张不开了；他要想写好，就得把笼子挣破飞出来才可以。所以李白的古诗比律诗写得好，五言律诗偶然有好的作品，但七言律诗大概都写得不好。因为七律比五律每句多两个字，约束就更加严格了。

关于李白的五律，我们讲过他的《塞下曲》的第一首。这首诗不仅写得工整，而且他掌握了可以代表战场特色的几个词语，你一看："晓战""金鼓""宵眠""玉鞍"，这当然是战场了。不但这首诗写得不错，他还有一首写得很好的五言律诗，因为时间关系我们没有讲，当时把它跳过去了，现在请大家看一下，就是他的《夜泊牛渚怀古》：

> 牛渚西江夜，青天无片云。
> 登舟望秋月，空忆谢将军。
> 余亦能高咏，斯人不可闻。
> 明朝挂帆席，枫叶落纷纷。

我们现在讲杜甫在整个唐朝诗歌的历史演进中的重要性，你要取一个历史的观点，知道他真正的成就在哪里。像解析几何那样，从历史上众多的作家、作品中为他找一个坐标点。不仅要从历史的时间上来比较，还要从不同风格的作者的空间上来比较。你一定要有一个通观的整体的看法，才知道他的地位和价值到底在哪里。

"牛渚西江夜"，"牛渚"是什么地方呢？"牛渚"就是牛渚矶，在安徽当涂西北的牛渚山那里。在古代，从江西九江到南京的这段长江被称为西江，安徽当涂附近的牛渚就属于西江的所在。而且你要知道，李白的晚年在当涂度过，他最后死在当涂，最早的诗集也是当涂县令李阳冰替他编辑的。我们都知道杜甫非常关心国家和人民，李白也是如此。以李白这样一个飞扬的天才，他总以为"天生我材必有用"，总希望建立一番事业，可是几次尝试都失败了。这是李白晚年所写的一首诗，他说："牛渚西江夜，青天无片云。"今晚，我来到牛渚山下，看到天空上一片云都没有。

天的高远、月的明亮，才引起人很多的怀想，于是："登舟望秋月，空忆谢将军。"因为他要离开牛渚到别的地方去，所以登上一条船，他说：我登上船，望一望无片云的青天上的明月，想起当年一个姓谢的将军。"谢将军"就是谢尚，他在晋朝的时候被封为安西将军，曾到过牛渚。在牛渚这里，谢尚遇到一个名叫袁宏的有才学的人。那一天，袁宏在船上吟唱他自己的诗，谢尚听到后，认为这个人的诗真好，马上请他出来相见。袁宏一个平民老百姓，竟得到安西将军的欣赏！所以李白说：看到明月，我就怀念起那位既懂得诗又能够欣赏人才的谢将军来了。

"余亦能高咏，斯人不可闻"：我李白作诗难道作得不如袁宏吗？今天有几个人知道袁宏？不知道。可是李白呢？大家都知道。他说：我哪一点不如袁宏？可我没有遇见一个真正能够欣赏我的人。谢尚这样的人怎么就没听到我的吟诗？怎么就没看到我的诗？

"明朝挂帆席，枫叶落纷纷"：明天我就要离开这个地方，这里是袁宏遇到谢尚的地方，是可能有一个欣赏我的人出现的地方，但是我在这里没有遇到这样的人，而明天，我连这里都要离开了。我的前途在哪里？我将要走的是怎样的一条路？"枫叶落纷纷"，是秋天的道路，一路上都是飘零的枫叶……

这是李白很好的一首诗，但我要说的还不是这些。我刚才不是说李白总想打破律诗的樊笼吗？律诗的中间两联是要对仗的，可你看他这首诗的中间两联："登舟望秋月，空忆谢将军""余亦能高咏，斯人不可闻"，这是对句吗？不是呀。你看人家杜审言的"云霞出海曙"就对了"梅柳渡江春"，"淑气催黄鸟"就对了"晴光转绿蘋"，他对得非常恰当。李白这个人所以是天才，我说他属于不受约束的一种类型，他把表面上的格律形式打破了，而他所掌握的不是形式上的平衡，是本质上的平衡。"登舟望秋月，空忆谢将军"：一个是登舟，一个是忆人，两件事情在本质上是平衡的。"余亦能高咏，斯人不可闻"：一个是我吟诗，一个是你听我吟诗，我的"咏"、你的"闻"，本质上也是平衡的。比如有一个秤，这边放一斤铁块，那边也放一斤铁块，同等的重量而且是同样的大小，当然是平衡了。可是，如果这边放一斤铁块，那边放一团棉花，你想，要多大一团棉花才能够平衡一斤铁的重量？你表面看起来它不平衡了，可本质上它仍是平衡的，李白掌握的正是这样的平衡。这是李白的五言律诗，我们下面接着看杜甫。

杜甫说："不薄今人爱古人，清词丽句必为邻。"对于今人写的这种工整的律诗，我并不菲薄；对于古人写的那种没有严格的格律限制的古诗，我也很喜爱。只要是美丽的词句，我都愿意模仿它，跟它接近。这就是杜甫，他之所以伟大，就因为他以集大成的胸襟生在一个可以集大成的时代。

我们赞美杜甫，常常说他最大的成就在于"集大成"，什么叫作"集大成"呢？如果只是望文生义地解释，我们也可以知道"大成"就是一个广大的合成，而事实上所谓"集大成"是别有出处的。"集大成"三个字本来出于《孟子》，《孟子》里面有一段谈到中国古代圣贤的修养，曾把圣者的修养分成几种类型，比如像伯夷、叔齐这样的人属于"圣之清者"，他们做人的最高标准就是保全自己的清白，在品格上不受一点污染；与之不同，像伊尹这样的人不管怎样水深火热、污秽脏乱的地方他都能去得，只要能够救民于水火，他就会出来做一些事情，这样的人属于"圣之任者"。无论是清者还是任者，他们都有一个标准，清者有清者的标准，任者有任者的标准。有的人坚持一生，用自己的生命和生活去实践自己的追求和理想，像伯夷，为了保全自己的清白，宁可饿死在首阳山上。我还要说，凡是我所说的伟大的诗人，如果他真能够在诗歌里边传达一种感发激励的生命，那个生命一定是他最真实、最纯真的，用自己的一生去实践的生命，而不是一些空喊的口号和教条。以口号和教条来作诗是诗歌的一种堕落，凡真正有理想的人都应该是用你的生命和生活来实践你的理想，不管你坚持的标准是什么，是清者的标准还是任者的标准。

假如你把你所持的标准当作一个射箭的目标，你一遇到挫折苦难就放弃了原来的理想和标准，就如同你射箭没有射到标的就在中途落下来了。古人说"盖棺定论"，你要用一生去实现它，真正达到那个标准。可是孟子又说，每个人持守的标准不同，每个人射箭能不能射到的力量也不同，有人射到了，有人没有射到。好，如果每个人都有标准，每个人都去射箭，你射到哪里？你能射到哪一层的圆圈上？所以孟子说："其至，尔力也。"（《孟子·万章下》）他说，你射箭要想射到那里，只要坚持不懈地努力下去就能够射到。同样，不管你的标准是什么，你要想实现它，只要有坚持的力量就可以了。然而更重要的一点：你所选择的标准是什么？孟子说"其中，非尔力也"，"中"是说真的射在中心那一点上，你能不能选择一个正确的中心，就不是只靠坚持的力量就能够做到的了。所以，只是有力量还不够，你还要有一种选择和分辨的能力，你是不是能选择到正中间的一点。

当然，这是孟子的标准，认为像伯夷、叔齐这样的人属于"圣之清者"，像伊尹这样的人属于"圣之任者"，他们都是用生命、生活去实践自己的标准，"其至，尔力也"，可是他们所掌握的标准不见得是一个中心的标准。那么，孟子所说的最了不起的圣人是谁？是孔子。他说："孔子，圣之时者也。"（《孟子·万章下》）什么是"圣之时者"呢？就是按照时代的不同可以有不同的标准，这个标准不是唯一的标准，是可以变化的标准。不是说你一直坚持"清"就一定对，也不是说你一直坚持"任"就一定对，是你应该清的时候就清，应该任的时候就任，应该仕的时候就仕，应该隐的时候就隐，对这件事情应该持这种态度，对那件事情应该持那种态度，你在不同的环境、不同的时机之中应该有一种选择的能力。你知道在什么时候持什么态度是恰到好处的，于是随时调整自己的标准，而不是定出一个死板的标准，不知变通地坚持。孟子说，这样的人才是"圣之时者"。

　　然后，孟子提出"集大成"的说法，并且用比喻来说明"集大成"的意思：

　　　　孔子之谓集大成。集大成也者，金声而玉振之也。金声也者，始条理也；玉振之也者，终条理也。（《孟子·万章下》）

　　他说，孔子就是一个集大成的人。什么叫"集大成"呢？"成"就是指乐曲完成了整个乐章的演奏。如果把人的一生比作演奏一支乐曲，你可以用单独的乐器来演奏，比如说弹琴，你所演奏的音乐就是琴声；假如你击鼓，你所演奏的音乐就是鼓声。这是单独乐器的演奏，可是孟子说，一个真正伟大的人，他平生的乐章不是单独乐器的演奏，而是交响乐，是多种乐器的合奏、很多乐曲的合成。如果你只是用一种乐器演奏完一段乐曲，完成了一个乐章，这叫作小成；如果把各种乐器配合起来演奏，而且自始至终配合得恰到好处，那才叫大成。

孟子说："集大成也者，金声而玉振之也。"什么叫"金声而玉振"呢？你要知道各种乐器合奏的时候，要有开头，有结尾，要做到全始全终。所谓"金声"就是说开始时先以钟声敲定整个乐曲的基本乐调，所谓"玉振"就是说结尾的时候要以玉磬做一个庄严的收束，这叫作"集大成"。演奏乐曲如此，作诗如此，做人同样如此。有的人只持一个标准，就如同只演奏一种音乐，但是，只要你从始到终能够完成，你就是圣者，只是你这个圣者所持的标准比较单一。而孔子所持的是集大成的标准，作为"圣之时者"，他与"圣之清者"及"圣之任者"是有所不同的。

孟子讲的是做人的道理，现在我们还回到文学上来。刚才说到杜甫的"集大成"，还不只是我这样赞美杜甫，从中唐以来，像元稹以及后来的秦观等人都这样赞美过杜甫。为什么有很多人赞美杜甫，说他是一个"集大成"的诗人呢？

在中国的诗人里边，不同的人有各种不同的成就。有些人七言诗写得好，有些人五言诗写得好，有些人古体诗写得好，有些人近体诗写得好。李白的诗我们也讲过了，像他那些长篇的七言歌行和短小的五言绝句写得就很好，可是我们没有讲李白的七言律诗，因为他的七言律诗没有太好的作品。这是以体裁而言，如果再以内容而言，有些人善于写大自然，比如王维的诗，我说他那些写自然景物的五言诗能够给人一种感动和触发，这是王维的好处，可是王维别的作品不能够完全达到这样一个最好的水平。有些人善于写边塞，像高适、岑参的边塞诗就很不错。总之，有的人某种体裁能写好，有的人某方面的内容能写好，但是很难做到全面。而大家赞美杜甫是一位集大成的诗人，就是因为杜甫的各种体裁、各种内容的诗都能写好。

我们说，杜甫以集大成的胸襟生在一个可以集大成的时代。所谓集大成的胸襟，就是说你要能够接受、容纳各方面的好处，而不是故步自封，自己先画个圈把自己封起来，把其他的排除出去。就胸襟而言，杜甫不像很多人那样，只认为自己对，一定要把对方打倒。每个人都有长处，每个人也都有短处。有些人心存成见，认为律诗都不好，自从建安以来的诗都不好，可杜甫不这样说，每个时代、每个作者都有他的长处。杜甫之所以有这样的胸襟，我认为这可能与他的家世有关系，因为他的祖父就是写近体诗的，所以他不鄙薄近体诗。他后来在律诗的写作上取得这么高的成就，与他从小所受的影响有很大关系。

可是，如果杜甫生在建安时代，他能够写出《秋兴八首》这样的律诗吗？不能够，因为那时候还没有律诗的体裁。律诗是在唐朝形成的，杜甫能够把五言七言、古体近体都写得好，也是因为他生在一个可以集大成的时代，他可以集各种形式的大成。

不仅如此，唐朝上接隋朝，但隋的年代很短，没有出现伟大的诗人。隋以前呢？是南北朝，是晋代的"五胡乱华"，中国北方被很多少数民族占领，所以那个时候，诗歌中就渗透了一些新的质素，有很多外来的、新鲜的文化渗透到我们的文化中来了。那时我国北方都是少数民族，他们骑马射箭，雄健豪放，其文学体式和风格也具有这样的特点；而当时南朝的宋、齐、梁、陈，偏安在南京附近，文士们每天沉溺在歌舞享乐之中，其文学作品的风格也偏于绮丽柔靡的一面。陈子昂、李白等人认为绮丽柔靡不好，可北朝的雄健豪放他们也没有完全继承，他们继承的完全是古代，是建安以前的文学遗产，那么建安以后的近代的文学遗产呢？"自从建安来，绮丽不足珍"，无论是北朝的雄健豪放还是南朝的绮丽柔靡，都被他们抹杀了。

　　杜甫不然，他能够吸收古今南北的各方面的风格，接受各方面的好处，完成他集大成的成就。一方面，他生在唐朝这样一个可以集大成的时代；另一方面，他也有接受各方面质素的容量和胸襟。而在杜甫之前，像李白这样绝顶的天才都否定了近体诗的成就，所以不能在律诗的领域里开拓出一片更广阔的天地。我们曾做过这样一个比喻，如果以诗歌之平仄对偶的格律为鸟笼，李白这个飞扬的天才就像被关在笼中的大鹏鸟，翅膀都张不开，施展不开怎么能写好呢？所以他破坏了笼子。杜甫也是一个天才，他将笼子研究了一番之后，摸透了笼子的原理，然后对其进行了改造，使改造后的笼子可以容纳他在里面变化飞腾了！

　　当然，李白有李白的成就，他虽然打破了笼子，可他完成了另外的方面。有人想打倒一切，你尽管打破，然而你完成了什么？李白虽然打破了形式上的格律，但是他保持了本质上的平衡，所以他在破坏中有建设，你不能只看他的破坏。那么杜甫呢？杜甫把笼子改造了，在严格的形式中给其以多种的变化，他张开翅膀往这边一推，可以把这边的笼子推出去，他张开翅膀往那边一推，也可以把那边的笼子推出去，他可以在笼中随心所欲地施展。他改造了格律严格的限制，使其能够自由化，从而有多种的可能性。我们以后要讲杜甫对七言律诗的开拓，将以前的七律和杜甫的七律做一个比较，你就知道他对笼子进行了怎样的改造了。这个我们留待以后再讲。

我们说杜甫是一位集大成的诗人，可是，造成这种集大成的结果必有某种原因。他为什么会有这种集大成的成就？我实在要说，因为他能够深入生活，面对生活。李白是了不起的一位天才，但他的诗多半是从自己出发的；杜甫不是这样，他真的是深入生活，关心大众。像他的"三吏""三别"等很多诗，所反映的都是人民大众的生活，他能够体验各方面、各阶层的人的生活，而且能够把它写好，这是造成杜甫诗歌之集大成的一个原因。

杜甫之所以能够如此，既有环境的关系，又有性格的关系。杜甫在其所生长的环境中接受的是儒家用世的教育，儒家常常说"士、农、工、商"，凭什么资格就把"士"放在那些辛辛苦苦劳动的"农""工"之上？儒家之所以把"士"放在"农""工""商"之上，是因为"士"是"以天下为己任"的，你将天下的治乱安危放在自己的肩膀上，当作自己的责任，可谓任重而道远，理应受到尊重。可是后来的士人，你看一看《儒林外史》，看一看《二十年目睹之怪现状》，那些人岂不是儒家的士？但他们已经堕落到只知道做官，只知道贪赃枉法，以最高的社会地位做这种最污秽的事情。这是儒家后代的堕落，儒家原来的最高理想本不是如此，而杜甫所继承的真是儒家传统中最正确、最高、最好的理想，所以他能够深入生活，面对生活，关心人民大众。

至于性格情感的一方面，每个人天生下来的资质不同，后天的因素也会产生一定的影响。我们常常说诗人要表现一种感发的生命，一般说来，作为一个诗人，只要你的感情真挚，有一种真挚的感动，就可以写出好诗来。无论写作诗歌还是讲授诗歌，只有你真正喜爱的东西才能使别人喜爱，只有你真正感动的东西才能使别人感动，可是一般人在什么时候才表现出他真挚的感情？都是自我的感情、个人的悲欢离合。晏几道的词说"记得小蘋初见，两重心字罗衣。琵琶弦上说相思。当时明月在，曾照彩云归"（《临江仙》"梦后楼台高锁"），李商隐的诗说"春蚕到死丝方尽，蜡炬成灰泪始干"（《无题》"相见时难别亦难"），都很感动人，但都是自我的感情。如果放在儒家的伦理道德的衡量之下，你的感情是不是合乎儒家的伦理道德，这就是另外一个问题了。

前一年我在五一三的班上讲李商隐的诗，表面看起来，李商隐有很多诗写的是爱情，而且我们所看到的那些诗，都是写一种痛苦的、被压抑的、追求而不得的爱情。至于李商隐这些诗里面有没有托意，我们现在来不及讨论。如果他写的果然是爱情的话，那么我要说，这种被压抑、受痛苦的感情应该是不被社会伦理允许的一种爱情。虽然只要感情真挚就可以写成好诗，但作为写爱情的诗歌来说，往往是那种不被社会伦理所允许的爱情更能表现出一种真挚的感动力量。因为如果社会不允许，而你在压迫之下还不能放弃的话，你一定是爱得很真挚了；不然，你何必冒险犯难被大家批评非议还要坚持呢？当然是因为太真挚才会如此。不过对于诗歌的感动力量来说，这种感情虽然不合于社会伦理的感情，但它常常有非常热烈真挚的感动力量，其实这也是李商隐的诗之所以使很多人喜欢的一个原因。

另外一方面说起来，对于国家的忠爱，对于家人、对于妻子儿女的感情属于合乎伦理道德的感情，尤其是在中国儒家的传统之下有一种文以载道的观念，大家以为如果我写的是忠爱等感情，就会因为这种感情合乎伦理道德而提高我文学的价值。这样做的结果，正因为这一份感情被社会共同承认、共同尊重，有时候写出来你反而觉得它变成了一种教条，有一种虚伪的感觉。当然我很不愿意这样说，可事实上这样的作品常常是说起来好听，但感动的力量就不够了。大家常说人天生来是自私的，毛泽东提出"破私立公"，完全为了国家人民，理性上说这样才正确，可这不是出于你天性的感情、自然的本性。所以写忠君爱国的诗有时候让人觉得有说教的意味——你说得很好，但总像在说一个道理、一个教训，是空洞的、口头上的。

一般人都是如此，而杜甫之所以伟大，一个重要的原因就是他的感情都是合乎伦理道德的感情，而他把合乎伦理道德的感情写得和李商隐那种不被社会伦理所允许的感情一样真挚深刻，甚至比李商隐更真挚深刻、更具有感动人的力量，这是杜甫很了不起的一点。杜甫的诗歌主要表现了他对于国家和人民的一份关怀，因为这份关怀真的是出自他的天性，所以他的胸襟比一般人博大，感情的分量也比一般人深厚。他把道德伦理的感情与他自己私人的本性的感情结合起来，打成了一片。他所写的那种对于国家、对于人民大众的感情如此真挚、深厚、博大，这是造成杜甫集大成的另外一个原因。

我们说杜甫对于国家、人民的感情出自他的天性，这比较不容易讲，尤其是现在讲这些更不容易使人接受。因为在中国古代，那些读书人都是从小就读反映儒家思想的书，一路读下来，觉得"士"应当"以天下为己任"。范仲淹说"先天下之忧而忧，后天下之乐而乐"（《岳阳楼记》）——大家从小就是这么被教育出来的。当然，有人信，有人不信，可是一般说起来，还有一个比较上的普遍性。就是说大多数读书人，如果他真的相信儒家的思想，他就真的有这样的一份感情。所以中国古代像屈原、杜甫、苏东坡这样的人，他果真有这样一份感情，而不是口号和教条。可是时代变了，不管是台湾地区还是大陆，大家现在都是金钱挂帅，都是唯利是图。什么叫"士以天下为己任"？什么叫"先天下之忧而忧"？都是为了金钱可以不择手段，可以不讲道德，可以无所不为、无恶不作！所以现在讲杜甫的诗就比较不容易在青年之间唤起他们的同情和共鸣了。他们往往认为讲这些太迂阔，真是愚蠢得不合世情。

吉川幸次郎是日本研究杜甫诗的著名学者，在日本，研究杜诗的学者们成立了一个研究小组，定期有聚会，大家一同研究。吉川幸次郎对杜甫非常尊敬，在他去世前的两三年，有一次，他带领着一个研究杜诗的团队从日本来到中国。来到中国后，他们不乘飞机，而是搭长途汽车，要沿着当年杜甫走过的路线，就这样一路从西安来到了成都的杜甫草堂。我去过成都好几次，认识杜甫草堂的一些人，记得吉川幸次郎所率领的团队到了草堂以后，都对着杜甫的像很恭敬地行了礼。我当时很感慨，尤其当我与那些日本朋友谈了话以后更是如此。他们说自己在十岁以前就背诵下很多的唐诗来，因为小时候记忆力好，那时背下来的东西现在都还记得。而且，他们说日本全国几乎是念过小学的人都背过这些诗。可不幸的是，我们自己把这些财富都丢掉了，这实在是很令人遗憾的一件事情。

的确，杜甫的诗完全不符合现在的现实。可是我们一定要认清楚一点，凡是一个伟大的作家，真正好的作家，都是他的作品里有一种感发的力量，而且这种感发的力量还能有一种在艺术上完美的表达。有些人只重视艺术上完美的表达而不重视感发的力量，而真正好的作品一定是两方面的结合。也就是王国维所说的，既要"能感之"，也要"能写之"。作为一个大家，一个伟大的作者，不只是一个小家、一个名家，不只是一两首诗、一两句诗写得好，很重要的一点是他的作品里面要有一种感发的生命。这种感发的生命在品质、数量上是有大小、高低、厚薄、深浅等种种不同的。晏小山的词说："记得小蘋初见，两重心字罗衣。"她在琵琶弦上弹出来的都是爱情的相思，所以我现在怀念她。不错，这个很好，他具有感情，也具有感发的力量，可是，这种感发的品质并不博大深厚，而是属于私人的一点感情。你可以是真挚的，可以有感发的力量，可以在艺术上有完美的表达，你也许成为一个名家，然而古今中外，你如果真是成为一个伟大的大家，那一定是除了艺术上有完美的表达以外，你感发的力量要更深更广。也许爱伦·坡是个名家，但托尔斯泰一定是个大家；晏几道可以是个名家，但杜甫一定是个大家。就是说，每个人感情的厚薄大小总是有所不同，你一定要认识这一点，才能看杜甫的诗。

我们知道，杜甫的集大成是各方面的集大成，周邦彦在词里面也算是集大成，但周邦彦只是属于艺术方面、表现技巧上的集大成。而杜甫不仅在艺术方面是博大的，无论古体近体、五言七言都能够写好，而且在内容方面，他也能够把小我的感情与大我的感情集合在一起。他以自己的生命抒写他的诗篇，以自己的生活实践他的诗篇，把自己的生命与诗歌的生命完全结合起来，他全部的作品是他整个的生命和生活的实践。

西方有一种流行的批评叫作意识批评（Criticism of Consciousness），他们认为作者写作的时候都有他的consciousness。无论古今中外，所有的人对于宇宙万物的认识都是在你接触到外在的object的很多现象，然后引起你subject的内心的一种consciousness的活动，你的意识究竟怎么样？这是非常重要的一件事情。他们还说：虽然每个作者都有consciousness，但只有伟大的作者才能形成他自己的一个pattern，形成一种特殊的形式。在中国古代的作者中，杜甫肯定有他的pattern of consciousness，以后我们要讲到南宋的辛弃疾，也有他的pattern of consciousness。西方不是用这种理论来分析诗歌，而是用来分析小说。他们曾经分析狄更斯的小说，说狄更斯的很多小说写了不同的故事，但是你可以在这些不同的故事中找到只属于狄更斯的同样的pattern of consciousness。杜甫的诗也应当这样来看，我们只有把他全部的诗作为一个整体来认识，将他不同时期所写的诗结合他的不同时期的生活来理解，才能认识一个比较完整的杜甫。

以上我们讲了很多，一是先让大家对杜甫有一个大体的了解，二是让大家在读杜诗之前有一个心理上的准备。下面，我们就结合杜甫的生平来看他不同时期的诗歌，结合他的诗歌来讲他的生平。不过因为时间所限，我们只能看他的一部分比较有代表性的作品。

（曾庆雨整理）

早期生活及诗作

介绍杜甫的生平，当然要提到《旧唐书》和《新唐书》中杜甫的传记。可两《唐书》毕竟是后人记载前人的历史，很多得之于传闻的，并不十分可信。你要想很切实、很仔细地去研究诗人，光靠史书就比较困难。好在我们还可以参照诗人的作品去研究，不过不同诗人的作品所反映的内容不同，李白虽然有九百多首诗，但他常常写自己的幻想、联想，纪事的作品不多，要重新建立李白的历史就不容易；而杜甫是一位真正写实的诗人，他的一千五百首诗中有相当一部分反映的是他现实的生活：无论国事还是家事，他都有详细的记载。所以我们重新建立杜甫的历史就比较容易了。

　　从前我在台湾开过杜甫的专题课，讲了约一年之久，我还曾整理了杜甫的生平。后来班上的一位同学根据我之所讲写了一篇补正《旧唐书·杜甫传》的文章，发表在台湾的《大陆》杂志。杜甫的诗很多地方可以证明他自己的生平，我们先来看他的一首《壮游》，这是杜甫晚年时回忆从前生活的作品，主要写他少壮时代的游历。因为时间关系，我们只讲其中的一部分，借此来了解一下杜甫早年的生活。

他说："往昔十四五，出游翰墨场。""游"在中国文学中有两种意思：一是说游历，二是说交游。杜甫说自己十四五岁就步入文坛，与文学界一些有名的作家交游。中国古人从认字开始就读四书五经，十几岁能够作诗写文章一点都不奇怪。明末清初有一个了不起的年轻人名叫夏完淳，他在明朝灭亡、清朝入关以后跟随他的父亲、岳父一起抵抗敌人，死难时不满二十岁。他的文章、诗赋写得都非常好。因为他念的是古书，思想很早就成熟了。

"斯文崔魏徒，以我似班扬。""斯文"两个字最早出于《论语》，孔子说："天之将丧斯文也，后死者不得与于斯文也。"（《子罕》）"斯文"指文化的传统，我们常说做个"斯文人"，就是要读书，学习传统的文化。"崔魏"是当时两个有名的作家，姓崔的名叫崔尚，姓魏的名叫魏启心。杜甫说：像崔尚、魏启心这样有名的作家都认为我所写的诗文可以比美于汉朝的班固和扬雄。杜甫在另一首诗中也说自己"赋料扬雄敌，诗看子建亲"（《奉赠韦左丞丈二十二韵》），班固、扬雄二人其实并不是以诗出名的。我们说，每个时代有每个时代具有代表性的文学作品，在唐为诗，在汉为赋。赋是介于散文与诗歌之间的一种文学体式，受楚辞的影响很大。杜甫不但写诗，而且作赋。有人觉得他作赋可以比美于班、扬，那么他的诗呢？

"七龄思即壮，开口咏凤凰。"他七岁时作诗的文思能力就已经表现出来了，第一首诗咏的是凤凰。我开始作诗的年龄当然比他晚，大概十一二岁的时候。那时我伯父叫我作诗，咏的是月亮。讲到这里我要插一段闲话，中国人常常说"三岁看大，七岁看老"，一个人的天性如何，往往从他很小的时候就能够看出来了。所以从一个人小时候所写的诗中可以大概掌握他的性格，甚至将来的命运。晋朝有一位著名的才女名叫谢道韫，有一次她与长辈及堂兄弟在家里聚会，天降大雪，她的叔父谢安就叫子侄辈每人作一句诗描写当时的雪景，那个男孩子谢朗就说："撒盐空中差可拟。"你看多么死板。而谢道韫答道："未若柳絮因风起。"她的才思当然活泼多了。还有一个故事，说是有人出了对子，上联是"风吹马尾千条线"，一个孩子对曰："雨打羊毛一片毡。"这当然也对，可是没有气象。而另一个孩子对曰："日照龙鳞万点金。"这句对得富丽堂皇，也有了气象，据说这两个孩子后来的命运果然是"浮沉异势"。

　　我现在又回来说，杜甫"开口咏凤凰"，而凤凰在中国古代是一种什么样的鸟呢？中国古人认为，凤凰出来是天下太平的征象，传说周朝的时候有凤鸣于岐山，孔子还叹息过"凤鸟不至"，可见凤凰只是神话中的鸟。杜甫七岁时开口咏的是凤凰，后来经过了安史之乱，杜甫在旅途中经过一座名叫"凤凰台"的山，他就想：凤凰很早就不出现了，天下很久不太平了，这里既然叫"凤凰台"，想必当年有凤凰来过这里，那么它有没有留下卵？有没有留下幼禽？如果有的话，"我能剖心出，饮啄慰孤愁"，如果有凤凰的幼禽留下来，我愿意把自己的心肝剖开，让它们饮我的血，啄我的心，好安慰它们的孤独和忧愁，让它们快些长大，从九天上飞下来使天下太平，一洗苍生之忧。杜甫"七龄""咏凤凰"，从小就表现了一种高远的心志，可惜这首诗没有留下来。不过，他早年写过一首咏胡马的诗，我们从中也可以看出这个年轻人的基本心志及其写作才能上的一些特色。

房兵曹胡马

> 胡马大宛名，锋棱瘦骨成。
> 竹批双耳峻，风入四蹄轻。
> 所向无空阔，真堪托死生。
> 骁腾有如此，万里可横行。

　　这首诗的题目是《房兵曹胡马》，"兵曹"就是军官，有一位姓房的军官，他有一匹西域的胡马。古人都认为中国西北方的马好，而胡地中最出名的是大宛国的马。"锋棱瘦骨成"，"锋棱"指物体尖锐突出的样子。凡是好马，你看它的骨骼架子都可以看出来的。我们说给人看相，你也可以给牛给马看相，中国古代就有给牛、马看相的《相牛经》和《相马经》。所以好马有好马的骨相，你可以从外表上看出来。杜甫喜欢瘦马，可是唐朝有一个阶段崇尚肥美，你看唐人画的那些画，女子胖胖的，马也是肥肥的。当时有一个画马很有名的人名叫韩幹，杜甫曾写诗批评他说："幹惟画肉不画骨，忍使骅骝气凋丧。"（《丹青引赠曹将军霸》）他韩幹画马胖得连骨头都看不出来，他怎么忍心使得那些骅骝宝马那么垂头丧气！

　　他接着描写马的外表："竹批双耳峻，风入四蹄轻。""峻"字从山，指像山那样高耸的样子。竹子是圆筒的形状，他说马的耳朵尖尖地直立起来，好像把竹筒劈开的样子。"风入四蹄轻"，这匹马那么强壮雄健，当它跑起来的时候，轻快迅疾，四蹄都好像带着风声。这两句一句是说马的形貌，一句是说马的才能。岂止如此，还有马的性情品格呢："所向无空阔，真堪托死生。"他说，这匹马所面向的地方无论多么辽远空阔，只要它立定志愿向前走，就没有它不能到达的地方。所以，你如果骑在这样的马身上，真的可以把死生性命交付给它，因为它这么值得信赖，即使在危急困难之中也不会把你丢下来，它永远有能力有毅力完成它的任务，达成你的愿望。《三国演义》上说，刘备乘"的卢"马逃生，后有追兵，前有大溪。刘备纵马下溪，加鞭大呼曰："的卢的卢，今日妨吾！"那匹马一跃三丈，跳到岸上，这才叫"真堪托死生"！

最后两句说："骁腾有如此，万里可横行。"它这么勇敢，这么矫健，只要骑上它，天下有什么地方都可以纵横驰骋了。我们可以看出，杜甫跟李白、王维都不一样，李白是飞扬地跳出去写的，王维是超出来不投入的，而杜甫从一开始就把自己的感情性格投入了，他往往是抓住所写的事物，把自己最敏锐、最特殊的感情用最强烈的文字表现出来。

杜甫说自己"七龄思即壮，开口咏凤凰"，而我们刚才又讲了他早年的一首写胡马的诗。我说过传统与个人才能的关系，一个人生下来，他的性情、心态、禀赋都有所不同。杜甫天生就喜欢写具有崇高、壮美品质的事物，而这种倾向从他青少年时代就表现出来了。

望　岳

他早年还写过一首《望岳》，也表现了这种风格，写得很好，许多选本都选了这首诗。好，我们下面就来看杜甫的《望岳》：

岱宗夫如何？齐鲁青未了。

造化钟神秀，阴阳割昏晓。

荡胸生曾（层）云，决眦入归鸟。

会当凌绝顶，一览众山小。

这首诗的题目是《望岳》，岳指高山，在这首诗中特别指的是泰山。中国有所谓的"五岳"，即东岳泰山、西岳华山、南岳衡山、北岳恒山和中岳嵩山。我们讲诗，说诗人有遇有不遇，有的人机会好，仕宦显达，像宋朝的晏殊，十四岁就以神童的资格来到中央政府做了秘书省正字；可有的人命途多舛，六七十岁都没有考中，甚至终生不遇。人是如此，那山呢？我要说山也有遇有不遇。就像中国的五大名山，最有名的是哪一座？是泰山，另外是嵩山。泰山之所以有名，因为它经过了孔子的赞美，孔子曾说自己"登东山而小鲁，登太（泰）山而小天下"（《孟子·尽心上》）。孔子是山东人，他只上了泰山，没有机会去游别的山。比如衡山在湖南省，湖南那时候还被看作"荆楚南蛮之地"，孔子当然没有去过。泰山因为孔子而出名，嵩山因为《诗经》而出名。嵩山在河南省，而河南属于中原之地，是中国文化最早发祥的一个地方。所以从《诗经》就赞美嵩山说："崧（嵩）高维岳，骏极于天。"（《大雅·崧高》）而且，著名的少林寺也在嵩山。泰山和嵩山我都去过，我认为在中国的山里边，这两座山都不够漂亮，而最美的应该是黄山。可是孔子他们没有赞美过黄山，因为他们都没有去过是不是？所以我认为山也像人一样有幸有不幸。好，泰山就这样出名了。出了名你就要知道，人常常是这样，小时候总听人家说某地如何好，真是久闻大名。于是想：我什么时候才能去那里看一看？当年杜甫没有登泰山以前，想必也有这样的感情。我说过，"情动于中而形于言"（《毛诗·大序》），一个人写诗要传达你自己的感受。还不用说遇到悲欢离合而"情动于中"，就是对于一山一水一草一木你都要有一个感动的过程。杜甫这首诗之所以好，是因为他把自己感动的过程写出来了。怎么写出来的？我们来看这首诗。

"岱宗夫如何？""岱宗"指的就是泰山。因为它曾得到孔子的赞美，所以被奉为众山的一个宗主、领袖。"岱宗"即泰山的尊称。"夫"是语助词，没有什么重要的意思。好像我们现在说"那就这样好了"，这样就这样，"那"是加上去的一个字。"夫如何"是说：那怎么样？表示一种说话的口气。我以前说过赋、比、兴三种表现方式，比、兴用形象来打动人，给人以直接的感动；赋是直接写，要看你说话的口气。杜甫生在河南，他总听人家说泰山如何如何，尤其念《孟子》，知道孔子曾经"登太（泰）山而小天下"，所以对泰山特别神往，而今天他果然来了。他说："岱宗夫如何？"你看他的口气，泰山还没有出现呢，他期待的感情就写出来了。

接着他说："齐鲁青未了。"春秋战国的时候有很多诸侯国，齐是一个，鲁是另外一个。泰山虽然没有黄山那么漂亮，可绵延得很远，杜甫说：那一片绵延的青苍的山色，一直经过齐、鲁两国的边界，都看不到尽头。

"岱宗夫如何？齐鲁青未了。"开头两句，不但有气象，而且有感情，杜甫那时还没有看过别的山，他觉得泰山很了不起，所以说："造化钟神秀。"中国人所说的"造化"与基督教所说的"造物主"差不多，指创造天地宇宙的那个神灵；"钟"，我们常说一个人情有独钟，"钟"是把感情的重点放在什么地方；"钟神秀"者，是说天生来的，不是人所能做成的，是与天地精神合而为一的那种秀美。杜甫说：泰山这么美丽这么广远，好像是造化情有独钟，把天地之间的灵秀之气都给泰山了。

他从还没有看见泰山时那种期待的感情写起，然后一步一步越写越近，到"造化钟神秀"一句还只是一个整体的印象，到"阴阳割昏晓"就走得更近了，这一句他写的是泰山之高。如果你写山高，你说山很高，这太概念化了。究竟怎么个高法？"阴阳割昏晓。"我们中国人喜欢说阴阳，什么是阴阳呢？如果用阴阳来说山水，山的北面背着太阳叫阴，山的南面向着太阳叫阳，而水正好相反，水的北面是阳，南面是阴。"昏晓"，昏是说昏暗，晓是说天亮了。他在"阴阳"和"昏晓"之间用了一个"割"字，所以有人赞美杜甫用字真是"坚而难移"，他往往能找到最鲜明、最恰当、最有力量的一个字，用在那里你绝不能给他改动。他说泰山那么高，有时候太阳出来，山那边已经很高了，可这边还很昏暗呢。一明一暗，中间好像被一刀切开了。

现在看见了泰山，看见以后你光在那里远远地看看就可以吗？陶渊明是如此的："采菊东篱下，悠然见南山。"（《饮酒二十首》之五）他只在那里采采菊花，看一看"山气日夕佳，飞鸟相与还"而已。因为据历史记载，陶渊明有足疾，不良于行，所以他很少写自己爬山。谢灵运不然，他一看到山，就非要爬一爬不可，而且一定要爬到山顶上才行。杜甫呢？杜甫当然要爬了。他有一首诗写自己小时候的健壮："忆年十五心尚孩，健如黄犊走复来。庭前八月梨枣熟，一日上树能千回。"（《百忧集行》）他说，记得我十五岁的时候，"心尚孩"。本来男子十五岁就已经是成童了，孔子说："吾十有五而志于学。"（《论语·为政》）而杜甫说自己十五岁的时候还跟小孩子一样。"健如黄犊走复来"，"犊"是小牛，"走复来"的"走"不是我们现在所说的走路的走，我们现在所说的"走"在古代叫"行"，而古人所说的"走"就是跑的意思。他说：我小时候身体强健得像一头小黄牛，每天漫无目的地跑来跑去。"庭前八月梨枣熟，一日上树能千回"，八月的时候我家院子里的梨和枣都熟了，我就摘梨摘枣，每天爬很多次树。

既然小时候身体那么好，他看到泰山，岂有不爬之理？于是他登上泰山了。"荡胸生曾（层）云"，他说，我就往上爬，到了一个相当的高处后，觉得有层层叠叠的云彩在我胸前飘荡。

不知大家有没有这样的体验，我第一次体会到白云飘到胸前的感觉不是在泰山，也不是在黄山，而是在台湾的梨山。我从前在台湾教书，班上有一个高山族的学生，书念得很好。有一年放假，他约我和几位男女同学到他家里去住了几天，他家距梨山果园农场不远，记得早晨起床，那山中的白云就一直扑到我身上来，果然是"荡胸生曾（层）云"。

杜甫说，眼前是"荡胸生曾（层）云"，再往远处看，是"决眦入归鸟"。"眦"是眼角，"决"是张开，你尽量睁大眼睛向远看，看到了什么？看到了飞去的归鸟，一直看到它消逝了踪影。杜牧诗曰："长空澹澹孤鸟没，万古销沉向此中。"（《登乐游原》）有时候，天并不很蓝，你放眼只见一片苍苍茫茫的天空，这时有一只鸟飞来，然后远远地消逝在天边了。

讲到这里，我还要补充几句。就是关于诗歌的研究，你的重点在哪里？中国有一段时期特别重视考证，什么《西游记》的作者是谁呀？大观园在哪里呀？贾宝玉的原型是谁呀？都把它考证一番。我认为，考证只是文学的外围，《红楼梦》的好坏，不在于大观园在哪里，大观园在北京也好，在南京也好，是《红楼梦》这部书的本身好不好。当然，外围的考证也会影响对作品本质的欣赏，因为文学作品总是作者带着他的感发写出来的。你对这个作者了解得越多，对其作品所传达出的感发的信息就理解得越多越深刻。然而外围终究是外围，我们不能本末倒置。五十年代初期，西方新批评学派（New Criticism）重视对文本本身（Text）的研究。六十年代以后有了诠释学（Hermeneutics）的兴起，后来又出现了读者反应论（Reader Response）和接受美学（Aesthetic of Reception），于是研究的重点从作品转移到读者对作品的反应接受。其实，我们应该把多方面综合起来才对。

我现在只是说，有人做了考证的功夫，说杜甫的《望岳》到底在哪里作的，是在山底下，还是在山上头？我觉得他是在半山腰写的。何以见得？他从没有看见山，说"岱宗夫如何"；然后远看那"齐鲁青未了"；接着再走近一点，便开始爬山了。那么现在到了山顶没有？还没有到。他说："会当凌绝顶，一览众山小。""会当"是什么意思呢？我们讲柳永的《凤归云》那首词，他说："幸有五湖烟浪，一船风月，会须归去老渔樵。"无论"会须"，还是"会当"，都是说我一定要怎样做，属于表示将来的形式。所以杜甫可能爬到半山腰，觉得这还不够高，然后才要"凌绝顶"，"凌"就是上去的意思。杜甫说：我一定要爬到最高的山顶上，那时候"一览众山小"——往下一看，所有的山峰都像俯伏在脚下了。

好，《望岳》我们就讲完了。这首诗虽然没有很深刻的思想内容，也不是杜甫最好的诗，但我们从中仍然可以看到这位诗人的本质。什么本质？他真的向上，真的努力！《易经》上说"天行健，君子以自强不息"（《乾·象》），《望岳》正体现了中国儒家的这种精神。

前面我们本来在讲杜甫的《壮游》，他从童年时代写起，说自己很早就开始作诗，咏的是"凤凰"。因为那首诗没有流传下来，我们就讲了他早年所写的另外两首诗：一首是《房兵曹胡马》，另一首是我们刚刚讲完的《望岳》。清朝的姚鼐曾经把文学作品的风格分成阳刚和阴柔两种，从以上两首诗我们可以看出，杜甫属于阳刚、壮美的风格。因为他的性格是向前进的，从年轻时就表现如此了。下面我们接着结合《壮游》一诗来看杜甫早年的生平。

"九龄书大字，有作成一囊"：他九岁的时候，字也写得很好。

他把自己的书法作品装在一个大口袋里面。"性豪业嗜酒,嫉恶怀刚肠":他性格豪放,从少年时代就喜欢喝酒了。当然,喝酒不可鼓励,你不一定要喝酒。可是中国的很多诗人都嗜酒:陶渊明喝酒,李白也喝酒。中国有句俗话,说朋友之间的交情"喝酒喝厚了,赌钱赌薄了"。因为人常常是酒后吐真言,你喝了酒,把一切虚伪造作都放下了,这时候就更看到你性情中真诚的那一面。所以杜甫很欣赏李白的喝酒,说李白"剧谈怜野逸,嗜酒见天真"(《寄李十二白二十韵》),他说,李白这个人喜欢高谈阔论,我特别欣赏他那种恣纵飘逸的样子;李白喜欢喝酒,更见出此人性情的真诚。杜甫不但"性豪业嗜酒",而且个性刚强正直,疾恶如仇。我们说一个人天生下来的性情真的是无可奈何!陶渊明因为不肯见督邮就辞官不做了,他说自己"性刚才拙,与物多忤"(《与子俨等疏》),又说自己"非矫厉所得。饥冻虽切,违己交病"(《归去来兮辞序》),这是天生的性情,没有办法改变的。他接着说:"脱略小时辈,结交皆老苍。"他所结交的朋友都是比较成熟的人。

以上写他的交游、求学,然后就写他游历山川了。中国过去培养人才常常说要"读万卷书,行万里路",光靠书本的知识不够,还要有人事的经历。司马迁写《史记》之前曾经周览天下名山大川,李白在没有到长安之前,也曾到各地周游。古人的游历与现在的旅行不同:现代人旅行,比如你冬天去夏威夷度假,就算行了万里路,对做人也并不见得会有多大的帮助。而古人所说的"读万卷书,行万里路"与太史公的"周览天下"是与中国历史之悠久、地理之广远结合在一起的。每个国家有每个国家的民族性,而这个国家之民族性的形成，与其地理背景有很密切的关系。所以一个人的成长，要受到种种复杂因素的影响。而"周览天下名山大川"这样的经历，不但可以开阔你的心胸，而且可以让你逐渐形成与自己的国家、民族密切结合起来的感情。每一个地方、每一处名胜、每一座山、每一条河，里边都结合了千古的兴亡。你对于千古兴亡有一定的了解吗？

杜甫第一次游历是在他二十岁左右，他到过什么地方呢？他一直到了中国南方的江浙一带，那是古代的吴国和越国所在之地。他说，他在那里游历的时候曾经"枕戈忆勾践，渡浙想秦皇"。"勾践"是当年越国的国王，春秋后期越国一度被吴国打败，为了复兴越国，勾践他每天晚上都不是在很舒适的房子里，而是枕着他的戈——一种兵器，睡在一堆柴草之上。而且他还在自己的头顶之上吊了苦胆，每天尝一尝，以时时警惕自己不忘雪耻复国。后来，勾践终于打败吴王夫差恢复了越国。"浙"就是浙水，历史上记载说，秦始皇晚年时为了求神仙，曾经从陕西的咸阳出发，到东南方的江浙一带巡游，当他带着众多随从渡过浙水的时候，被江东的项羽看到。项羽羡慕秦皇的威势，对他的叔叔项梁说："彼可取而代也。"（《史记·项羽本纪》）他的叔叔赶紧掩住了他的嘴。后来项羽果然打败了秦朝做了西楚霸王。

杜甫这两句诗表面上是说，当我来到古越国所在的地方，就想到当年卧薪尝胆、枕戈而眠的勾践；当我上船渡过浙水的时候，就想起曾经浩浩荡荡巡游东南的秦始皇。而他真正所想的是什么？是千古的兴亡。勾践何以能够把已经灭亡的国家恢复？秦始皇统一天下之后，何以这么快就灭亡了？这千古兴亡的因素究竟在哪里？所以他不止是游山玩水，他内心中先已存在了一种千古兴亡的体认和感慨了。

我最近看到一篇文章，讲到中国人对历史的看法。中国人过去常常把历史当作盛衰兴亡的借鉴来看，所以司马光的那部通史叫作《资治通鉴》。它纯粹是一部历史书，为什么叫《资治通鉴》呢？就是说，你可以借助它来治理天下，它可以为天下的安定太平提供一个共通的借鉴。当然，如果治理国家，你对于现代的政治、经济、外交等各方面都要有所了解。可是，对于自己民族的历史，更应该有正确的认识。做到这一点，你才知道取舍之间哪个适合，哪个不适合；哪个眼前看起来有利益，而以长远的眼光看没有利益。总而言之，你要有一种史观。这点非常重要。现在大家不肯花很多的时间去读历史，更没有心思要从历史中得到盛衰兴亡的借鉴，怎么能形成正确的史观呢？

我们说杜甫"枕戈忆勾践，渡浙想秦皇"两句诗有言外的一份感慨，同时你要知道：那时的唐朝在当时世界上是一个很兴盛发达的国家，与海外许多国家都有来往，同日本的往来尤其密切。前几天香港的《明报》刊登了一篇文章，提到了唐朝时中日的来往。那时候，日本常派人到中国留学，晁衡是日本来的留学生中最优秀的一个人，还被中国留下来做了官。他与李白是很好的朋友，曾经送给李白很多纪念品。后来，他跟鉴真和尚渡海又回到了日本。杜甫也想过要去日本，他说："东下姑苏台，已具浮海航。"他从浙江来到江苏，江苏是长江入海的地方，他说那时候我已经准备好要漂浮到海上，航海到海外去。可是他没有去成功："到今有遗恨，不得穷扶桑。""扶桑"本来是中国古代神话中所说的一种树木，据说生长在日出之地。太阳从东方的海上升起来，日本既在东方又在海上，所以中国人常常称日本为"扶桑"。杜甫说：到今天我仍然很遗憾，因为我没有能够"穷扶桑"——一直到那么遥远的日本去。当然，这件事情只是在他自己的诗中这样写，详细的原因他没有叙述，是交通不便，还是旅费缺乏？我们已经不得而知了。

对于每个人而言，青年时代觉得整个一生的岁月都是你的，你愿意怎么用它就可以怎么用它。可是等到慢慢长大，你就会觉得应该真正安定下来做一些事情了。杜甫在江浙一带游历之后，坐船回来经过了天姥山，中间回河南考了贡举，中举人后就要去长安考进士了。《壮游》一诗中也有记载，他说："忤下考功第，独辞京尹堂。""忤"是说不顺利；"第"是一个等级，没有入选就是"下第"，杜甫这一次没有考上，所以是"下第"，可为什么说"下考功第"呢？"考功"是当时唐朝掌管科第的政府机关，负责这方面工作的官吏叫考功员外郎。到了开元二十四年（736）以后，这项工作就转由礼部来主持了。杜甫在开元二十三年（735）参加了由考功员外郎所主持的考试，但没有考上。于是他"独辞京尹堂"。"京尹堂"指的是首都所在地，唐朝把长安及附近的地方称为"京兆府"。杜甫一个人来到长安参加考试，现在又独自一人辞别了首都。不过，那时他毕竟还年轻，也没有因此而绝望，就暂且放下考试，再次去游历了。

"放荡齐赵间，裘马颇清狂。"那时他不过二十几岁，穿着裘衣，骑着马，过了一段清狂的生活，他与李白就是在这个阶段认识的。当时李白已经从翰林院辞职，于是两个人到各地饮酒作诗，登山临水，共同度过了一段千载之下犹使人艳羡不已的相知相得的日子。

（曾庆雨整理）

在长安求仕时期之生活及诗作

杜甫受到中国儒家传统这么深刻的影响，他的生命意义和价值完全建立在为世所用之上，所以后来他又回到长安，希望能够找到一个机会。

　　唐朝有一种风俗，我在讲王维的时候也曾经说过，王维二十岁左右来到首都长安，希望能够考中。在此之前，他先要打出知名度来。于是一来到长安，他就与那些王子公主们交游，因此他很早就出名了，而且一考就考上了。

　　可是杜甫第一次没有考上；他到外边游历了一番，再回到长安后也想要出名，他就也与那些达官贵人们交往。当时最欣赏杜甫的一个人叫韦济，杜甫曾写有一首《奉赠韦左丞丈二十二韵》的诗，"左丞"是一个相当高的职位，韦济那时担任左丞之职。我总觉得讲杜甫比较困难，因为他有一些诗很长，而且牵涉了那么多事情。

奉赠韦左丞丈二十二韵

这首诗是应该讲的，因为这对于了解杜甫的生平很重要。可是我们时间来不及，所以我现在只能简单地挑选重要部分说一下。

"纨绔不饿死，儒冠多误身。"他第一句就直接写出了心中的愤慨不平。他说：你看现在的社会，富贵人家的子弟只知道奢华享受，一生都是幸运的；可真正的读书人反而耽误了自己的一生，难得有出头的日子。因为只要你的父亲兄长是做高官的，你就有富贵显达的机会；若没有这样的背景，只靠苦读，当然前途渺茫了。

"丈人试静听，贱子请具陈。"因为杜甫当时只是一介布衣，而韦济比他年岁大、地位高，所以杜甫称韦济为"丈人"，而自称为"贱子"。他说：老先生，请你静听我这个卑微的晚辈仔细谈一谈。

后面就说他自己的情况了："甫昔少年日，早充观国宾。"什么叫"观国宾"？《易经》里边有一个《观》卦，《观》卦六四爻的爻辞说"观国之光，利用宾于王"，"国"代表首都，你要想了解首都的政绩风俗、各种建设的美好情况，最方便的一个办法就是到那里去旅行观光，作为宾客去朝觐君王。杜甫说，他少年时代就到长安参加考试了。

那么杜甫的才学究竟如何？"读书破万卷，下笔如有神。赋料扬雄敌，诗看子建亲。"我们看他的诗，里边引用了历史、经学、文学等很丰富的资料，他自己也说：我读了这么多书，落笔写起诗文来如有神助。人家认为我的赋可以和扬雄匹敌，我的诗与曹植接近。

可见杜甫是很自信的。"自谓颇挺出，立登要路津。"我本来以为自己很杰出，以为来到长安以后，马上可以考中，得到一个职务。得到职务还不是为了我自己，我要"致君尧舜上，再使风俗淳"，以我这样的才能，如果有朝一日能在朝廷中做事，我可以使我们的国君成为尧舜以上那么圣明的君主，使败坏的社会风俗再度变为淳良。

可是，"此意竟萧条，行歌非隐沦"。凡出乎意料的事我们说"竟"如何如何，比如：今天早上天气还很好，怎么这会儿竟然下起雨来了？杜甫说，我本以为自己可以做一番事业，然而我的志愿落空了。于是我就"行歌"，古人所说的"行歌"代表隐士的生活，"行"就是到各地去周游：你没有一个固定的职位，你的生活没有固定下来，只能四处漂泊。"歌"是吟啸，古人有吟有啸，"吟"者可以吟自己的作品，抒发自己的感情，也可以吟古人的作品代表自己的感情；"啸"是只有声音而没有词句，有时候，你心里边有一种激昂慷慨的感情，你没有作出诗来，就只发出一阵长啸，也能够把感情发泄出来。为什么我们形容那些隐士的生活，说他们漂泊还不够，还要说他们"行歌"呢？这都是有缘故的。我在讲李白时就提到过楚狂接舆。《论语》上记载说，楚国的隐者唱着一首歌经过孔子的面前，叫孔子也去隐居，所以隐士唱歌可代表他们那种逍遥自在的生活。杜甫在开元二十三年（735）的科考中失败，失败后他离开长安在齐、赵间游历，过了一段"放荡齐赵间，裘马颇清狂"的日子。这表面上看起来好像他很高兴，但你若结合他别的一些诗来看，就知道他内心其实有很多失意的感慨和牢骚。诗人作诗有时写的是生活的一面，而生活是多面的，他尽管去周游，去行歌，去作诗，但杜甫绝不是一个甘心过"隐沦"生活的人。他如果真的放下，不再关心国家人民，就可以像王维那样在辋川的山水中过自己闲适自在的生活，但他办不到，真的是没有办法，所以他说自己："行歌非隐沦。"

接下来如何呢？"骑驴十三载，旅食京华春。"为什么说"骑驴"？你要注意中国诗人的遣词用字。有一次我去北大，林庚教授说他要写文章讨论一下唐诗中的语汇。他说，唐诗中的某些常用语汇可给人一种固定的联想。比如杜甫有句诗说"看剑引杯长"（《夜宴左氏庄》），表现的是什么感情？壮志难酬。因为唐朝人一说到"看剑"，就表示我有治国平天下的理想和本领，"引"是举起来，举杯喝酒就表示失意，所以他一说就给你某种固定的联想。再比如"骑驴"，与"骑驴"相对的是"轩车"——那些用四匹马驾着的装饰华美的车子。有些人没有高车大马的享受，要出门走远路只好骑驴，所以"骑驴"代表的是贫寒，与达官贵人的"轩车"形成对比。杜甫说，我骑着一头毛驴，在外周游了十三年之久。有时候在齐、赵，有时候还回到长安。在长安，我本来希望能够得到一个官职，得到贡献自己才能的机会，可我没有得到。我就和讨饭一样，"旅食"在"京华春"。为什么说"京华春"？难道他春天旅食秋天不旅食？对于文学你不能按科学那样计算。我刚才说了，唐朝的语汇可给人某种联想。"京华"是首都，代表富丽美好；"旅食"代表求而不得的不幸生活。试想，在首都达官贵人们所住的地方，高楼大厦，店铺林立，歌舞繁华。春天万紫千红，这么美好，而我却过着"旅食"的生活，所以这里也是一个对举。杜甫有一首写李白的诗说："冠盖满京华，斯人独憔悴。"（《梦李白二首》之二）首都到处是那些达官贵人，他们戴着官帽子，坐着有篷盖的车，而我一个想要"致君尧舜"这样的人，却独独憔悴在京华。

下面继续写他在长安的凄凉境遇："朝扣富儿门，暮随肥马尘。残杯与冷炙，到处潜悲辛。"他说，我想在首都找碗饭吃都没有机会，我只是勉强去求见某某人，人家把喝剩的残酒给我一杯，吃剩的冷肉分我一块。凡是我所经过的地方，都隐藏着无数的悲哀与酸辛。

接着，杜甫对韦左丞表示感谢："甚愧丈人厚，甚知丈人真。每于百僚上，猥诵佳句新。"他说，我很惭愧你对我这么知赏，我也知道你对我的感情很真挚。为了推荐我，你常常在百官之上背诵我美好的诗句。以我这么低贱的人，居然蒙受了你的厚爱！可是，一切都过去了，我依旧过着漂泊的生活。

我们知道，"放荡齐赵间"不是杜甫真正的目的，他不是可以放下的，所以后来他又回到了长安。为什么回来？那一年玄宗皇帝举行了一次特考，专门给那些没有考中进士的人一次机会。他下诏说：无论如何，你只要有一种特长，都可以到首都来参加考试，为的是访求被遗漏的人才。杜甫听说这个消息后，赶快回来应试了，结果又没有考上。你也许会说：杜甫真的差劲，怎么总考不上呢？可是你要知道那次不只杜甫一个人没有考上，是这次考试一个人也没有录取。为什么？因为当时的宰相是李林甫。我们在讲张九龄时曾经说过，张九龄是玄宗初年一个很好的宰相，后来就是在李林甫的排挤之下被免官贬到广东，不久便死去了。我们在讲李白《远别离》时也曾说过，皇帝的权力已落到大臣手里，当时专权的大臣一个是李林甫，另一个是杨国忠。他们都是嫉贤妒能之人。没有才能的人对有才能的人常常特别嫉妒，一个原因是贤才比他强，另一个原因是贤才在位，就会看到他很多不合理的地方。李林甫既然掌握着大权，他就对那些主持考试的人说：一个都不许中！然后向玄宗报告说：你的政治太好了，现在是"野无遗贤"啊！"野"是民间，你不一定要到山野去，凡是没有在朝廷的人就是在野。李林甫说，现在民间四野之中没有漏掉一个有才能的人，所有贤才都被你搜罗来为你工作了。就这样，一个人都没有考上，这真是一个极大的讽刺！

没有考上怎么办？我说过，杜甫不像有的人，考不上就算了。人家李白当年都不肯去考，等着皇帝把他请去；请去之后不得志，不得志怎么办？辞官！杜甫就不同了。你要知道在中国的封建时代，一般情况下，你真的要想实现你的政治理想，就只能参加考试，考不中就没有机会。几次失败后，杜甫仍不甘心就此罢休，他要再找一个机会。果然，机会来了。

四年之后，也就是天宝十载（751）的正月初一，玄宗在朝廷接连三天举行了三个重要的典礼，祭祀天地祖宗，依次是：朝献太清宫、朝享太庙、有事于南郊。于是杜甫写了三篇赋，分别赞美皇帝的三大礼。献赋在中国是有传统的，我说过，宋朝的周邦彦也曾采取过这样的办法。他本来是太学生，就向神宗皇帝献了一篇赋，歌颂新法，神宗一高兴，一下子把他从太学生擢升为太学正。杜甫总考不上，就想：我献赋吧。你要知道，这个时候杜甫多大年岁？

他的虚岁应该是四十一了。孔子说:"四十、五十而无闻焉,斯亦不足畏也已。"(《论语·子罕》)杜甫在他四十岁那一年的除夕也写过两句诗:"四十明朝过,飞腾暮景斜。"(《杜位宅守岁》)四十岁明天就要过去了,而"人生七十古来稀",就算我有多么飞腾的才能和志意,生命的大半已经逝去,现在如果再没机会做一些事情,等到什么时候才有机会?所以杜甫到四十岁的时候就很紧张。为了再争取一次机会,他就"奏赋入明光",他写了三篇《大礼赋》献到皇帝的明光殿。献赋以后怎么样?"天子废食召,群公会轩裳",这都是杜甫在《壮游》一诗中所写的。当然皇帝并没有为他而"废食",只是特别召见了他,给他一个人安排了一次特殊的考试。

这次考试是杜甫平生最得意的一件事情了,他晚年时写过一首诗,其中有这么两句:"集贤学士如堵墙,观我落笔中书堂。"(《莫相疑行》)那时唐朝有一个政府机关叫集贤院,类似于我们现在的研究生院,就是把贤能的人才集中起来的一个学术机构。好,你杜甫这三篇赋的确写得不错,但你是在外边作的,这次临时出题,马上考试!杜甫说:集贤院里那么多有学问的人,像一堵墙一样包围着我,观看我"落笔"在"中书堂"。"中书堂"是哪里?唐朝中央政府有三个最高的部门,被称为三省:左省是门下省,右省是尚书省,中央一省即中书省。"中书堂"就是中书省的大堂。接着他说:"往时文采动人主,此日饥寒趋路旁。"想当年我的文章辞采感动了贤明的君主,没想到我现在忍饥挨饿,每天奔走在道路之上。杜甫在另一首诗中也说:"常恐死道路,永为高人嗤。"(《赤谷》)他说,我常常担心有一天漂泊在路上就死去了,永远被世人讥笑。你以为这仅仅是杜甫过分的夸大吗？不是，杜甫最后真的死在旅途中，而且他一生一世大半是在饥荒和逃难中度过的。

经过召试文章，杜甫考得还不错，于是皇帝让他"待制集贤院"，"参列选序"，也就是把他的名字排列在候选人的名单上。用现代的话说：你等着分配吧！你要知道皇帝虽然欣赏他，可分配工作的人并没有及时地落实政策，一耽误就耽误了多久呢？一直等到天宝十四载（755）去了。他从天宝十载（751）献"三大礼赋"然后特考被录取，那时还很得意，可是等了四年才等到分配。分配他去做什么？河西县的县尉。

官定后戏赠

后来他写了一首诗，题目是《官定后戏赠》。杜甫参加了几次考试，等了这么多年，一直想得到一个职位，现在总算定下来了。这本来是好事，可他却说"戏赠"，"戏"有嘲笑、嘲讽之意，所以这是他自嘲的一首诗。好，我们看一下：

> 不拜河西尉，凄凉为折腰。
>
> 老夫怕趋走，率府且逍遥。
>
> 耽酒须微禄，狂歌答圣朝。
>
> 故山归兴尽，回首向风飙。

"不拜河西尉"，杜甫的诗最大的一个特色就是他的真诚，他能够用文字把自己内心的感受很真切地表现出来。他说，我没有"拜"，"拜"者即叩拜，这里指的是接受。在中国古代，如果朝廷给你一个官职，你先要拜受——要叩拜然后再接受。杜甫说，"官定"是已经接受了官职，而在接受这个官职以前，他曾拒绝了另一个官职。拒绝了什么官职？河西尉。县尉是县令手下的一个辅员，地位很卑微，要服从县令的一切命令，为其奔走，供其使唤。杜甫说，我没有拜受河西尉的官职，因为县尉的生活是折腰的生活，而折腰是令人感到凄凉的。

不止是杜甫一个人对做县尉有这种感觉，唐朝的很多人都有这种感觉。晚唐诗人李商隐也做过县尉，但他没有杜甫的勇气——不满意我就不干了，李商隐当时无可奈何！他父亲很早就去世了，而他是最大的哥哥。小时候他靠给人家春米、抄书来维持生活，到后来为了养活一家人，不得已接受了弘农县尉的官职。为此他也写过一首诗，题目是《任弘农尉献州刺史乞假归京》：

黄昏封印点刑徒，愧负荆山入座隅。
却羡卞和双刖足，一生无复没阶趋。

他说的是什么？县大老爷今天审判，召集了很多人，谁贿赂他就判谁无罪，谁不贿赂他，就算你再冤枉，再有道理也可能被定罪。你看《红楼梦》，人家石呆子家里有祖传的几把扇子，他不肯卖给贾家，而贾赦非买不可。当官的巴结贾府，强行夺去了那些扇子，还把石呆子弄得下狱抄家。俗话说："衙门口，朝南开，有理没钱莫进来。"县老爷贪赃枉法、草菅人命，多少人被冤枉地处死了，你做县尉的有权说一句话吗？你什么办法都没有！李商隐说："黄昏封印点刑徒。"黄昏时候，县老爷审判完了，我要照例把印封起来，然后清点囚徒，把他们关起来。我明明知道其中有些人不该判死罪，可是关不关？关哪！"愧负荆山入座隅。"他说，我很惭愧辜负了荆山。荆山有一个典故，相传楚国人卞和曾在荆山中发现一块极好的玉璞。他把这块玉璞献给楚厉王，厉王叫玉工们来看，都说是石头。楚厉王认为卞和在骗自己，就命人把他的左脚砍断了。厉王死后，武王继位。卞和觉得这么一块美玉被弃掷了实在可惜，又抱着它去见武王，结果又被玉工说成石头，这次连右脚也失去了。再后来，楚文王即位，卞和抱璞哭于荆山，文王命玉工雕琢玉璞，得绝世美玉。这就是有名的"和氏璧"，很多人曾为得到这块玉兴兵作战。现在李商隐说，我很惭愧，也许我自以为我的才能犹如荆山的美玉，可是每一天我都要屈居末席，等着坐在当中的县老爷发号施令。"却羡卞和双刖足"，我现在反而羡慕那个刖去双足的卞和，如果那样，就不会再过这样的生活了。什么样的生活？"一生无复没阶趋。""阶"是台阶，"没"是沉在下面，我就不会在大堂的台阶底下奔走，供人驱使了。

这是李商隐，那么杜甫呢？"不拜河西尉，凄凉为折腰。"他没有接受河西县尉之职。好，不接受就再等，这一次等到了什么官职？这一次是"右卫率府胄曹参军"。唐朝的很多官职是有左有右的："丞相"分"左丞相"和"右丞相"，"拾遗"有"左拾遗"和

"右拾遗","率府"也分"左卫率府"和"右卫率府"。"率府"是一个军事机关,相当于首都的卫队。还不是让他去做公安警察或是领兵打仗,而是做"率府"的"胄曹参军"。根据唐朝的官制,"胄曹参军"掌管军需物品库的钥匙,也就是一个仓库管理员。杜甫接受了这个官职,然后写了这首《官定后戏赠》。

你要知道,杜甫本来的理想是要"致君尧舜上"的,可现在他说:"老夫怕趋走,率府且逍遥。"他从二十几岁出来考试,一直没有实现平生理想的机会。如今已经四十五六岁了,他说,我活了大半辈子,不想再供那些人使唤趋走了,现在只管仓库,对事不对人,只要拿好钥匙不丢东西就可以,至少我是逍遥自在的。况且,我"耽酒须微禄",因为我喝酒需要钱,薪水再低,总比没有好啊!从《壮游》一诗中我们知道,杜甫从小时候就喜欢喝酒,可是他年轻时游历过吴越,后来寓居长安,又曾到齐、赵一带游历,这么多年他的资财早已散尽,生活应该是很穷苦的。此时为了获得一点微薄的俸禄,他没有办法不接受这个官职了。"率府且逍遥"的"且"字说得好:难道"率府"就是我愿意接受的官职吗?不是,只是跟河西尉比较起来,稍强些罢了。我常常说中国诗里边的"聊"字有一种特别的口气,就是聊且、姑且如何:虽然不是最好的,可是我也没有其他的选择,姑且如此吧。

杜甫的理想本来很高,可是人家不用他。现在做了管钥匙的小官,他说,我只能"狂歌答圣朝"了。这五个字看起来很平凡,但包含了很多的悲哀和感慨:我所要报答朝廷的仅仅是如此吗?然而我现在怎么报答?痛饮狂歌罢了!尽管如此,他仍然尊敬地称朝廷为"圣朝"。"圣朝"可能有一种反面的讽刺意味：我希望它是"圣朝"，可它明明已不是圣朝了；我一个要"致君尧舜上"的人，现在居然落到这样的下场！另一方面，它虽然已不是"圣朝"了，但我不管它圣不圣，仍然要爱它。我说过，杜甫是一个具有纯正的儒家思想传统的人，他既得到了儒家好的方面的影响，忠义奋发，积极用世，也受到儒家另外一方面的影响，固守君臣之间的伦理道德。用现在的标准看，就是缺乏"革命"的精神。当国家发生重大的不幸和危难的时候，他一方面真正地同情那些受苦受难的老百姓，另一方面对朝廷政治的腐败堕落也真正地痛心疾首，可他的诗里边凡是讲到朝廷和君主的，无论他多么为之难过，他依然是爱他的君主的。所以有人批评杜甫，说他缺乏反抗精神，等等，但这是无可奈何的一件事情，他所生长的环境、传统的道德标准从小就影响他，使他与儒家的传统结合得如此密切。而儒家传统的各个方面势必同时对他产生影响。

如果你觉得"胄曹参军"这个官职不能实现你的政治理想，给你的只是一种讽刺，你可以到故乡的田园去归隐啊！中国古代的士人不是一直有仕和隐两条道路可以选择吗？再说又有陶渊明这样的先例。下面杜甫就说出他不还乡的原因了："故山归兴尽，回首向风飘。"我不是不想回到河南巩县去种地，可是现在我回去的兴趣完全消失了。回头看一看我的故园，只有阵阵吹起的狂风。

为什么？你要知道，安禄山叛乱是在天宝十四载（755）的冬天，杜甫受官的时候已是天宝之乱的前夕了。而安禄山是从哪里起兵的？《长恨歌》中说："渔阳鼙鼓动地来。""渔阳"就是河北蓟县①，现在蓟县县城的城门楼子上还写着"古渔阳"三个大字。当年安禄山从河北起兵，河南先紧张，洛阳先陷落，然后才向长安进军，杜甫写这首诗的时候，他的故园河南巩县已经受到叛乱的威胁了。所以杜甫才说："故山归兴尽，回首向风飙。"我可以不接受官职，可以忍受贫穷，但是我回到哪里去？

（曾庆雨整理）

---

① 河北蓟县：今天津市蓟州区。——编者

安史之乱将起时的一篇名作

就这样，杜甫接受了率府冑曹参军的官职。可没过多久，安禄山真的起兵了，这时杜甫在长安。因为谋职不顺利，他一直没敢把家眷接过来。古人说："长安居，大不易。"你要在长安租房子还了得，那得多少钱！所以杜甫只是一个人出来的。那么杜甫的妻子儿女在哪里？在奉先。奉先是陕西的一个地名，当安禄山的叛乱越来越厉害的时候，杜甫不放心他的家人，从长安奔赴奉先，而他那首有名的《自京赴奉先县咏怀五百字》就是写这段经历的。那时已是长安沦陷的前夕，前一年，也就是天宝十三载（754）的七八月间，霖雨不止，水淹了庄稼，因为没有来得及收割，粮食发霉长芽，都坏掉了。当时杨国忠做宰相，他欺骗皇帝，从别的地方找来收成很好的粮食，把这样的稻穗拿给皇帝看，说：虽然下雨，粮食却不受损伤。我最近看的一篇报告文学《民以食为天》，还有我前些时候看的《乌托邦祭》，"大跃进"的时候、"文革"的时候说庄稼亩产多少，都是假的！杨国忠那个时候也是欺君，说农民没有受到损失，所以朝廷没有赈济而人民确实已在饥饿之中了，确实是"霖雨伤稼"。见此情景杜甫怎么写的？他说，"城中斗米换衾裯"（《秋雨叹三首》之二）——只一斗米你就可以娶个太太来。乡下人没饭吃，人就这样不值钱了。我不得不讲这些，因为这都是杜甫当时生活的现实情况。所以他没有把妻子儿女接到长安，而是把她们留在奉先。过了一年，安禄山就起兵了，那时道路上到处都是饥寒交迫、流离失所的人。

我们以前讲过杜甫早年的几首诗，认识了他青年时代的诗的特色。就是这样一位诗人，抱着"致君尧舜上"的理想，当他面对着国家、人民的苦难时，又写出了怎样的诗呢？

在中国诗歌的演进过程中，杜甫的诗有一个很大的特色，就是不避"丑拙"，甚至以"丑拙"为美。一般人以美为美，认为风花雪月、绿水青山才美，可是大家都去写风花雪月、绿水青山，有时连一点真诚的感动都没有，那就不美了。杜诗之不避"丑拙"源于他博大的关怀，他不但能够面对悲惨丑拙的现实，而且能把这样的现实表现得非常真诚恰当，同时传达出一种感发的力量。而"丑拙"经过真诚恰当的传达、感发，就形成了一种"诗之美"了。从《诗经》《楚辞》到汉魏六朝，杜甫对诗歌传统又有了一个新的开拓和不同方式的表现。

我们曾经说过，《诗经》有赋、比、兴三种表现手法，而诗之比、兴常常用大自然中的一些形象，什么"关关雎鸠"啦，"桃之夭夭"啦，这些形象都是美丽的。到了屈原的《离骚》，所用的形象也是美丽的。司马迁说屈原"其志洁，故其称物芳"（《史记·屈原贾生列传》），屈原喜欢用美人香草寄托自己美好的理想。汉魏六朝以后，中国诗歌逐渐出现了唯美的趋势，不但讲究声音的平仄和谐，而且所写的内容也是很美的事物。尤其是南朝宫廷里边那些君臣唱和的诗篇，他们所写的几乎都是风花雪月、歌舞享乐；而南朝的民歌写的也多是相思爱情。当然，北朝也出现了一些壮美雄健的作品。到了唐朝，我们讲过高适、岑参等人的边塞诗，虽然他们也会写到一些战场上的情景，像什么"相看白刃血纷纷，死节从来岂顾勋"（高适《燕歌行》）、"黄沙百战穿金甲，不破楼兰终不还"（王昌龄《从军行》），这都是唐朝边塞诗中有名的句子，但是比较起来你就知道，他们所写的虽不是风花雪月，然而你看他的"白刃"、他的"血纷纷"、他的"黄沙"、他的"金甲"，他所用的都是诗的词汇。也就是说，他所写的可能是战争，是杀伐，是一些血淋淋的事件，但他们常常用的是诗的文字，他们认为一定要用那样的文字写出来才是诗。杜甫在这个传统上有所开创，他有时不要那些诗里边的文字。美，当然可以有不同类型的美，你可以有白云在天的美，也可以有大山在地的美；可是最主要的一定是真，真是一切美的基础。只要是真的，就可以不避"丑拙"，用非常现实的、没有诗意的文字把最真诚的面目不假雕饰地表现出来。如果你外表上造作得很美，本质上却没有一个充实的生命，就算再美丽也是一个假的玩偶。

杜甫的诗真的是写实，在他之前，很少有人能够这样面对现实，而且所写的有时是丑陋的、恐怖的现实。《自京赴奉先县咏怀五百字》正是这样一首写实的作品，我认为杜甫这首诗受了汉末建安时的一位女诗人的影响。以前讲汉魏六朝诗的时候，我们曾讲过蔡琰的《悲愤诗》，写她在东汉末年战乱中的遭遇：她是著名学者蔡邕的女儿，丈夫死后，她回到娘家。那时候董卓发动叛乱，向胡人借了兵。胡兵来到中原后烧杀抢掠，她就是被匈奴人俘虏走的一个人。到了匈奴，匈奴王逼她成婚，又生了两个儿子。后来曹操把她接回来，又得和儿子分别。回到自己的国家后结了婚，结果丈夫又犯罪了，总之写的是一个女子一生的不幸遭遇。在写到匈奴人烧杀抢掠的时候，她说："马边县（悬）男头，马后载妇女。"那匈奴兵进来以后，把男子杀死，把女子抢走了。后来，她写到与儿子分别，有几句非常动人。她说：

> 邂逅徼时愿，骨肉来迎己。
> 己得自解免，当复弃儿子。
> 天属缀人心，念别无会期。
> 存亡永乖隔，不忍与之辞。
> 儿前抱我颈，问母欲何之。
> 人言母当去，岂复有还时？
> 阿母常仁恻，今何更不慈？
> 我尚未成人，奈何不顾思？
> 见此崩五内，恍惚生狂痴。

"邂逅徼时愿，骨肉来迎己。""邂逅"是偶然碰到，"徼"是侥幸、幸运——偶然碰到一个机会，满足了我的愿望，祖国的亲人要接我回去了。曹操因为和蔡琰的父亲是朋友，所以用重金把她赎回，这说起来当然是幸运的。"己得自解免"，自己能够离开匈奴这么荒凉的地方，可是"当复弃儿子"，我要把两个儿子都丢下来留在匈奴。"天属缀人心"，我们说人与人之间的关系叫作伦理，伦理之间有属于天理的伦理，有属于人为的伦理。父母对于子女，尤其是做母亲的与子女之间的这种关系真是天生来的心连着心，然而从此一别，永远没有见面的机会了。

"存亡永乖隔，不忍与之辞。"今后不管是生是死，都不能互相探望，我怎么忍心就此与我的儿子告别呢？"儿前抱我颈，问母欲何之。"儿子还很小，一点不懂事的样子，他上前抱住我的脖子说：母亲你要去哪里呀？

下面是她儿子的话："人言母当去，岂复有还时？阿母常仁恻，今何更不慈？我尚未成人，奈何不顾思？"人家都说母亲要走，走了之后哪里还有回来的日子？母亲你一直这样爱我们，为什么如今不再爱我们了？我还没有长大成人，还是小孩子呀！而你居然不顾念我。

后面就是她自己说了："见此崩五内，恍惚生狂痴。"我听到儿子跟我说这样的话，真是五内都崩裂了！有人只说自己"断肠"，有人只说自己"心伤"，而她说，我所有的内脏都破裂了，真是要发疯的那种痛苦。

接着写她离开匈奴回中国的路上的情景："去去割情恋，遄征日遐迈。悠悠三千里，何时复交会。念我出腹子，胸臆为摧败。"我就这样与儿子分别了，但我不能割断对他们的留恋。我的车子快速向前赶，一天比一天走得远了。从匈奴到长安有三千里之遥，我什么时候再见到我的儿子？想到他们是我亲生的儿子呀！我内心顿时有一种被摧伤的感觉。你看她说的都不是风花雪月，不是漂漂亮亮的言辞，可是这么诚恳，这么真实！

最后回到中国了："既至家人尽，又复无中外。城郭为山林，庭宇生荆艾。白骨不知谁，纵横莫覆盖。出门无人声，豺狼号且吠。茕茕对孤景，怛咤糜肝肺。"回来已人事全非，因为经过董卓之乱，不但家里最亲近的人都去世了，而且内外的亲戚、很多熟人也都不在了。原来的城郭变成一片荒凉的山林，院子里长满了野草。我看到大街小巷、院子内外，到处是人的尸骨。死的是谁？不知道，只见这些尸骨纵横在路上，始终没有人埋葬。偶然走出门去，既看不到人影，也听不到人声，只有豺狼在远处号叫。走出走进只我一个人对着自己孤单的影子。我悲哀叹息，觉得肝肠心肺似乎都在这种彻骨的悲哀中腐烂掉了。

她写的是什么？都是血淋淋的现实。除蔡琰以外，在汉魏六朝的诗人中，对现实反映得比较真切的还有王粲。王粲的一首《七哀诗》里边有这么两句："路有饥妇人，抱子弃草间。"他写的也是东汉的战乱，说是有一个饥饿的妇人，抱着她的小孩子抛弃在路边的野草丛中，因为这个妇人自己都不能存活，怎么能保全自己的孩子？东汉末年建安时代有这么多战乱，所以有蔡琰和王粲等诗人写出这种悲惨的现实。

南北朝以后的诗人，就大都写风花雪月了。特别是南朝还产生了所谓的"宫体诗"，那些诗除了写贵族的饮酒宴乐，就是写妇女的艳姿冶容，而且把女子当作被他们玩弄的物来写，既没有感情又没有内容。有人说，五代的小词不是也常写美女和爱情吗？它与宫体诗有什么区别？我要说，虽然五代词和宫体诗同样写女子，可二者完全不同。五代词写美女和爱情是结合在一起的，而且里边有一种真实的感情。

一般说起来，中国文学中的女子有两种感情类型。前几天有位同学作了一篇关于西方女性主义文学批评的报告，说西方文学所写的女性不是美丽天真的白雪公主就是凶恶残忍的巫婆，因为那都是男人所写的文学作品，而男人眼中的女子就有两种感情类型：要么是美丽浪漫可以供他赏爱的，要么是在他看来凶恶可怕的。中国男子笔下的女子也有两种感情类型：一种是期待，就是对于所爱之人的等待。"昨夜西风凋碧树。独上高楼，望尽天涯路"（晏殊《蝶恋花》"槛菊愁烟兰泣露"）；"一晌凭阑人不见，鲛绡掩泪思量遍"（冯延巳《鹊踏枝》"梅落繁枝千万片"）——我就是流着泪忍受着痛苦，也一定等待他。另一种是奉献："春日游，杏花吹满头。陌上谁家年少，足风流？妾拟将身嫁与，一生休。纵被无情弃，不能羞。"（韦庄《思帝乡》）——我要把我自己奉献出去，一辈子都追随他了。"纵被无情弃，不能羞"，这是中国的男子所写的女性的感情：期待和奉献，而这两种感情都可以提升。我说过，中国诗歌里边的男女之情与君臣间的感情有相似之处：在男女之间，女子永远是期待和奉献的；在君臣之间，臣子永远是期待和奉献的。君主用了你，你就奉献；不用你，你只有等待，不能造反革命。因为两种感情有这种相似之处，所以当男子写女子的感情时，就在潜意识中把女子的期待和奉献与自己作为臣子的感情结合在一起了，这就使得五代那些写美女和爱情的小词有了深一层的含义，从而能够引起读者言外的一种联想。可是宫体诗不然，五代小词尽管写的是女子的期待和奉献，但他是把女子当作有血肉、有感情的人来写的，而宫体诗则把女人当作物来写，写什么美人的手、美人的指甲，根本没有作为人的感情。因此我从来不讲宫体诗，那真是没有生命的诗。

除宫体诗以外，南北朝时期还开始兴起了写山水风景的诗。像谢灵运和谢朓，他们的诗就要避免那种血淋淋的现实和人民的疾苦了。就算是陶渊明，他生在从东晋到南北朝之间充满了战乱的时代，心中有这么多悲愤和感慨，他对于国家、人民也未始不关心，可是陶渊明的诗里边有一句血淋淋的现实吗？没有，因为人对环境的反映是不一样的。比如杜甫，他倾向于向外观察、向外反映，而陶渊明是向内的，他虽然没有直接写现实中战乱流离的悲苦，但外界所有战乱流离的悲苦都打进他的内心了，他内心所有的悲慨都是那个战乱流离的时代的反映。

魏晋南北朝以后是隋唐，隋朝比较短，初唐的诗继承了齐、梁的余绪，注重声律和辞采等形式方面，风花雪月写得很美丽。一直到杜甫才又恢复了建安时代直接反映现实的传统，而在杜甫之前，蔡琰也是这样的一位诗人。可一般说来，大家对蔡琰不太重视。在中国的女性文学中，有文才的女性被称为"才女"。我以为，中国古代对于女子是"犬马视之"，"犬马"是人所豢养的动物，是值钱的，因此古人可以把自己的姬妾送给朋友——当作一件礼物随便送来送去，他们并不尊重女子的性格和感情。高一级的才子欣赏才女，不把才女看成犬马，而看作"琴书"，是"琴书视之"。也就是说，有一种高级的精神上可供欣赏的因素。但无论如何，男子对于才女的欣赏仍然也是一种欣赏，才女们仍是被当作男子们所欣赏的对象来看待的，只不过这种女子在美貌之外还有才学，所以更可欣赏而已。我说过，一般男子所写的女性的感情有期待和奉献两种感情，而女子自己所写的也常常希望得到男子的爱情。对爱情的期待，为爱情而奉献，像李清照这样的女词人尚且有这样的句子。她说，她买来一朵花，"云鬟斜簪"，把这朵花斜插在头上，为什么？为的是"徒要教郎比并看"（《减字木兰花》"卖花担上"）——我就是为了戴花给我丈夫看，让他看一看到底是我美还是花美。当然，作为女子总有女子的声气口吻，可是蔡琰的诗不同于一般的女性文学，她写她的结婚、她的守寡、她的被俘、她的生离死别，她所写的是一个女子在战乱时代中种种的苦难和不幸，而她的声气口吻真是有男子的气概，真是反映了当时的乱离。也许有人认为这是丑陋的，但这是真诚的，使人感动的，所以我认为蔡琰实在是中国女诗人里边了不起的一位作者。

我们说杜甫继承了建安风骨，写出不避丑拙、直接反映现实的诗篇，可能受到了蔡琰的影响，但杜甫与蔡琰还有一点不同，蔡琰写的是个人在乱世中的遭遇，杜甫写的则是整个国家和人民的不幸。一般说起来，常人都是写个人的感情才会真诚：是我们自己的经历、自己的悲欢离合，与我们自己切身相关才会写得动人。而杜甫个人的感情与中国的伦理道德的感情恰好是合一的，所以杜甫写的不是一个人，是为整个的国家、所有的老百姓而哀伤，《自京赴奉先县咏怀五百字》正是这样一首作品。

自京赴奉先县咏怀五百字

前面我们交代了这首诗的写作背景，说是天宝十四载（755）的十一月初，安禄山起兵以后，杜甫惦念他在乡下的家人，于是从长安赶回奉先。而且，我们也对中国诗歌传统中反映现实的作品做了简单的介绍，现在就可以来看这首诗了：

杜陵有布衣，老大意转拙。许身一何愚，窃比稷与契。
居然成濩落，白首甘契阔。盖棺事则已，此志常觊觎。
穷年忧黎元，叹息肠内热。取笑同学翁，浩歌弥激烈。
非无江海志，萧洒送日月。生逢尧舜君，不忍便永诀。
当今廊庙具，构厦岂云缺。葵藿倾太阳，物性固莫夺。
顾惟蝼蚁辈，但自求其穴。胡为慕大鲸，辄拟偃溟渤。
以兹误生理，独耻事干谒。兀兀遂至今，忍为尘埃没？
终愧巢与由，未能易其节。沉饮聊自遣，放歌颇愁绝。
岁暮百草零，疾风高冈裂。天衢阴峥嵘，客子中夜发。
霜严衣带断，指直不得结。凌晨过骊山，御榻在嵽嵲。
蚩尤塞寒空，蹴踏崖谷滑。瑶池气郁律，羽林相摩戛。
君臣留欢娱，乐动殷胶葛。赐浴皆长缨，与宴非短褐。
彤庭所分帛，本自寒女出。鞭挞其夫家，聚敛贡城阙。
圣人筐篚恩，实欲邦国活。臣如忽至理，君岂弃此物。
多士盈朝廷，仁者宜战栗。况闻内金盘，尽在卫霍室。
中堂舞神仙，烟雾蒙玉质。暖客貂鼠裘，悲管逐清瑟。

劝客驼蹄羹，霜橙压香橘。朱门酒肉臭，路有冻死骨。

荣枯咫尺异，惆怅难再述。北辕就泾渭，官渡又改辙。

群水从西下，极目高崒兀。疑是崆峒来，恐触天柱折。

河梁幸未拆，枝撑声窸窣。行旅相攀援，川广不可越。

老妻寄异县，十口隔风雪。谁能久不顾，庶往共饥渴。

入门闻号咷，幼子饿已卒。吾宁舍一哀，里巷亦呜咽。

所愧为人父，无食致夭折。岂知秋禾登，贫窭有仓卒。

生常免租税，名不隶征伐。抚迹犹酸辛，平人固骚屑。

默思失业徒，因念远戍卒。忧端齐终南，澒洞不可掇。

　　这是很长而且比较难读的一首诗，中间也许不得已要略读。我说过，读者有不同的读书水平，台湾诗人余光中先生曾经写过一篇散文，讥笑某些读者是"半票"的读者。因为身高不够一定高度的儿童买票都是半票，所以他说读者里边也有这样不能达到一定高度的人，他们只能读最浅近的作品，对于高深的作品就不能欣赏了。我们一定不能够害怕艰难，不能够只欣赏那些浅薄的作品。只有面对一些艰难的作品，我们才能够在欣赏这方面成长起来，从"半票"的儿童读者长大成人。

　　你读杜甫这首诗就会觉得非常沉重："杜陵有布衣，老大意转拙。"他果然是写实的，把他自己的生活这么诚恳地表现出来。"杜陵有布衣"，"杜陵"是地名，在当时的首都长安附近。长安是中国历史上很多朝代的首都，最有名的当然是汉朝和唐朝，所以在长安附近就有很多陵墓之地，是从前那些皇家贵族的坟墓所在的地方。

我们说，杜甫的一位远祖是晋朝时曾经带兵去伐东吴，而且给《左传》作过注解的杜预。杜预在《晋书》上有他的传记，说"杜预字元凯，京兆杜陵人也"，所以杜甫虽然是在河南巩县出生的，但是他的远祖是杜陵人。而且不只是因为他的远祖是杜陵人，还因为杜甫在长安的时候曾经在杜陵附近住过。前面我们讲，杜甫不是为了找一份工作、为了参加考试，曾经一个人在长安住了很久吗？他就住在杜陵附近一个名叫少陵的小陵墓附近，所以有时也称杜甫为杜少陵。"杜陵有布衣"，他说，杜陵这里有一个"布衣"。"布衣"代表什么呢？代表平民或者野老，就是指不是达官显宦，而是贫寒微贱的老百姓。如果是达官显宦，他的身上穿的就是丝帛了。前面说，杜甫一直到四十六岁才做了一个率府胄曹参军的官职，可没做两个月，不是就离开长安到奉先的家里边去了吗？所以杜甫四十六岁之前都是布衣。

他说，这个"杜陵"的"布衣"，是"老大意转拙"。我说过，杜甫生在开元的前一年（712），写这首诗时已经是四十五岁了。"人生七十古来稀"，七十的一半是三十五，你四十五岁，人生已过了一大半了。他说，我已经"老大"，可是我"意转拙"。一般说来，人的年岁越大，碰的钉子越多，对于世间的利害看得越多，分辨得就越清楚。于是你就学乖了，就能应付得比较圆滑而不会再做傻事了。中国人常常称年岁大又比较"滑头"的人为"老油条"，就是这个意思。可是不完全如此，有些人的性情不那么圆滑，老了也不会改变。杜甫就是如此的，他说，我老大以后不但没有变得更圆滑，年岁越大，我的心意反而越来越固执、越来越坚定，大家看起来我显得更笨拙了。他所说的"笨拙"是什么？你要知道，这首诗的题目是《自京赴奉先县咏怀五百字》，他要咏的是他自己的"怀"，是他的怀抱和志意。杜甫的诗不但每个字用得都那么有力量，他整个一篇的结构章法也是非常严密的。所以他在整首诗的开头处先说自己"老大意转拙"，那正是他的怀抱和志意。

什么是他自以为"笨拙"的怀抱和志意？"许身一何愚，窃比稷与契。"他说的真是非常好！"许身"就是终身相许，把一生完全交付出去。每个人对于自己都有一个期许，你希望做什么样的人？你把你的这一生、把你整个的身体和生命许给什么了？如果是一个女子，她愿意把她的终身都奉献给她所爱的一个男子，我们说那是"许身"。在中国过去的传统中，女子没有独立的人格，一般是如此许身的。那么男子呢？司马迁在其《史记》的《伯夷列传》中讲过每个人许身的不同，说是："贪夫徇财，烈士徇名，夸者死权，众庶冯（凭）生。"贪财的人把他的一辈子许给金钱，为了追求金钱不择手段，不顾人格，把自己的道德、良心、名誉乃至性命都可以牺牲出卖，只要有钱财就好了。烈士呢？就为了得到一个壮烈的名声，把自己牺牲了。那些喜欢夸大的骄狂之人为了追求权力，把自己的一切都出卖掉。至于我们一般老百姓，就是为了谋求生活，为了求生，有时也不惜出卖自己的一切。可是杜甫把自己许给了什么？他说，我"许身一何愚"，"何"是为什么，"一"是竟然如此，一直不改变；"一何"是加重语气的说法：我的许身怎么会这样愚蠢？我为什么不许给财，不许给名？名利兼收岂不很好？所以是"愚"。社会上一些投机取巧的人可以不出力量就得到最大的利益，很多人以为这才是聪明，这是一般社会衡量人的错误标准；但杜甫是"拙"是"愚"：我要用最笨、最真诚的方法来做人。

杜甫所"许身"的不是财，不是名，不是权，那是什么？是自己的理想。人们常常谈起理想，比如一个年轻人，想上大学、念博士，还想出国留学，这往往被认为是有理想。有人希望能够扬名声、显父母、做大人物，成就一番事业，为此而努力读书，这已经是很好了。但是，这种"理想"是从个人利害上来计较，仍不过是世俗的功利思想。孙中山先生说得好："立志做大事，不要做大官。"而一般的年轻人达不到这样的境界，有刚才所说的那种所谓的"理想"就很不错了，总比他吃喝玩乐要好得多。可是这种以个人的名利得失作为出发点的思想永远属于第二等。果真第一等的理想，是对世界上至真至善出自本能的追求：哪怕我为它吃苦、为它受难也心甘情愿；这样做了以后不但不会出名，甚至还要挨骂，我也要这样做，没有办法，我只能这样做。

杜甫说，我的怀抱是多么笨拙，因为我"许身一何愚"。我一生所期许、所追求的理想是什么？是"窃比稷与契"。"窃"是说我私自、私意、私下里这么想，不是说公开的，大家都同意的。不管大家同不同意，我自己这样认为，别人不这么比，但我自己这么比，比作谁？"稷与契。"稷和契是两个人的名字，"稷"也称后稷，是周朝的一个祖先，据说在舜的时候曾"教民稼穑"。在中国古代，当原始人还不会种植田地的时候，后稷教人们怎样种植庄稼，因此被尊奉为农业耕种的始祖。"契"在舜的时候曾任司徒之职，掌管民事，管理人民生活的一般的事情，使每个人都有幸福安乐的生活。总之，"稷与契"一个教民稼穑种田，一个掌管人民生活。而中国古代常常最推崇的两个人，一个是后稷，另一个是夏禹。因为后稷教人种田，使人民都有饭吃；夏禹治理洪水，使人民有干燥的土地可以居住。我们说过，你读书人凭什么比别人要高出一级？就因为你要负担起普天下的责任来，所以中国的儒家讲"人溺己溺，人饥己饥"。夏禹说，我负责治水，如果有一个人被洪水淹死了，这是我使他淹死的；后稷说，我教人种田，如果有一个人被饿死了，这是我使他饿死的——他们都视天下人的幸福安乐与否为自己的责任。我们说"士当以天下为己任"，这是儒家真正崇高的理想，后来的儒家之所以堕落，就因为丧失了这种理想，只一味去追求那仕宦的利禄了。清代吴敬梓的《儒林外史》，写的正是儒林的堕落。杜甫说：我对自己的许身真是太傻了！人家只要自己过得好就行了，我却想要像稷一样，使每个人都有饭吃；我还想要像契一样，让每个人都有安乐的生活。但是我只能是"窃比"：人家看我这样穷苦落魄的杜陵野老，根本不会看重我；可我自己看重自己，我希望自己能够做出像稷与契那样的功业，我是有这么一份感情的。

我们以前讲杜甫，说他是集大成的诗人。因为他的胸襟是博大的，他可以把古今南北的各种风格都融会起来。不只是他在诗歌的艺术方面融会了古今南北之大成，使他成为集大成诗人的另外一个更重要的因素是他把个人的感情与伦理的价值合一了。有些人不能做到这二者的合一，写不合伦理的感情可以写得很好。比如清朝有一位很有名的词人叫朱彝尊，他最出名的、流传众口的一首小词是给谁写的？是给他妻妹写的，他爱上了他的妻子的妹妹。此外他还写有《风怀诗》，"风"是一种感动的力量，"风怀"就是内心之中的感动，有时特指与爱情有关的一种感动。他那首诗写了二百韵，两句一押共四百句，四百句的长诗都是写他和他小姨子的爱情。他对经学也有很深的研究，所以编集子的时候有人建议他说，你的学问道德都不错，如果把这首浪漫的爱情诗删掉，将来说不定把你视为经学家，可以陪奉在孔庙之中享受祭祀。朱彝尊回答说，我宁可不吃那祭祀的冷猪肉，也要留下我的《风怀诗》。他有一卷词都是写这段故事的，这是清朝很有名的一件事情。在他所写的与妻妹恋爱的那些词中，最好的一首就是《桂殿秋》：

> 思往事，渡江干，青蛾低映越山看。共眠一舸听秋雨，小
> 簟轻衾各自寒。

这首词回忆过去出游的一段往事，背景是江南的山水。妻妹也坐在船上。他说，那女子的蛾眉就是这么低低弯弯的，映衬着岸上吴越的青山。这是白天在船上的情景，到了晚上呢？"共眠一舸听秋雨"，大家虽然共同睡在一条船上，但你有你的一小片竹席，我有我的一小片竹席；你盖着你薄薄的衾被，我盖着我薄薄的衾被；你有心事不能入眠，觉得孤单寒冷，我也是这样，可是我们两个人不能说一句话，就这么各自听着雨，想着自己的心事……他把感情真是写得很美！当然我说写实的感情第一要真诚，朱彝尊这首词不仅真诚，而且含蓄蕴藉，可以说发乎情，止乎礼，中间很有节制。

我引用这首词就是说，诗人常常浪漫多情，写爱情诗可以写得

真切动人，这并不奇怪。而杜甫之所以难得，就在于他把诗人的感情与伦理道德合一了。杜甫的感情很真诚，可是他不是像朱彝尊这样的感情，他能够把他对于国家、人民的爱写得那样真诚，以一种像别人对爱情那样深挚的感情来爱他的国家和民族，这是杜甫之所以为"诗圣"的一个重要原因。

有些人写伦理的价值，写忠君爱国，写关心老百姓，满口的仁义道德，可是行为呢？却是贪赃枉法。由于心口不一，写出来的只是口号，只是教条。而写私人感情呢？比如写自己的爱情，就写得很真诚。当人爱上一个异性的时候，有时可以爱得死去活来；可是说到爱国，很多人只停留在口号上。虽然表面上说得很好，但他有像爱他的女朋友那样爱国吗？孔子说"吾未见好德如好色者也"，所以很多人写爱国的诗不见得就是好诗。而杜甫之所以了不起，人之称他为"诗圣"者，是因为他对于国家民族的这一份感情非常真诚，他能够把他个人最真诚的感情与伦理价值合而为一，用像爱情一样浓挚的感情来爱他的国家民族，这是没有办法放下来，令他自己也无可奈何的一份感情。

杜甫之爱国并非空口说白话，这可以由他的一生来证明。诗人，当然是用文字来写他的诗篇了。可历史上凡是最伟大的诗人，都不只是用文字来写，而是用他的生命来抒写其诗篇，用他的生活来实践其诗篇的，这样的感情才真正说得上发自内心。屈原所写的忠爱不是空话，他自己真的殉身，跳入汨罗江中自杀了；陶渊明不与那些贪官污吏同流合污，自己付出了劳苦躬耕甚至于乞食的代价；苏东坡有他的政治理想，有他的人格理想，他平生受到多少次迫害？但每一次都没有使他改变。这些诗人之所以伟大，他们的诗篇之所以千载之下依然使我们感动，就因为他们是用生命来抒写其诗篇，用生活来实践其诗篇的。

杜甫有"窃比稷与契"的志愿，可是，"居然成濩落，白首甘契阔"。我们在说话或写文章的时候，说"居然"，是指意外之辞。比如说："我今天早晨还看到很大的太阳，怎么居然就下雨了？"杜甫说，我少年时代本以为我的这种志愿可以达成，谁料想居然就没有一个达成的机会！以杜甫对自己的期许来看，我们前面讲过他给韦左丞的一首诗，说是"自谓颇挺出，立登要路津"，他要"致君尧舜上，再使风俗淳"，这才是他的理想。他年轻的时候有这么美好的理想，以为国家一定就要用他，他真的要把一腔热血都献给国家，可是没有想到，现在居然落到一个"濩落"的下场。什么叫"濩落"呢？"濩落"同"瓠落"，出自《庄子》。庄子说，有人种了一个大瓠，瓠是瓜的一种，你要知道中国有很多种瓜，像葫芦这类瓜，当它长老了以后就可以把它剖开，用来做盛水的瓢。庄子常常用寓言故事来阐述他的哲学思想，他说，楚人给了我一枚大瓠的种子，我把它种下，就结了一个很大的瓠瓜，大到什么程度？大到"瓠落无所容"——没有一个容器可以容纳它，谁家有这么大的缸？要它有什么用？所以如果一个人的志愿很大，因为大而落空了，就叫作"瓠落"。杜甫说，我没有想到，我这种"窃比稷与契"的理想居然就像庄子所说的大瓠一样大而无用，不切实际，没有一个地方可以接纳我。

但杜甫真的是坚强，真的是固执！他说："白首甘契阔。"我现在四十多岁，头发已经白了，可我还是"甘"——心甘情愿地追寻，我并没有放弃。我甘心过什么样的生活？"甘契阔。""契阔"两个字有很多的解释，但是我们来不及讲，在这首诗中，"契阔"是穷苦的意思。杜甫说，我虽然已经"白首"，但是我"甘契阔"，我甘心过这种奔波劳碌、贫贱清苦的生活，我不能够过那种吹牛拍马的生活，就像陶渊明所说的，"纡辔诚可学，违己讵非迷"（《饮酒》之九）。"辔"是马缰绳，他说，你叫我让马绕个圈子走弯曲的路，我也不是不会；可是你让我出卖了人格去做那种我认为真的是丑陋得令我感到耻辱的事情，出卖自己，违背了自己的天性，那岂不是最大的迷惑吗？所以杜甫就说，我是"甘契阔"。

什么时候才能改变自己，停止那样的追求？"盖棺事则已"，除非有一天我死了，棺材盖都盖到我身上了，这时候我平生所追求的事情才算停止。杜甫说"盖棺事则已"，元朝有一个写戏曲的作家关汉卿也很有名，大家说他相当于中国的莎士比亚。因为他写曲子，每天都和戏院里边的人来往，所以他自命是风流放浪、沾花惹草的。关汉卿写了一套曲子叫《不伏老》，在这套曲子中他说："则除是阎王亲自唤，神鬼自来勾。"除非真的死了，否则，"你便是……瘸了我腿，折了我手"，我也改不了我平生攀花折柳这一"歹症候"——他也是"盖棺事则已"，但那是他风流浪漫生活的"盖棺事则已"，除非"三魂归地府，七魄丧冥幽"，那时候"才不向烟花路儿上走"。正像司马迁所说的"贪夫徇财，烈士徇名，夸者死权，众庶冯生"，但司马迁还没有写到对于风流浪漫之事宁可殉身的一类人，这都是"盖棺事则已"。杜甫说，等到我死的那天，我"致君尧舜上""窃比稷与契"的感情和理想才算完结，我才能放下；不然，我"此志常觊豁"。"觊"是希望的意思；"豁"是说打开，我们常常说"豁然洞开"，这里引申为显豁、开朗、能够达成的意思。杜甫说，只要有一口气在，我就不会放弃，我就常常希望我的理想能够显达，不是做官的显达，而是说理想志愿能够实现达成。

可是，他一直没有得到这样的机会。他希望每个人都有饭吃，都能过安定的生活，然而他所看到的人民处于怎样的景况中？"穷年忧黎元，叹息肠内热。"我们说，讲杜甫的诗不能不联系历史背景，这首诗的背景我已经简单交代过：天宝十三载（754）"霖雨伤稼"，老百姓没有饭吃，一斗米就可以换一个女人做妻子；而这首诗写于天宝十四载（755）的冬天。天宝十四载的冬天发生了什么事情？我们说，唐玄宗晚年不是只知道沉溺于个人的享乐之中吗？他差不多每年冬天都要带上他最宠爱的杨贵妃，到骊山华清宫的温泉那里去避寒。天宝十四载的冬天他们照样去了，而安禄山就在这年的冬天起兵。杜甫这首诗中间有一大段写他经过骊山，玄宗还在华清宫里歌舞宴乐的情景。此时安禄山已经起兵，加之上一年的"霖雨伤稼"，天灾人祸，好多老百姓死伤在道路之上，所以是"穷年"，"穷年"就是荒年的意思。杜甫说，赶上这样的荒年，我还不是为我自己忧虑，我所忧虑的是"黎元"。"元"是说"善之类"，这是咬文嚼字的解释，"黎元"指的其实就是人。孟子认为人性本善，所谓"恻隐之心，人皆有之；羞恶之心，人皆有之"（《孟子·告子上》），人类知道自己尊重自己，其本性中有善良美好的一面。你不能把那一面斫丧了、消失了，否则你属于人的味道就会越来越少了。所以"善之类"指的就是人类。"黎"是黑色的，中国人的头发都是黑色，所以秦始皇称之为"黔首"，而"黎元"合起来正是人民百姓的意思。"穷年忧黎元"就是说，遭遇这样的荒乱之年，我为众多在饥寒之中冻饿而死的百姓而忧虑。此外，"穷年"还有另外一种解释："穷"有"尽"之意，"穷年"就是全年。杜甫说，我为饥寒中的百姓终年忧虑。想想我们的国家，怎么会落到这样的下场！

你不要忘记，杜甫是在开元前一年（712）出生的，那正是唐朝全盛的时期。他后来回忆从前，有一首诗说：

> 忆昔开元全盛日，小邑犹藏万家室。
> 稻米流脂粟米白，公私仓廪俱丰实。（《忆昔二首》之二）

他说，我还记得当年开元全盛的日子，社会很繁荣，一个小城里就有一万户的人家。那白米饱满得好像要流出油来一样，无论是公家的还是私人的，所有仓库都装满了粮食！我亲眼见过我们的国家曾有这么好的时代，怎么居然眼看着她堕落败坏到这步田地！这是令杜甫十分痛心的一件事情，所以"穷年忧黎元"，我没有想到我们的老百姓现在连饭都吃不上了。一想到他们会冻饿而死，我"叹息肠内热"，我就忍不住叹息，而且心里边一阵阵地发热。

这是很奇怪的一件事情，如果你真的碰到一件大事，不管是特别令你欢喜的，还是特别令你悲伤的，那种强烈的感情会使你心里边有一阵发热的感觉。而"叹息肠内热"这几个字绝对不美,什么叫"叹息肠内热"呢?这哪里有风花雪月的美丽?但这是一种多么真实诚恳而且具体强烈的感受!我们在一开始就讲过评价诗歌的标准,我说过:诗,就是要能够写出内心之中那一份生命的感发。老子说:"天下皆知美之为美,斯恶已。"(《老子》第二章)大家都知道这样才美,于是拼命雕琢造作,刻意追求文字上风花雪月的美丽,结果那就变成不美了。南宋的某些词人正是如此,他们在文字的雕琢上、在意象的使用上、在整个的章法结构上极力要做得美、做得工巧、做得精致,可这样做的结果却损害了本来最真诚的一份生命,只剩下雕琢的技巧了。杜甫不是不会写美丽的诗,他也有"细雨鱼儿出,微风燕子斜"(《水槛遣心二首》之一)这样的句子,说春天的时候下着小雨,水面上的冰刚刚融化,你不时可以看到鱼儿涌出水面;春天的风不像冬天的西北风那么强烈、那么寒冷,而是很温暖、很和煦,燕子在春风中斜斜地飞过去了……杜甫也会写美丽的诗,他对于诗歌有一种最真切的认识,他真正认识到诗歌里边从心灵中涌出来的那一份感发的生命。我认为,杜甫对于这种生命不见得有理性上的认识,可在感受上确实有这样的体会。你怎么样才能把这种最重要的感发生命如实地表现出来,而且表现得恰到好处?不是说你的字用得漂亮不漂亮,是说你有没有真正把你要说的话说出来。如果你的字句说得很漂亮,但你没有能够把你的感动表现出来;或者你根本没有感动,却拼命找漂亮的字句,那写出来又是什么呢?杜甫可以说在这方面有深切的认识与特别的体会,"穷年忧黎元,叹息肠内热"虽然不漂亮,但是非常真挚。这很难说，也难以让人理解。

讲到这里，我还要回过头来再跟大家说一下，因为我们要讲一个诗人，不仅要看这位诗人自己的成就，还要把他放在整个诗歌的历史之中，看一看他的继承与开拓。像杜甫这样反映民间疾苦的诗歌，在杜甫之前也有人写过。我们曾举了蔡琰的《悲愤诗》，写的是一个女子在东汉末年战乱之中的遭遇。她说："马边县（悬）男头，马后载妇女。"匈奴兵进来以后，杀死男子，抢走女子，她就是被俘虏、被抢走的一个人。我们也说过建安时代的王粲，他的《七哀诗》说是"路有饥妇人，抱子弃草间"，有一个饥饿的妇人因为自己都无以为生，就把她亲生的孩子抛在路边了，这些诗都反映了民间的疾苦。像这些反映现实疾苦的诗句，绝对不是美丽的句子，不是风花雪月的句子。李后主写亡国，说"问君能有几多愁？恰似一江春水向东流"（《虞美人》"春花秋月何时了"），说"胭脂泪，相留醉，几时重"（《相见欢》"林花谢了春红"），那当然是悲哀，可他写得那么美：是"一江春水"的"向东流"，是染上"胭脂"的泪水！"胭脂泪""东流水"，多么美的东西！可杜甫现在写的不是这样：我"穷年忧黎元"，就"叹息肠内热"，这是血淋淋的现实！他没有假借风花雪月，就把最朴实、最真诚的那个本质写出来了。

当然我们也曾说过，杜甫这种不避丑拙地反映现实的写法很可能受了蔡琰的影响，虽然经过了魏晋南北朝，尤其是齐梁君臣对于歌舞宴乐以及女性的耽溺淫靡，但他返回来继承了建安风骨的传统，写出这样写实的诗篇来。而杜甫与蔡琰还有一点不同：蔡琰写的是个人在乱世中的遭遇，杜甫写的则是整个国家和人民的不幸。

他之所以在中国诗歌史中算是一位集大成的诗人，一方面是因为他在诗歌的艺术方面的成就，另一方面就是他在诗歌的内容方面的成就，他把个人的感情与伦理的价值合一了。通常说起来，诗歌里边最重要的是你感情的真挚深刻，但一般人感情的范围比较小，常常是对小我的、个人的、对其利害安危影响比较大的方面有真挚深刻的感情，而对于大我的、公共的方面关心就比较少。杜甫不是这样，他所关心的范围大，不是小我的感情，而是真的将他的感情与国家、与人民的感情打成了一片。

从古到今，越是在国家衰乱的时候，人越是自私，越是追求个人的利益。难道不是这样吗？"对酒当歌，人生几何？譬如朝露，去日苦多。"（曹操《短歌行》）好，你来日无多，谁知道将来会发生什么灾难？你眼前不享乐还要等到什么时候呢？所以越是在乱世，人越是自私，越是追求一己的享乐。如果大家不再关心国家人民而只关心怎么赚钱，都麻木不仁了，就很难体会杜甫的这种感情。我们以前讲杜甫时也说过，那已经是"纨绔不饿死，儒冠多误身"的时代了。大家都去追求金钱利禄，高官厚禄者都去追求个人的享受，而像杜甫这样的人，存着这样的志意和理想，宜其会"取笑同学翁"了。所谓"同学"是说年轻时一同学习的人，他在"同学"后加一个"翁"字，就是说从前的同学现在都老大了。有时我们会发现，当年同学的时候大家都差不多，可是以后越走道路越不同，离得就越来越远了。杜甫也有这样的感觉，多年前的同学们现在都已老大，但人家老大后越活越聪明，我却"老大意转拙"。

我现在要说，杜甫的诗之所以感动人，一个重要的原因在于他的诗歌是一个生命的整体，这种感动的力量从始至终一直都存在。我们在讲李白那首《玉阶怨》的小诗时说，他每一句、每一句彼此之间都有相互的影响和生发；杜甫这首诗也是，他起初说我"老大意转拙"，现在又说"取笑同学翁"。我们要注意这句诗的文法，中文的文法有时不像英文那样要分清楚动词的各种变化，它的主词与述语常常是颠倒来说的。所以这里的"取笑同学翁"不是说杜甫取笑他的同学，而是说被那些"同学翁"取笑：年轻的时候我们在一起读书，也许有些人跟我一起参加了开元二十三年（735）的科举考试，也许有人跟我一同参加了天宝六载（747）的特殊考试。人家现在都有了高官厚禄，而我已是出了四十奔五十的人了，却依旧那么穷困潦倒，所以很容易被那些混得不错的"同学翁"取笑——像你杜甫这么傻、这么笨的人偏要"忧黎元"，你为什么不先自己想办法发财呢？你怎么会落到这样的下场！你怎么混得这么糟糕！

所以在衰乱之世，当社会风气败坏堕落到这种程度的时候，你若不想跟着堕落败坏下去，就要有极坚强的毅力站稳你的脚跟才可以。因为举世的风气是如此的，你不跟他们走大家都会讥笑你，这时你能站稳脚跟吗？当然，这首先要看你把个人的价值建立在哪里。有人没有找到自己的价值所在，就把他的价值建立在周围的事物上，建立在物质的享受上，建立在别人眼目的衡量之中……很多人都是如此，只有极少数人能够战胜这一切。因为人都是生活在具体的社会环境之中，如果你真的因为物质不及别人而被别人看不起的时候，很少有人能够战胜这一关，往往在这种逼迫之下，自己也只好不择手段地去找一条谋求金钱的道路了。只有真正认识自己的品格、价值、心灵的人才能坚持得住，所以杜甫说，我虽然被"同学翁""取笑"，可我还是"浩歌弥激烈"。

"浩歌"者是说放声狂歌的意思，讲中国古典文学我们常常要说到"歌"。李白说："我歌月徘徊，我舞影零乱。"（《月下独酌四首》之一）我们在讲李白这首诗的时候也提到了杜甫的一首诗："酒酣懒舞谁相拽？诗罢能吟不复听。"（《题郑十八著作丈故居》）中国古人有歌呼吟啸，"吟"是诵读自己或别人的诗；"啸"有声无字，你心里有一种郁闷之气，就可以大声"啸"它一番。总之，"歌呼吟啸"都是自我抒发的一种方式。当心中有某种激动的感情不能够压抑的时候，就用声音表达出来了。有时只有声音而没有文字，有时既有声音也有文字。你可以用诗歌来表达，但不一定是自己作的诗歌，如果古人的诗歌与我有一种共鸣，我也可以用来表达我的感情。而且，越是觉得没有人了解你，没有一个对象可以与你发生共鸣因而寂寞压抑的时候，你越容易将这种感情以歌呼吟啸的方式抒发出来。杜甫说，当我被"同学翁""取笑"的时候，我就"浩歌弥激烈"，"浩"者是激昂慷慨、浩大飞扬的意思；"弥"是说更加，他们取笑我不但没有使我转变到他们那一面去，而且使我原有的感情更加激烈，使我的诗篇更加慷慨了。

这正如陶渊明所谓："知音苟不存，已矣何所悲。"（《咏贫士七首》之一）陶渊明的诗虽然没有直接反映社会现实，但他心里边所蕴藏的却是看到现实以后的悲哀。他说，假如没有一个知己存在也就算了，我并不为此而悲哀——一定是真正认识到属于自己的价值的人才能够战胜这一切而真正完成自己。我们以前也讲过近代西方人本主义哲学家马斯洛的"自我完成"的哲学。他说，人有很多不同层次的需求，只有当你真正认识到属于你自己的价值的时候，你才会把那些低层次的需求放弃，因为它们在你看来已经不再重要了。所以，苏东坡被关在监狱里边九死一生，后来当他被贬到海南以后，在给朋友的一封信中说：你们不必为我的不幸而同情我、可怜我，你们不需要这样。如果我像平常人一样，遇到这样的挫折就悲哀，就忧虑，那跟不读书、不学道的人有什么分别？我现在一切的得失穷达皆不足道，我不在乎是得是失、是升官还是贬官，现在完全不在乎了。他的一首词中说"回首向来萧瑟处，归去，也无风雨也无晴"（《定风波》"莫听穿林打叶声"），这是将中国儒家和道家结合起来后所追求的一种人格理想。

杜甫说，我虽然被人取笑，但我这种激昂慷慨的感情反而更加强烈了。后面他接着一转：你们笑我关心国家、人民是傻瓜，难道我果然是傻瓜，果然没想到过隐退吗？我何尝没有想过，"非无江海志，萧洒送日月"。什么叫作"江海志"？"江海"是指隐逸，你到哪里去隐居？中国人常常以江湖与廊庙、江海与朝堂对举；所谓"江海志"就是离开朝廷到山野中去过隐居的生活。隐居的生活在个人说起来是潇洒快乐的、自由自在的。你每天吟个诗，饮个酒，那岂不是很好。像王维一样，你可以盖个庄园，跟什么人去游山玩水。杜甫说，我并不是没有到江海中去隐居的心意，我不是真的要做官，我所追求的并不是利禄。如果我真正不再关注国家的安危、人民的死活，我去过那种潇洒的生活，那当然也很好，我心中就不会再有这么多烦恼忧愁了。

　　我以前曾经讲过，中国的儒家思想中本身也有"达则兼济天下，穷则独善其身"的两种不同的路子，所以有"圣之清者"与"圣之任者"之分。何况中国除了儒家有"圣之清者"的"隐"的一种观念之外，还有道家的思想。道家主张一切纯任自然，你要能摆脱世上的一切牵挂，从人世的种种约束和限制之中跳跃出来。所以庄子说："圣人不死，大盗不止。"（《庄子·胠箧》）法律越多，犯法的人就越多；你的计算和分别越多，错误罪恶的事情反而越多，因此要复归自然。当然了，回到大自然可以摆脱一些人事的纠葛，那岂不是潇洒出尘？所以中国也有反映这种思想的诗歌。以前我们讲王维的诗，他说"薄暮空潭曲，安禅制毒龙"（《过香积寺》），好像把一切都摆脱了。我们也曾讲过王维给他的一位朋友写信，说你隐居和做官差不多，做这事与做那事都差不多，看起来好像这样的人都很清高潇洒的样子。可我说过，这种人把一切的黑白、是非、善恶都泯没了，难道这样就是潇洒？我也不否认人的思想之中应该有一种潇洒的意度，像什么人的那种潇洒？我实在要说，像苏东坡的那种潇洒。苏东坡在新党的王安石当政时被贬出来，等到旧党的司马光上台后把他请回去，不久又被贬出来了。被贬出来我苏东坡还是我苏东坡，你把我叫回去以后我要看你们有不对的地方我还是要说。他遇到患难时每次都不会被患难击倒，而且他所坚持的志意和理想始终没有放弃。这就是苏东坡的潇洒，我认为这与王维那种泯没了是非、黑白的潇洒是不同的。

　　此外，我在讲李白的时候也曾说过，中国古代的读书人常常有一种想法——要到功成名就以后去隐居。所以中国的仕与隐表面上看起来相反，其实二者也可以相成。有人先抱着隐的志意才出来求仕，因为一般直接求仕的人都被名利锁住了。隐者出来做事比如李白，他说，我出来要做一番事业，可是做完事业以后怎么样？"功成去五湖。"（《赠韦秘书子春》）等我功成名就，我就不再要这个官职，到五湖上去隐居了。以前我们还讲了李商隐的两句诗"永忆江湖归白发，欲回天地入扁舟"（《安定城楼》），我就是要把天地都挽回来，把人间所有不平不幸的事情都改变之后，坐一只小船去隐居，这是中国过去的读书人的理想。

现在讲到这里，我顺便讲到了潇洒以及中国文化中"隐"的传统。中国人一般常常有这种观念，究竟是好，还是不好呢？这是比较复杂的一个问题。

杜甫说"非无江海志"，我岂不知中国一贯的儒家、道家思想中有这样的一种境界？我难道没有你们那种自命潇洒、自命清高的心意？我不是没有，所以他接下来说"萧洒送日月"。"日月"者就是一天一天的日子，太阳出来又落下了，月亮出来又落下了。你为什么要为"黎元"忧愁？你只要自己吃饱了饭，穿暖了衣服，然后去游山玩水岂不逍遥自在？你可以"萧洒送日月"，就一天一天这么安安稳稳地过日子，把一天一天轻松地送过去。

但是，"生逢尧舜君，不忍便永诀"，我觉得在我生活的时代遇到了尧舜一样的君主。他所说的"尧舜君"是谁？就是玄宗。我以前讲过，杜甫这一份对于朝廷、对于君主的爱心，既是他的好处，也是他的缺点。他明明知道他不好，可是他不能不爱。而且我还要说，杜甫之所以有这种感情，当然与他的家族有很多的关系，此外也与他出生的时代有关系。因为杜甫生在玄宗开元的前一年（712），玄宗继位时他两岁，所以他是随着玄宗开元的年月长大的。而玄宗的开元之治比美贞观，是唐朝历史上非常安定美好的一段。我们讲过他的《忆昔》诗："忆昔开元全盛日，小邑犹藏万家室。稻米流脂粟米白，公私仓廪俱丰实。"开元的生活多么美好、富足、安乐，我是看到过玄宗这个人本来是个好皇帝，正如中国古人说的"见其生不忍见其死"，我怎么能眼看他就这样败坏下去了？

　　当然现在大家对于杜甫的诗不是很熟了，清朝的一个批评家曾经说过，读李白的诗百首以上你就会觉得厌倦，可是读杜甫的诗，"十首以下难入"。像李白的诗，你一读就觉得好，"君不见，黄河之水天上来，奔流到海不复回"（《将进酒》）、"远别离，古有皇英之二女"（《远别离》），这都是我们讲过的了，你一读就会觉得他果然是天才，能在空中有这样的变化飞翔！可是你读了百首以上就会发现，他总是这样一个类型、一种形态，就是他飞扬的天才和不羁的变化。可是杜甫呢？你读得越多，你对他的感触就越多。我们说杜诗之所以为"诗史"，就在于他可以随物赋形。他有他自己的一个本体，他经历了不同的环境，看到了不同的事情，然后写下来，他每一个主题随时都有自由的变化。李白也是自由的，可李白飞翔在空中，你只要掌握了他的幻想，跟他在天上飞就好了，你了解不了解他的背景，这都没有太大的关系。而杜甫是"诗史"，"诗史"就不得了，他把整个时代的背景都写入诗中，其中既有整个时代的历史，也有他自己身世的经历。所以，你只有了解了他从前到后种种的经历，才知道他所有的感动都是从他自己的生命、生活中反映出来的，才能够真正欣赏他的诗。

现在，我们读了《忆昔》这首诗才知道，因为杜甫看到过自己国家可爱的时候，他真的看到玄宗果然是一位励精图治的好皇帝，所以他说："生逢尧舜君，不忍便永诀。""永诀"者是说永远分别，我怎么忍心丢下他不管，再也不关心他的事情呢？有人觉得国家民族与自己的父母一样，如果父母年老多病你就不管了，这是什么样的子女呢？你应该尽量给他治病，即使他得了很重的病，甚至希望很渺茫了，你也要尽你的全力去挽回，不是如此吗？

杜甫不能放下朝廷，舍不得离开朝廷，但朝廷要不要他、关心不关心他呢？老舍也是非常爱国的一位作家，如果大家对他有些了解，就知道他在抗战时去后方做了很多切实的工作。等到新中国成立后，他满心希望祖国真的能够好起来，可他最终却落得一个悲惨地死去的下场。他在《茶馆》中写到一个剧中人，看到过晚清的腐败堕落，看到过民国初年的军阀混战，看到过日军侵华时中国人所受的压迫欺凌，他真是寄希望于将来的国家。作者借着这个人的话来说：我是爱我们国家的，可是谁爱我呢？看着《茶馆》中的这一幕，想到老舍不幸的死，真是令人有很多感慨！

有一位叫白桦的作家写了一篇小说，其中也有人说：我虽然爱国家，但国家爱不爱我呢？"当今廊庙具，构厦岂云缺"，"廊庙"指的是宗庙朝廷，因为皇帝祭祀太庙，只有最高的官员才能跟着一起去，所以"廊庙"在这里也指那些地位最高、权力最大，在朝廷中掌管国家大权的大臣；"具"是说才具、才干；"构"指构造、建造，我们常常把一个国家比作一幢大厦、一个很大的建筑物。他说，如果把我们的国家比作一幢大厦，朝廷中那些有才干的人要建设这个国家，栋梁之材多得不得了，他们哪里会缺少材料？哪里会缺少我这样一个杜陵的布衣野老？

人家不要我，我为什么还要这样舍不得呢？因为"葵藿倾太阳，物性固莫夺"。"葵"指葵花，它的别名也叫向日葵；"藿"是一种豆类植物。他说，我的本性就像葵花和豆藿这样的植物一样，花和叶子总是倾向太阳的。在这里，你要注意"倾"字之妙。我常说作诗要传达一种感发的力量，这种力量是怎么传达出来的？用字是很重要的一方面。"倾"是倾向的意思，如果你不用"倾"而用"向"，你说"葵藿向太阳"，意思一点儿也没有改变，可是"向"字的力量要小些。为什么？"向"只是向，"倾"是真的向那边斜过去了，有一种倾向的力量在里边，所以"倾"字可以传达出更强烈的感动力量。

杜甫说，我生来就像葵藿倾向太阳一样爱我的国家和朝廷，我们都是"物性固莫夺"。"物性"是说物之本性，你看葵花幼小的花盘向着太阳，你如果把它种在一个小盆里，说转个方向，明天它又转过去了，这是它的本性。杜甫也是：我还不是因为这样做好，这样做被认为是忠爱才这样做，是我对自己天生来的感情没有办法。我没有好坏的分辨，是我不能不这样做。

前面我们谈到理想，你上大学、出国留学、将来做什么了不起的事情好像就是理想了，其实那还是从一己的名利这方面来说的；真正的理想是你有一种求真、向善、要好的本能，不是说你求真、向善、要好是为了以后得到什么回报。比如学一门专业，不是说你争取考第一名，将来分配工作就可以有很好的机会，而是你本身是否喜欢这门学科，就算人家不要你你也放不下的。像陈景润搞数学，他也不是为了出名，而是发自本心就要钻研，这种本性是"固莫夺"的。

在这句中，"莫"字有的版本是"难"字。我比较喜欢"莫"字，一是因为"莫"是个入声字，那种短促而强烈的声音用在这里很合适；而且，"难夺"仅仅是难而已，"莫"则表示没有人可以夺，没人能做到这一点。

什么是"夺"呢？"夺"就是用强力取得的意思。你好好地交出去这不是夺，是你不肯交出去，有人一定要把它夺过来，是用外界的力量使之改变。在中国古代，这个"夺"字特别指改变人内心的意志。像《论语》中所说的："三军可夺帅也，匹夫不可夺志也。"（《子罕》）"三军"极言军队之多，你是拥有千军万马的一个元帅，我可以把你三军的兵马都打败，把你这个元帅俘虏。只要有武力有胆略，这都不是一件困难的事情。可是作为一个寻常的匹夫，只有孤单单的一个人，我内心的志意是不可以改变的，这叫作"不可夺志"。晋朝有一个人叫李密，他写过一篇《陈情表》，也用到了"夺志"。当时皇帝召他去做官，他不肯去，于是上表说，他的祖母刘氏已经八九十岁了，他要在家奉养祖母，因为他生下来六个月父亲就去世了，他是祖母一手带大的。中间有这么几句："行年四岁，舅夺母志。"他的母亲改嫁了。不是母亲自己要改嫁，是舅舅逼迫母亲改嫁的。很多情况是如此的，嫂子或弟媳不容许家里边一个结过婚的女儿还回来，白吃她家一碗饭，这也叫"夺志"——被逼迫而改变了一个人的志愿。

杜甫说："葵藿倾太阳，物性固莫夺。"我天生来性情如此，没有人能够用任何的强力使我改变。我不是不要改变，是我没有办法改变。讲到这里，我们可以看到杜甫的志愿。但是，并非每个人都像他那样生活，于是看看别人怎样生活呢？"顾惟蝼蚁辈，但自求其穴。""顾"就是看，他说，你就看一看那些像蝼蛄蚂蚁一样的人。"蝼蚁辈"如何？蝼蚁只知道自己挖个洞穴，然后把食物搬到洞穴里边去储存起来，这就是蝼蚁所做的事情了；有些人也是这样，先找到一个安定的所在地，然后搜刮钱财，追求富足的生活，这正是一般没有理想的人所追求的。

你杜甫不愿过蝼蚁的生活，你向往的是怎样的生活？"胡为慕大鲸，辄拟偃溟渤。"我羡慕海上的大鲸鱼的生活。"偃"本来是压平、压倒的意思，我们说"风吹草偃"，说"草上之风必偃"，风吹过来，草就倒下去；"溟渤"指那广大的海洋。杜甫说，为什么总是想像大鲸鱼那样，不管怎样的惊涛骇浪都要压倒冲过去，横渡广阔的沧海？他这句用疑问的口气来述说，"胡为"是说为什么要这个样子。我在前面说过，人的感情或者品格有时候是生下来就如此的，所以杜甫说"穷年忧黎元，叹息肠内热"，他有一种发自内心的感情，而不是由于利害。社会上的一般人都是从私人的利害来做选择，比较好一点的是从善恶或者是非来做选择，能做到这样已经是很不错的人了。可是事实上说起来，历史上流传下来的具有伟大人格的人，他们的品格一定是发自内心、自然而然的。他们不是因为这样做好、这样做对才这样做，而是没有办法不这样做，只有这样才觉得心里安宁。所以杜甫说"胡为慕大鲸，辄拟偃溟渤"，我为什么要羡慕大鲸鱼，要像大鲸鱼一样从广大的海洋上游过去？我为什么要这样做？如果我从利害、善恶去考虑，也许我不会这样做，可是我没有办法，我非这样做不可。

我是这样想的，可是我这种想法对谋生的道理来说，就难免"以兹误生理"了。大家如果看一看后面的注解，就会发现"误"字也有版本的不同。上学期有同学问过我关于版本的问题，我们也曾经讨论过。当然，版本的判断有很多种，有的根据早期的本子，认为早些的本子比较可靠，后来的本子错误比较多；有时候我们也可以从不同版本的字在同一首诗中意思的好坏来做判定。"以兹误生理"的"误"是错误的误，而有的版本是觉悟的悟，相比较而言，我赞成这个"误"。"生理"指求生之理，也就是一般人安家立命、希求过好生活的道理。他说，对于求生之理来说，我的想法就是错的。你怎么样养家糊口？怎么样维持你的生活？他空有理想而不能适应当时的社会环境。李太白也是，他以其绝世的天才被玄宗召到翰林院中去，可是过了那么短时间就辞官不做了，因为他不能"摧眉折腰事权贵"（《梦游天姥吟留别》），而你要知道，李白晚年的时候生活非常贫困，"千金散尽"却没有"复来"。至于杜甫，将来我们还要讲到，由于饥寒交迫，他曾经在下着大雪的冬天去挖植物的根来吃。如果是一个聪明人，知道如何为自己的利益来打算的话就不至如此的。所以他说"以兹误生理"，我没办法改变自己天生来的性格，我的谋生之路走错了。如果是觉悟的"悟"，就是说我因此才悟出了求生的道理，也可以这么讲，但那样讲的话，这句的"生理"就不是一般追求物质生活的道理，而是一种人生的道理了，因为杜甫现实的物质生活这条路是失败的，他自己并没有"悟"出什么追求物质生活的道理；如果把"生理"理解成人生的道理，这样也可以讲得通顺，说我觉悟了人生的道理。但是，中国古人所说的"生理"是求生之理，而不是人生的道理，所以我认为杜甫在这句应该用的是错误的"误"字。

为什么错了？因为我"独耻事干谒"。"耻"是以之为耻，认为可耻的意思。认为什么可耻？认为"干谒"是可耻的。"干"指求，而这种"求"特别有追求利禄之意。以"干"为求利禄之意很早以前曾见于《论语》，《论语》中有一段说"子张学干禄"。子张是孔子的一个学生，他要学习如何干求禄位。"谒"是说去拜见一个人，而这种"谒"的拜见特别是指对于那些达官贵人的拜见，所以"干谒"有向上层人物拍马求禄位的意思；"事"指做这向上边人谋求利禄的事情。杜甫说，我"独耻事干谒"，社会上的人都认为要学会这套办法才算聪明，单单我以为这样做是可耻的。

"兀兀遂至今，忍为尘埃没？""兀兀"两个字本来是高山平顶之貌，表示一种直立的、兀然不动的精神。平顶的高山兀立在那里，山是不会移动的，我也是无所作为，一直到了今天。我们说杜甫写这首诗是在天宝十四载（755）的冬天，那时候他已经四十六岁，人生的大半都已经过去了。他从开头就说"杜陵有布衣，老大意转拙"，一直按照这个口气说下来——我知道我愚拙不堪，穷困潦倒至于今日，可是想到我从前"致君尧舜上"的理想，我不甘心——"忍为尘埃没?"

中国古典文学不但不太讲究文法,也不注重标点符号。现在新版本都给它加上标点,这样看起来就比较方便了。"忍为尘埃没"这句用的是问号,表面看起来是说甘忍这样做,甘心这样做,而事实上是"岂忍"的意思。像韩愈有一首诗说:"欲为圣朝除弊事,肯将衰朽惜残年?"(《左迁至蓝关示侄孙湘》)这是韩愈被贬官时写的,因为他给皇帝上谏疏,皇帝不接受就把他贬官了。他说,我上谏疏的本意是为圣朝的政治除去一些弊病,哪里敢因为衰老就爱惜我的残年,因为爱惜自己的生命就不说话了呢?在这句中,"肯将"是"岂肯将"的意思,这是中国古代文法的习惯用法。所以,杜甫说"忍为尘埃没",其实是说,我来到世上一场总应该做出些事情来,怎么甘心像一粒尘埃一样,就这么默默无闻地消逝了?

我们讲陈子昂和李白的时候都曾经说过,凡是真正有才能、有理想的人都不甘心自己生命的落空。因为我有理想,我希望能够做好,而且我也自信有才能做好,可是居然没有一个机会做好,这是属于天才的遗恨。

"终愧巢与由,未能易其节。""巢"是说巢父,"由"是说许由,都是尧舜时代清高的隐士。历史上记载说,尧在没有让位给舜之前,曾让天下给许由,许由不但不接受,而且以为尧在耳边跟他说让天下的话污了他的耳朵,于是到水边洗耳。他正在洗耳朵的时候,巢父牵着一头牛到水边喝水,问许由为何洗耳朵。许由说明原因后,巢父说,你一洗把水洗脏了,我的牛一喝水就把嘴巴弄脏了,于是把牛牵走了。这是中国古代的传统,我说过,中国古代的圣人有"清者"的道德，有"任者"的道德。所谓"清者"就是只求一己的清白而不管天下大事的人，许由、巢父的做法正是代表了"清者"的道德。杜甫说，如果让我与许由、巢父这样的人比较，我是"终愧"，我到底是惭愧的。"终"者是说到底，我到底没有办法改变，一直会如此的。我天生来就不像巢父和许由一样，对于天下之事袖手旁观，自己去做自己的隐士，所以我终于是很惭愧，而"未能易其节"。

"未能"就是我没能够、不能够这样做。不能够怎么样？不能"易其节"。"易"者是说改变，"节"者是说坚持理想、志意的一种品节。在艰难困苦的考验面前，你能守住你的品格吗？现在有一位从大陆来的青年学生住在我家里边，昨天晚上她问了我一个问题。她说，假如在不得已的时候接受了自己并不理想的职务，这是不是对的？我说，这要分两方面来看，你所谓的不理想是怎样的不理想？如果是待遇差一点，环境差一点，这个可以接受。陶渊明说的"人生归有道，衣食固其端"(《庚戌岁九月中于西田获早稻》)，"衣食"是你做人的开始。你连身体都不能养活了，还谈什么理想呢？所以我认为，为了谋生的缘故，不是理想的职务也要接受的。

在台湾的时候，我先生被国民党抓起来了，说他有"左倾"思想；我也曾经被抓起来，带着吃奶的孩子被关过一个礼拜。我当然不是"匪谍"，后来被放了出来。小孩子要养，那时如果我辞掉私立女子中学的职务可以吗？那是很差的学校，考试时有的学生交白卷，交白卷后还问我能得几分。我说，你想你能得几分呢？当时台湾某些女子中学的学生素质很差，她们不是来读书，而是混一张文凭做嫁妆——她有了中学毕业的文凭将来就可以嫁给大学生。就是这样的学生，我教不教？我当然要教，而且还要很认真地教。后来我也教出来几个很好的学生，到现在还跟我通信呢。

所以我问那个学生，你所说的不理想指的是什么？如果是环境或待遇不好，而你要穿衣吃饭，就一定要做；但是，如果为了谋生让你出卖你的国家民族，出卖你的人格品性，那你宁可放弃，这是两种不同的层次。

我在南开大学教书，中文系的老师对我说，"文化大革命"的时候，有些老师被打成牛鬼蛇神，罚他们去清扫厕所，有一个老师还被剃去了半边的头发。他们系主任说，好，让我们扫厕所我们就扫厕所，就是扫厕所我们也要扫出个样子来！所以，有时为了谋生，工作不理想也要去做；而且只要你做，就要按自己能力范围内的最高标准去做。所以，有品格、有理想是一个方面，你的品格、理想能否在艰难困苦的环境中经得起考验是另外一个方面。

我常说，不同风格的诗歌正是作者不同人格的表现。人生一定会有考验的，如果吃饱了饭睡觉还有什么考验？所谓考验一定要看你在艰难困苦之中的反应，看你会以什么样的态度来对待它，这才是最重要的。不同诗人的不同品格在其作品中体现出的不同风格，都与他们对人生考验的不同态度有关。王维没有经过大的考验，所以他写一些山水风景的诗。虽然写得不错，但没有表现出很高的品格。他给朋友的信中说，做官不做官都没有关系，陶渊明为什么不做官呢？陶渊明当时给督邮弯腰鞠个躬就可以得到官职，就可以免得挨饿，这是王维的办法。我们说什么叫作真通达？前面说苏轼是个通达的人，他的性格中一直有两方面的因素：一方面是儒家的忠直，另一方面是道家的放旷。在王安石执政的时候，他看到人民生活困苦，认为新法有不得当之处，就反对新党。后来他被贬出去，有人摘录他的诗句，说他反对朝廷，把他关进监狱，险些被杀死，他都没有学乖。等到旧党上台后，说新党这也不对，那也不对。于是苏轼反对旧党，认为不应该对新法一概否定：新法中不好的我也曾反对过；可是新法也有好的成分，现在改对老百姓不好，你们应该以老百姓为重，就这样他把旧党也得罪了，又被贬出去。后来新党又上台，一直把他贬到广东的惠州以至于海南。到海南后，他没有房子住，就带着儿子在桃椰树下用土坯盖起一间房子。在这种困苦生活中苏东坡写了什么样的诗？他写的就是张志新烈士被迫害时所念的那两句诗："云散月明谁点缀？天容海色本澄清。"（《六月二十日夜渡海》）你看，他还不仅是有道家的旷达，他还有对历史的通观——他不是只看眼前一段时间，不是只看自己一个人的得失，他是通古今而观之的。他说，天的本来面目是澄清的，海的本来面目也是澄清的。风雨只是一时的变化，不会改变天和海的本色。我苏东坡的忠直放旷就是我苏东坡的忠直放旷，就算你们把我关进监狱逐到海南我还是我，我不在乎被迫害的时候你们跟着落井下石，也不希望为我平反后你们为我锦上添花。这是苏东坡的品格。我们有机会可以把中国伟大的诗人都比较一下，看每个人在苦难中的反应、态度有什么不同。很多人当初也有理想和志意，可一旦遇到什么艰难困苦，就改变了初衷。在大的考验面前，你牺牲不牺牲你的品格？

出卖不出卖你的理想？如果你能够守住，这就是有"节"。

杜甫说"未能易其节"，我不能改变我的志愿和操守。那又如何？你说你要"窃比稷与契"，你关心天下，可是就没有一个机会，人家都不用你，你还有什么办法？人在困难之中总要有一个自我解决、自我安排的办法，不然就被苦难打倒了。苏轼说，外在的苦难没有关系，我内心平静就好了。杜甫说什么？"沉饮聊自遣，放歌颇愁绝。"他说我没有办法，我只好去喝酒了。喝酒而说"沉饮"，"沉"者是说沉迷、沉醉的意思。我们在讲李白的时候也曾经说过，李白的诗中常常提到饮酒，而凡是李白说饮酒的时候，常常是和"愁"字相联的。他的《将进酒》中说"呼儿将出换美酒，与尔同销万古愁"，《宣州谢朓楼钱别校书叔云》中说"抽刀断水水更流，举杯消愁愁更愁"，这样的例子很多。当他们的忧愁没有办法解决的时候，就去"沉饮"——在饮酒中沉醉。

这里又出现版本的问题了。本来，我写过《杜甫秋兴八首集说》一书。1965年，我把台湾的版本收集在一起，有三十几种；后来我到大陆，把大陆的版本也加上去，大约有五十几种。我搜集了那么多杜诗的版本，在每一首诗的前面都做了校记。这些版本之间有什么不同，我以为哪一个版本是对的，为什么如此，我们在课堂上来不及讲，大家可以在课下参考我的那本书。"沉饮聊自遣"这句有的版本是"沉饮聊自适"，"适"字有求得满足的意思。如果是这样，这句诗就可以理解为，既然我现在什么都不能做了，我只有沉醉在饮酒之中，求得我自己的安适，这是《古诗今选》的版本。如果按戴君仁的版本，就是"沉饮聊自遣"。"遣"是排遣的意思，"排"是排除，"遣"是把它迁移走，我个人以为"聊自遣"的版本比较好——因为我心里边有这么多忧虑，"叹息肠内热"，我没有更好的安慰生活的办法，只好一醉方休，姑且以饮酒来排遣我的忧愁。

除饮酒之外，还可以放歌呀！我们不是说过古人常常以歌呼吟啸来排遣自己压抑的感情吗？当你有了悲苦忧愁的时候，不妨就大声念一念自己或别人的诗歌。有一次我在北京，与北大的一位老师叫出租车进城，那个司机师傅就问我们多大年岁了，当时我们都已过六十岁。司机五十岁，却已经满头白发了。我记得他说，你们读书人一旦遇到愁事总有自我解脱的办法，这是很重要的。所以有一位教心理学的教授，他有一次讲到精神病人时说，中国得精神病的人比较少，就因为中国传统文化中有一种自我安排、自我解脱的哲理。如果你心里没有一种支撑，外在的打击临到你头上，你就束手无策了；如果你能够把握住自己，即使外面有惊涛骇浪都不会慌乱。杜甫所说的"放歌"是摆脱忧愁的一种方法，他说"放歌颇愁绝"，"愁绝"指无以复加、愁到极点的忧愁。他说，即使放歌，我还是觉得非常忧愁。这句也有不同的版本，有的版本是"放歌破愁绝"：我只好借放声歌唱来破除我无限的忧愁。

以上为第一段，这首诗的题目是《自京赴奉先县咏怀五百字》，所以他先把自己的整个生平、志意做了一个整体的介绍。他把自己和别人做一个对比，把求仕和求隐也做一个对比。他先说求仕和求隐的对比："非无江海志"，我难道没有隐的想法？可是我"物性固莫夺"。然后他再和别人做一个对比：你们这些聪明人"顾惟蝼蚁辈，但自求其穴"，你们只顾自己挖个洞，囤积些粮食，而我"胡为慕大鲸，辄拟偃溟渤"，我要像大鲸一样乘风破浪战胜外在世界很多危险的事情。

杜甫说他自己立定窃比稷、契的志愿，如果他光说自己立定这样一个志愿，这还只是主观的叙述。我们说，一个人不见得只认识一条路，也不见得只走这一条路。倘若从来没有别的路呈现在你的眼前，你就只好走这一条路；现在杜甫说不是只有这一条路，摆在面前的有好多条路可走，我有可以选择的机会，可是我没有走那些路。基督教认为上帝造人，有人就说，如果是上帝造人，为什么要造坏人？为什么让人的内心中有一种罪恶？如果没有魔鬼，那我们将会多么快乐！这是一个问题。于是有人就说，上帝之所以创造魔鬼，是因为上帝希望你爱他，却不希望你盲目地、没有选择地爱他。他要给你一个选择，这所以可贵。你没有别的选择，非走这条路，就算你走了又有什么可贵？现在杜甫是说有别的路可走，而他居然没有走，他选择了这条一般人不愿走的路，所以才是可以宝贵的。

我说过，杜甫的好处在于他是既博大又周全的一位集大成的诗人，他把很多长处结合在一起了。即以感性与理性的结合为例，你看他比较感性的"穷年忧黎元，叹息肠内热"两句，写得非常令人感动；而他整首诗的进行，他在章法结构方面又很有理性的安排，你只看他"穷年忧黎元，叹息肠内热"的感动还不算完整。像李后主的那些小词，"自是人生长恨水长东"（《相见欢》"林花谢了春红"），他只是以感情见长，而杜甫是在感性与理性两方面兼长并美的。

到此为止，我们刚刚讲完第一段。杜甫说自己"老大意转拙"，我觉得我选择杜甫的这首诗给大家讲也是"意转拙"。因为这首诗有很多地方讲起来既吃力又费时间，而一般看来，这首诗写得不美丽也不容易欣赏，讲起来吃力而且不容易讨好。可是，我仍然要讲它，我觉得不讲就对不起杜甫，只有这样的诗才真正代表杜甫。他不是通过雕琢字句，通过动听的声音和美丽的意象来炫耀自己，吸引别人，而是非常沉重、非常真实地叙写，这才是杜甫。我说我讲这首诗是不聪明的一件事情，因为这首诗既长又难讲，尤其在海外，讲这样的诗更不容易唤起共鸣。我说过，诗歌里边所表现的感发生命有浅深薄厚之分，一定是他所关怀的方面越广，他的生命才越深厚。海外有些亚洲血统的年轻人，他们经常一边演奏一边唱歌。有一天晚上我去听了他们的演唱，演唱中流露出某种特殊的心情。他们出生在北美洲，可他们都是亚洲的血统。有人管他们这一代人叫作"竹生"，我到现在也没有弄明白为何这样叫。有人告诉我说，竹子都是一节一节的，两节之间都有一个横隔，所以每一节的两边都不通。所谓"竹生"就是说，这代人与他本来所属的民族文化已经隔绝了，又没能完全打入他现在生存之地的民族文化，他两边都是像竹子那样"隔开"的。因此，他们纵然有满心的关怀和理想，也觉得没有办法去关心什么。因为他想要关心、应该关心的他也不能关心，于是造成了失落、迷惘的一种悲哀，他们所唱的歌词、那些音乐的曲调都表现了这种悲哀。我刚才说在海外讲这样的诗不容易唤起共鸣，而在国内讲，不管国内曾经历过怎样的文化浩劫，与传统造成了怎样的疏离，我还是能感到有一种声息相通的共感，这是很难说的一件事情。

好，前面一大段写他的志意和心情，后面一大段就叙述他在旅途上的经历、见闻及感想了。我们说过，天宝十四载（755）冬天安禄山起兵的时候，唐明皇带着杨贵妃还在骊山的温泉那里避寒呢。而杜甫在河南巩县的"故园"已陷入乱兵之中，他的家属也已迁到陕西的奉先，杜甫此行正是离开长安到奉先去看望他的家人。

"岁暮百草零，疾风高冈裂。"此时已是旧历的十一月，一年即将结束，所有草木都凋零了。天上刮着凛冽的寒风，几乎把高高的山岗都可以吹裂。这两句中他极言风之强烈，虽然有诗人的夸大成分，可大家如果在中国的北方住过的话，你就知道冬天的时候那塞外的北风之强烈了。温哥华这里的气候真是和平，连大风和响雷都很少有。

"天衢阴峥嵘，客子中夜发。""衢"本来是说通衢要道，指四通八达的大道。"天衢"有两种解释：有时指首都的街道，因为皇帝被称为"天子"，所以首都的街道就叫作"天衢"；除此之外，"天衢"还可以代表天空，天上那么宽广，好像一条大道。所以有人把无边无际、完全没有遮拦的天空称为"天衢"，我认为这句的"天衢"指的是后一种意思。"峥嵘"本来说的是山势的高峻，现在表现的是阴云的厚重。"客子"，因为杜甫的老家在河南，他在长安也是作客。杜甫说，在一个岁暮天寒的子夜，我这个在长安为客的游子出发了。

"霜严衣带断，指直不得结。"他说半夜里的严霜很冷，冷到什么程度呢？把他的衣带都冻折了。你要知道很多东西在极冷的环境中就容易脆裂，前几天我们讲过南宋词人张炎的一首词，有一句说是"寒气脆貂裘"（《八声甘州》"记玉关踏雪事清游"）——他的"貂裘"在北方都变"脆"了。北方寒冷的天气确实如此。我小时候住在北平，那时北平被日军占领，沦陷中的日子过得很苦。你没钱买新毛巾当然就用旧毛巾，用了很久后毛巾的纤维都磨损了，很薄很薄的。你把毛巾洗一洗，拿到太阳下晒一晒，晚上忘了收起来，第二天早晨你拿下来一折，中间就断开了。所以杜甫说，天气非常寒冷，他的衣服又很破旧，衣带都被冻折了。不但是衣带冻折了，他想把已经断了的衣带绑一个结再连起来，结果"指直不得结"——他的手指冻得僵直，想打结却怎么也结不成。

这样冷的天气，他在半夜出发，第二天破晓时经过了骊山："凌晨过骊山，御榻在嵽嵲。"我们说杜甫的感性和理性两方面兼长并美，你看他的安排：这首诗写他从长安出发去奉先，中间有一段要写到朝廷，怎么从他自己的赴奉先过渡到写朝廷？所以他说"凌晨过骊山"，一转就转过来了。前面我们说，当安禄山叛乱的警报传来的时候，玄宗和贵妃正在骊山华清宫的温泉中避寒，"御榻"指的是皇帝的床位，也就是皇帝的行宫所在的地方。皇帝住在哪里？"御榻在嵽嵲。"你看杜甫的用字之妙，"嵽嵲"一般说起来指的就是高山，皇帝就住在骊山的那一片高山里边。他这个布衣百姓当然见不到皇帝了，不过他知道皇帝就在那里。你看"嵽嵲"两个字这么丑怪，笔画组合起来这么可怕，隐约代表了皇帝在那里不是一件好事。

"蚩尤塞寒空，蹴踏崖谷滑。""蚩尤"是传说中上古时代的一个人，相传蚩尤当年叛乱，黄帝与他作战。蚩尤能够制造一种毒雾，黄帝为了辨明方向，就发明了指南车。中国人所谓的"四大发明"，"指南针"是其中的一种，而更早的"指南车"据说是黄帝时候发明的。现在你就知道，蚩尤是会造大雾的，所以他代表了雾气。那一天早晨，当杜甫出发经过骊山脚下的时候，"蚩尤塞寒空"，漫山都是雾。这很有可能，破晓的时候，温哥华这里也有很浓的雾。所以这句一方面是写实，说满空中都是雾气；另一方面你要知道，"蚩尤"与黄帝打仗属于叛乱，而现在安禄山也已经叛乱，"蚩尤塞寒空"就有暗示普天下都在叛乱之威胁中的意味了。接着，"蹴踏崖谷滑"，"蹴踏"就是爬山，他在山脚下经过，因为天那么冷，满路都是冰雪，所以山崖深谷之间很滑，他只能迈着小步子慢慢地走。这句也可以从两方面来看：一方面写实，指的是现实中行路的艰难；另一方面也可指人生道路的艰难。

那皇帝在山里面怎么样呢？他说我远远地看过去，"瑶池气郁律，羽林相摩戛"。"瑶池"本来指的是西王母所住的地方，西王母是神话传说中在中国西北方昆仑山上的一位神仙，在这里"瑶池"指的是华清宫的温泉。你看历史上秦皇、汉武这些皇帝的野心都很大，他们生前死死抓住权位不放，希望自己永远当权、永远在位、永远享受，所以年老了就去求神仙。玄宗这个人很迷信，他晚年曾经学道求仙；此外，杨贵妃也曾做过女道士，所以"瑶池"用在这句中有他讽喻的意味：唐玄宗这么好神仙，杨贵妃又做过女道士，他们所住的地方还不是"瑶池"吗？"气"指温泉的水蒸气，"郁律"形容蒸气很盛多的样子。温泉的水不管天多冷都是温的,所以有蒸气冒出来。台湾也是,有时候你开汽车经过北方的山区,就会远远望见蒸腾出来的水汽。"羽林"是侍卫的军队,卫队有很多人,所以"羽林相摩戛","摩"指相互摩擦,"戛"指相互撞击,"摩戛"就是很密集的,一个挨一个,摩肩接踵的样子。你要知道,当时社会贫富悬殊,王公贵族们享受越多,贫民们就越贫苦。老百姓饿死在道路上,饿得人们都要造反了,统治者当然害怕,所以漫山都是带着兵甲保卫的军队。当他们在山上巡逻走来走去的时候,身上发出武器碰撞的声音。

"君臣留欢娱,乐动殷胶葛。"安禄山已经在北方的渔阳起兵,而从玄宗到他手下这一班达官贵人,他们现在还留在山上享受欢乐,在山下都可以听到音乐的声音。"乐动"指音乐的声音发动了,这个"殷"字念第三声,《诗经》中有"殷其雷"一篇,"殷"指很响的声音。"胶葛"指连绵不断,纠缠在一起,他们演奏的音乐声音响亮而且连绵不断。

"赐浴皆长缨,与宴非短褐。"杜甫说,我可以想象,凡是被皇帝赐恩可以在这里洗温泉浴的都是些什么人。"缨"指帽带,古代做官的人所戴的帽子上有带子的装饰;"褐"指粗布。他说,凡被皇帝赏赐来温泉这里沐浴的都是带着长缨高帽的高官,没有一个穿粗布短袄的平民。

"彤庭所分帛,本自寒女出。""彤"是朱红色,"庭"是台阶前面的一片庭院。皇帝所在的地方往往涂着红色,所以"丹陛""彤庭"都指的是朝廷。"帛"本来是指丝帛——一种用蚕丝织成的丝绸，这里代表一切贵重的财物。朝廷赐给那些达官贵人的财物是从哪里来的？"本自寒女出"，都是那些贫苦的女子一丝一缕地织出来的。她们从春天养蚕、缫丝，辛辛苦苦地劳动获得了这些丝帛，然后被搜刮走分给那些达官贵人。

他们是怎样获得这些丝帛的？"鞭挞其夫家，聚敛贡城阙。""鞭挞"就是用鞭子来抽，因为家里边的户长永远是男子，所以织帛的虽是"寒女"，受"鞭挞"的却称为"其夫家"。搜刮民财供给谁？"聚敛贡城阙"，"城阙"指首都的宫廷。当初政府派人去收敛财物的时候，就鞭打每一户人家的户主，搜刮完了聚集起来，进献到皇帝的宫阙之上，供他们挥霍享乐。

杜甫虽然批评了朝廷的政治，说他们欺压百姓剥削人民，可杜甫那时没有革命的思想。他批评了官僚，但是他对于皇帝有一种解释。正如批《水浒》的时候有人说，《水浒》中的英雄好汉"反贪官不反皇帝"，所以有人把杜甫和司马迁进行比较。司马迁的《史记》当然写得很好，而清朝有人说，杜甫在诗歌上的成就可以比美于司马迁在文章上的成就。如果以他们的文学成就来说，司马迁和杜甫当然都很了不起；可是从另外一个方面来比较，就有些值得注意的地方了。

司马迁所写的历史里边包括什么？有《天官书》《平准书》《河渠书》，等等，司马迁可以说是上知天文下知地理，他能够把几千年这么悠久、这么丰富的历史文化用这么有系统的文章写下来，为中国历史的编写开创了这么完整的规模，其成就是多方面的。司马迁生在汉武帝的时代，汉武帝有他雄才大略的一面，也有昏庸败坏的一面。他晚年迷恋求仙，做了很多不公平的事情。而像司马迁这么正直的人，仅仅因为替当时的一个降将李陵说了几句话，就受到腐刑的严厉惩罚，所以他在《史记》中有对于汉朝历史的批评。杜甫生在玄宗的时代，玄宗晚年沉湎酒色，不理朝政，所以杜甫的诗歌反映了天宝之乱，也有对朝政的批评。但是他对于君主不是冷嘲热讽地指责，而是满腔热情地关心，他对皇帝永远是尊敬的。于是清朝的学者就把司马迁和杜甫做了一个比较，认为司马迁的批评中有怨；杜甫无怨，只是深表惋惜，感叹国家怎么会衰落到这样的程度，他对于君主一直是爱的。这是杜甫和司马迁很不同的一种感情，也可能是按照中国人传统的伦理道德把杜甫称为"诗圣"的另外一个原因。当然我们也可以说，这是受了当时时代的限制，认为皇帝是不可反的。所以他批评朝廷时总要为皇帝做一个回护，何况对于杜甫来说，他对于玄宗确实有一种特别的感情，他不仅亲自见过玄宗的面，也真的看到过玄宗当年很好的政治。因此玄宗晚年虽然变得这样昏庸，可杜甫对他还是有一份无可奈何的感情。于是他下面接着说："圣人筐篚恩，实欲邦国活。"

"圣人"指的是皇帝，他说"圣人"有"筐篚"之恩，"筐篚"是指什么呢？"筐篚"就是竹篓子，方形的叫作"筐"，圆形的叫作"篚"，总之就是各种形状的竹器。从老百姓那里搜刮来钱财后，"圣君"就一筐一筐、一篓一篓地赏给他左右的那些达官贵人，比如李林甫，比如杨国忠，可是皇帝为什么赏给他们？"实欲邦国活"，他实实在在地希望那些得到赏赐的人以后能够帮他把国家治理好，使自己的国家能够生存延续下去。

"臣如忽至理，君岂弃此物。""忽"指忽略，接受了皇帝这么多赏赐就应该把国家的事情视为自己义不容辞的责任。你们这些做大臣的如果忽略了这个最重要的道理，不好好做事情，难道皇帝就白白地抛弃了这些财物给你们吗？

"多士盈朝廷，仁者宜战栗。"你们这么多有才能的人站满在朝廷之上，有一个有良心的没有？有一个真正关心国家民族的人没有？如果有这样的人，他接受赏赐的时候就应该惭愧得战栗！

"况闻内金盘，尽在卫霍室。"杜甫当时真的是很愤慨地在指责，他已经不只是泛泛地说一般的官吏了。"内金盘"的"内"指皇宫大内，"内金盘"就是宫内非常珍贵的器物。他说，况且我听说皇宫里边的器物珍宝都到哪里去了？"尽在卫霍室"，完全到了姓卫的和姓霍的两家去了。"卫霍"是谁呢？杜甫用的是汉朝的典故。当年汉武帝有一个宠爱的皇后叫卫子夫，卫子夫得宠之后，她的弟弟卫青就做了汉朝的大将，她还有一个外甥霍去病也做官做得很高，卫、霍两家掌握了国家重要的军政大权，他们靠的是什么？很重要的一点就是裙带关系，而裙带关系自古以来就是如此的，所以"卫霍室"在这里指的就是外戚。因为杨贵妃得宠，她本家的一个哥哥杨国忠做了宰相；此外还有她的姐妹们也被封为国夫人。杜甫说，我听说"内金盘"的珍宝都到了那些皇亲国戚的家里去了。

接着他就想象此时玄宗皇帝在做什么了："中堂舞神仙，烟雾蒙玉质。"此时在骊山华清宫的中堂之上，每天都有像神仙一样的女子在跳舞。杨贵妃不是会跳霓裳羽衣舞吗？而此句中的"烟雾"有两种可能的解释。一是指香烟的缭绕。我们在五一三的班上讲南宋词，说南宋在快要亡国还没有亡国的时候，那些达官贵人宴乐，在一个大厅堂之上，四面垂下帷幔，外边点上香，帷幔一拉开，那香烟像云雾一样飘进来。在这种情境之下听歌看舞，那些歌儿舞女在云烟缭绕中翩翩来去，恍若神仙境界！这是南宋亡国之前君臣宴乐的情景，唐朝危亡之前也是这样，"玉质"指的正是烟雾掩映下若隐若现的美丽女子。

此外，"烟雾"也可能指华清宫温泉的水所浮起的水雾。白居易在《长恨歌》中不是也写过"春寒赐浴华清池，温泉水滑洗凝脂"的句子吗？"烟雾"就是那"温泉水滑"，"玉质"就是它所洗的"凝脂"。在这里，你就可以看出白居易与杜甫的不同了。白居易的诗常常比较通俗，据说他写诗希望没有念过书的老太太都可以懂。这两句是说，杨贵妃在华清池的温泉中洗澡，那温泉的水非常滑润，洗杨贵妃像"凝脂"那样的皮肤。"脂"就是油，你看过动物油冻凝后的样子吗？当然这个就很容易懂。可杜甫不是这样说的，他说："中堂舞神仙，烟雾蒙玉质。"

将来我们要讲到杜甫的《哀江头》，还要提到杨贵妃，所以有同学要写杨贵妃的故事在中国文学史中的演变。杨贵妃的形象在每一个时代、每一个诗人的笔下究竟有什么不同？那天我问他，唐诗和宋词里边所写的杨贵妃是怎样的？他说他只知道有白居易的《长恨歌》，别的都不知道。可是，在唐宋的诗词里，很多人写过杨贵妃，因为这一段故事——皇帝与贵妃在战乱中的生离死别的故事是很能够使一些人感动的。虽然很多人写过此事，但每个人的感情、角度、说法都有所不同。如果以之为题进行一番深入的探讨，应该有不少可写的内容。现在我讲到这里顺便提一下，我们当然不能讲这个主题了。我只是说，其实同样的一件事情，杜甫写得就不那么具体，而是有一段距离。他不但批评朝政时总要替皇帝站住脚步，就算写到贵妃，也比较严肃庄重，即使略带讽刺，也并不落于轻薄。你看白居易笔下的杨贵妃，不但"温泉水滑洗凝脂"，还"回眸一笑百媚生"；同样是在温泉洗澡，杜甫说"烟雾蒙玉质"，白居易说什么"侍儿扶起娇无力，始是新承恩泽时"，他写得通俗也未尝不好，很多人会欣赏这样的句子，因为他写的形象真切美丽，念起来也很悦耳动听，可所写人物的身份就比较降低，情调就比较鄙俗了，他们的口吻有很大的区别。

李商隐是我非常喜欢的一位诗人，他的诗当然很好，可他最大的一个缺点就是有时候忽然就会出现轻薄的句子。他有一首诗写到一个女子同时有两个爱人，说是"愿得化为红绶带，许教双凤一时衔"（《饮席代官妓赠两从事》）。我们说"凤求凰"，"凤"代表雄性，"凰"代表雌性，这个女子同时有两个爱人，她就希望自己变成一条红色的丝带，叫两只"凤"同时把它叼住，这只凤叼这一头，那只凤叼那一头——她是条丝带不就有两个头了吗？所以李商隐会跟人家开玩笑，说一些轻薄的话。杜甫没有这样的诗句，这是人的品格问题。我说过，不是别人后来说你好或者说你坏，别人说你、批评你那是另外的事情，是你自己说出来怎样的话。比如说吵架，两个人站在那里骂街，有人很能骂，你听了都会替他不好意思，他怎么骂出这样的话来？还不只是侮辱了别人，是侮辱了他自己。

"暖客貂鼠裘，悲管逐清瑟。"在这么冷的冬天，那些避寒的大臣身上穿的都是貂皮鼠皮的皮裘，演奏着音乐。为什么说"悲管"呢？中国古代的文学作品中用到"悲"字，你不要很死板地理解为悲哀，有时候"悲"是使人感动的意思。"管"是说管乐，如箫笛之类。"逐"是说配合，"瑟"是一种弦乐器。你看那些贵人们的生活，有温泉的沐浴，所穿的衣服是轻暖的裘皮，管乐器与弦乐器相互配合，听着动人的音乐。

还有吃的东西呢？"劝客驼蹄羹，霜橙压香橘。"给客人吃的是骆驼掌做成的羹汤，还有水果呢，不但有秋天霜后的橙子，还有芬芳的橘子。

杜甫本来在赴奉先的途中，他一路上要反映当时的朝廷。这一段从"凌晨过骊山"一句转到朝廷中君臣上下奢华的生活，写出了他自己对于这个时代的悲慨。可是他不能只写朝廷，他还要赴奉先县呢。"朱门酒肉臭，路有冻死骨"，只两句他就又打回来了。这两句可谓力挽千钧！有人写诗写文章甚至于写小说，总是放不开，写一件事情就只能写这一件事情；有些人可以放开，但就是收不回来了，于是写得越来越乱。杜甫说放开就可以放开，说抓回来一句就把它抓回来了。"朱门酒肉臭，路有冻死骨"这两句把整个对达官贵人奢靡生活的描述做了一个收束：你们这些朱门的贵族，吃的是这个样子，穿的是这个样子，金钱用不完，食物吃不完，酒肉都臭了烂了，可是我现在走的这条路上，路边上都是饥饿而死的人。

"荣枯咫尺异，惆怅难再述。"一方面是"荣"——这样荣华富贵的享乐；一方面是"枯"——这样贫苦流离的生活，"咫尺"，

"咫"是八寸,"尺"是一尺,相隔不到一个山头、一堵宫墙的距离就迥然不同了:墙里边是歌舞宴乐,墙外边是冻饿而死的人。"惆怅难再述",我心里满怀惆怅,我对于国家真是有说不完的失望,面对如此情景,我不忍再写下去了。

到此为止,我们讲完了第二段,在这段中有几点值得注意的地方。

首先是安史之乱对杜甫作品的重大影响。在安史之乱以前,他虽然也关心国家和人民,可是他没有过像"穷年忧黎元,叹息肠内热"以及"朱门酒肉臭,路有冻死骨"这样感情激烈的句子。因为天宝的乱离给他很大的刺激,所以从这一阶段开始,杜甫在诗里面所表现的对于国家和人民的感情才更加激切强烈。

其次是对于形象的使用。我们去年讲赋、比、兴,涉及内心与外物之间的种种关系。我们讲过杜甫年轻时写胡马的一首诗,知道他写物象总是有他主观的投入。但是,他早期的作品只是把他的感情和人格直接投注进去而已。后来经过了天宝前后这一阶段,他看到当时国家的危乱,看到那些皇亲国戚的贪赃枉法,看到老百姓由于天灾人祸所导致的饥寒困苦。特别是随着安禄山军阀势力的强大,他越来越清楚地看到国家败亡的种种征兆。可是,你平白无故地说国家就要灭亡了,那还得了?但杜甫心里边确实有这种忧虑。所以那时候杜甫再写外在物象,就不仅仅是感情与人格的直接投入而已了,而是在物象中表现了一种危乱和败亡的象喻。也就是说,他开始有心地用种种外物的形象来象征、比喻国家的败亡。在这段中,有很多地方表面上只是写外在的物象,写当时的气候、地理,可实际上都有象喻的意思。

第三是他的章法结构。他在这首诗里说了这么多事情，有他个人的志意，也有当时朝廷的一些腐败现象。他是怎么样结合起来的呢？他在第一段中写了他的志意和理想，从"凌晨过骊山"一句转入第二段，就开始写他在旅途上的经历、见闻及感想了。本来他在旅途中经过骊山，想到玄宗与贵妃在山上的华清宫里，引起他后面的一大段感慨。他怎样又从对朝廷政治的感慨再返回到旅程上来呢？"朱门酒肉臭，路有冻死骨"，仅此两句就结束了上边那些达官贵人腐朽堕落的生活。他用"路有冻死骨"一方面与"朱门酒肉臭"做一个对比，另一方面是重新回到旅程之中，所以下面第三段就接着"路有冻死骨"来写他的旅程了。

我说杜甫既有感性又有理性。他有安排，可是在安排之中充满了感动的力量。同时，他的结构章法安排得又如此之妙。这段开始说"凌晨过骊山"，过了骊山就接着走下去了。

我们看第三段："北辕就泾渭，官渡又改辙。""辕"是车前的横木，如果车辕向着什么方向就表示你的车走向什么方向。杜甫说他的车向北方走，"就"是说近，走近泾水和渭水的水边。"泾"和"渭"都是长安附近的河流，长安附近有所谓"八川"的八条河流，"泾"和"渭"是其中的两条，所以长安的确是个好地方。杜甫走到泾水和渭水的旁边就要渡河了，"官渡又改辙"，"渡"是指渡口、码头，"官渡"就是国家公共交通的渡口；与之相对的是"私渡"，就是私人渡船的码头。他渡过泾水和渭水交叉的渡口，然后又"改辙"，"辙"本来是说车辙，车走过去留在路上的两条车轮的痕印就是"辙"，车辙的方向就是所走路途的方向。杜甫过了渡口以后，又改变了路途的方向。他要到奉先去，奉先在长安的东北，他从长安出来向东经过了骊山，渡过渡口以后应该是再向北方走。当他经过泾渭相交的渡口时，他就形容水的样子："群水从西下，极目高崒兀。"因为泾、渭两条水在这里汇合，所以水势盛大；而且中国地势西高东低，河流大半是向东流的，李煜说"自是人生长恨水长东"，杜甫说"群水从西下"，河水滔滔滚滚地从西北方流下来。"极目高崒兀"，"极目"是眼睛所能看到的最远的地方，极目力所及的最远之处。李白说："君不见，黄河之水天上来。"（《将进酒》）黄河之水当然不是从天上来的了，可是你远远地望去，地平线上总是水天相接的样子。"崒兀"是形容山很高的样子，所以杜甫说西方流过来的水那么高，极目望去，天连水，水连天，水好像从天边流下来的。

"疑是崆峒来，恐触天柱折。""崆峒"是西方的高山的名字。他说，我怀疑这汹涌的河水是从崆峒山流下来的，它为什么这样没有遮拦地流？"恐触天柱折"，恐怕是把天柱都冲倒了。按照中国古代传说，天有"天柱"，地有"地维"。地之所以能够不陷下去，是因为有四根大柱子维系；天之所以不塌下来，是因为有"天柱"在支撑。传说共工和颛顼两个人争做帝王，共工愤怒了，"怒触不周之山"，用他的头碰撞了不周山，结果把不周山碰倒，支撑天的柱子也倒了下来。也有人说，共工把天撞塌了一个洞，于是女娲才炼石补天，后来剩下一块石头，幻化成了贾宝玉，这当然都是故事了。

杜甫在这几句中很明显地用了夸张的手法：上两句写水从高处流下来，他说是"极目高崒兀"；这两句写水势汹涌，又说"恐触天柱折"，他为什么要用这种夸大的神话的想象？当然了，一方面可能是他看到波涛汹涌，水势确实强大；另一方面，他也可能是借助于夸张的写法和神话的想象来表现一种暗示和象征，这波涛汹涌的水正好比当时朝廷之内李林甫、杨国忠的贪赃枉法，朝廷之外安禄山的起兵叛乱，真是要把国家的基业冲垮了，所以"天柱折"也象喻了时代的危乱。如果从表面上看，这几句只是诗人的夸张和想象，他的目的是要表现水势的强大，而实际上喻托了国家有倾覆的危险。他之所以没有明说，是因为此时长安还没有陷落，国家还没有倾覆，可是他有这种忧虑，有这种担心，所以才有这样的写法。

　　杜甫在别的诗里边也用过这种表现的手法，我们以后要讲到他的《秋兴八首》的一组诗。同样是好诗，这组诗的好处与我们现在讲的这首诗不同。比如这组诗的第一首有这么两句："江间波浪兼天涌，塞上风云接地阴。"他写这组诗的时候是在四川的夔州，夔州在三峡的巫峡附近，两边都是高山，中间是长江的江水。他说，你看长江水滔滔滚滚的样子，"兼天"是说江水好像上与天空相连。我们刚才不是说到了"天水相接"吗？而且长江不是平静的，"涌"是说江间的波浪汹涌地起伏。在这两句中，杜甫同样可能有两方面的意思：一方面，长江三峡的江水真是这样波涛汹涌；另一方面，以夸张的手法暗示当时时代的危乱。杜甫往往能够把现实的景物加上一种象喻的色彩。

　　所以，"恐触天柱折"这五个字不是他随便用的，"天柱"象征了朝廷；"天柱折"象征了当时的危乱。

虽然水势这么汹涌，他还是要渡过去。"河梁幸未拆，枝撑声窸窣。""梁"指桥梁，相传汉朝的苏武与李陵曾经双双流落在匈奴，后来当苏武要回汉朝的时候，他们互相写了赠别的诗。其中就有"携手上河梁"这么一句。"拆"是指断裂。杜甫说，幸而这座桥还没有被水冲断，可是也相当危险了。"枝撑声窸窣"，"枝撑"是什么呢？你如果架一座桥，桥底下应该有一些支撑的桥柱才对，所谓"枝撑"就是桥梁下的支柱。虽然桥梁还没有被冲断，但那些桥柱子只是勉强支撑在那里，你好像都能听到桥柱摇动，发出危险的声音。古代很多桥是木桥，虽然用钉子钉在一起，可是当水势很大的时候，你会觉得支架仿佛有动摇的声音。这一处杜甫有可能用的也是夸张暗示的手法，走在危险的桥上，那种令人不安的感觉同时也隐隐流露出当时时代的动荡不安。

"行旅相攀援，川广不可越。""行旅"就是旅行的人。他说，凡是在桥上经过的旅客，他们都要彼此"攀援"。"攀援"是互相依傍牵携的样子，因为很危险，你一个人走在桥上害怕，两个人靠在一起或者两只手拉在一起可能会好些。"川广不可越"，你如果很平安地走过一段路，比如从讲台这边走到那一边，这很容易就过去了；可是你如果在一段很危险的路途之中，比如你所走的是一座很危险的桥，马上就有断折的危险，而且桥底下是滔滔滚滚的江水，你就会觉得这一段路很难过去，觉得那河流简直太宽了。这是他写旅途上所走过的路程，他都是用这种比喻和象征的写法。他写旅途的危险，而象征的是时代的危险。

难过为什么还要过去?"老妻寄异县,十口隔风雪。"杜甫当时四十七岁,他的妻子也不年轻了,所以称之为"老妻"。"寄"指临时寄居,此时,因为安禄山已从河北起兵,他的军队攻打的目标之一就是河南,所以杜甫在那首《官定后戏赠》中说:"故园归兴尽,回首向风飚。"河南巩县的老家已经回不去了,而妻子儿女只能暂时寄居在外县奉先。寄居在外县怎么样?"十口隔风雪。"我们说诗歌要写得形象化,你要把那种情景很真切地表现出来。你看杜甫怎么样说。他说,我们一家十口现在不能团聚,是在什么样的情况下不能团聚?是在天宝十四载(755)的冬天,是在叛乱已经发生的时候,是在经过了天宝十三载(754)的霖雨伤稼、粮食歉收的情况之下,是在漫天的风雪之中。"隔"是说分别,与家人分别本来是一件令人悲哀的事情,何况是在这样的背景之中被隔绝!你看他的用字:妻是"老妻";所暂居的地方是"异县";目前的状况是相互"隔"绝,而且是被隔离在风雪之中;有多少人被隔绝了?有十口之多的家人。他把当时那种艰难困苦的情形都用非常具体的字表现出来了。

"谁能久不顾,庶往共饥渴。"在这种饥寒交迫、生死未卜的时候,一个做丈夫、做父亲的,怎么能够长久不顾念自己应该负责任的家人呢?可是你要知道,杜甫在长安流落了很多年,贫穷到没有办法生活,才勉强接受了一个管军队仓库钥匙的小官,但是没过多久,安禄山就起兵了。现在自己一无所有,纵然想回去看望妻子儿女,可拿什么去看?我去了对他们有什么好处?我是给他们带钱去了,还是给他们带粮去了?有很多人认为,做丈夫的回来一定要衣锦还乡，带回几大件东西来才是好的，不然就没有面目见江东父老。杜甫不这样想，他后面这五个字说得非常好："庶往共饥渴。""庶"者指庶几，是说没有办法之中唯一的办法，没有希望之中唯一的希望。他说，无论如何我还是要回去。在这种艰难困苦的情况下，我虽然不能够带回什么钱财衣物以拯救他们的饥寒困苦，但是我所能做到的就是回去和他们一起挨饿受冻，纵然饿也要饿在一起，同甘共苦。杜甫真的是杜甫！他对于国家人民、对于妻子儿女真是有一份伦理的感情，他的诗人感情与伦理道德是合一的。

就这样，他回去了。到了家，"入门闻号咷，幼子饿已卒"。我一进家门，听到的不是欢迎我的欢声笑语，而是举家号啕痛哭的声音，因为我最小的儿子就在这种饥寒交迫之中死去了。你们看老舍写的《四世同堂》，齐老先生的孙女后来也是饿死的。

这个还不算，他接下来说："吾宁舍一哀，里巷亦呜咽。""宁"是岂能的意思，"舍"是舍弃的意思。自己的儿子死了，我做父亲的哪能不悲哀？任何一个做父母的，儿女死了都不能不悲哀，这种悲哀是不能撇开、无法放下的。还不只是我自己悲哀，"里巷亦呜咽"，这句有两种可能：一种可能是，我岂能放下我的悲哀，就连一同住在小巷子里的街坊邻居也都为我的遭遇而哭泣，这是说邻人对我的同情；第二种可能是说儿子死了只是我个人的不幸，我可以把我的悲哀放下不提，可是大到里巷中多少人家的人饿死了，有多少人在哭泣！我宁可放下我自己的悲哀，可我不能放下的是这么多人家的不幸。

"所愧为人父，无食致夭折。"我真的是惭愧，作为一个父亲，有了小孩子却不能把他抚养成人，居然没有饭给他吃，致使他这么小就饥寒而死了。

"岂知秋禾登，贫窭有仓卒。""岂知秋禾登"一句也有不同的版本，有的版本是"岂知秋未登"，我认为应该是"秋禾登"，为什么呢？因为"登"者是说五谷登场，"场"是打粮食的一片平地。我不知道你们对中国农村过去的生活是不是了解，如果有所了解，就知道乡下每个村子都有大片的平地，你把庄稼收割以后运到场上来。比如麦子收上来了，你就把麦子洒在一片场地上，晒干后用簸扬的办法把糠皮扬去，把麦粒儿收起来。这样的场地就是"场"，"五谷登场"就是说五谷收获了。一般说来，农民最困苦的时候是每年的春夏之交，所谓旧谷已尽、新谷未收的时候。每年秋天收获了，冬天就有粮食可以过冬，等到明年的春夏之交，去年收的粮食快要吃完了，而今年新种的粮食还没有收下来，青黄不接，这时候农民最贫穷。你们有没有看过茅盾写的《春蚕》和《秋收》？这些小说都反映了过去农民的生活。刚才我说到杜甫这句诗有的版本是"秋未登"，现在普通的选本都是这样。因为杜甫的儿子饿死了，所以他们以为这是因为那年秋天没有收获粮食，"未登"正是没有收获的意思。其实应该是"秋禾登"，也就是说，现在正是冬天，如果秋天收获了五谷，现在应该正是储存粮食最多的时候。所以他上句说"岂知"：我哪里想得到，正是收获后不久的日子却发生了这样意外的变故；正是应该有粮食吃的时候而我们居然没有粮食吃！这样对当时饥荒的描写就更加深了一层。不是因为秋天没有收获，现在才没有粮食吃，是秋天收获了而老百姓还是没有粮食吃，而且发生了饿死人的事情。

杜甫说："岂知秋禾登，贫窭有仓卒。""贫"当然是贫穷，"窭"也是穷苦的意思。他说，那些"朱门酒肉臭"的人哪里会知道，贫穷的人就是在粮食收获的季节都会发生意外的变故，你想不到居然会有人饿死。

下面，只有杜甫才说这样的话，而且是这么诚恳地、发自内心地说出来的。一般人写到这里，如果他自己的家庭遭遇了那样大的不幸，他早就完全被自己的悲哀压倒了，就再也没有心思去顾念别人了，一般人都会如此的。而杜甫说："生常免租税，名不隶征伐。抚迹犹酸辛，平人固骚屑。"这真是杜甫了不起的地方！别人写自己的悲哀就是写自己的悲哀，可是杜甫总是从他的悲哀推广而联想到别人的悲哀。他说，我还算是幸运的。为什么？因为他是一个读书人，他属于士的阶层。不管是多么小的芝麻绿豆大的一个小官儿，他总是做官的。"生常免租税"，因为我的家庭背景以及我所属的阶层，我活在世上，不必像乡间的农民那样交租纳税。不但免纳租税，而且"名不隶征伐"，"隶"指隶属于；"征伐"在这里指兵籍，兵士的名册。在这个社会上，我也不用去当兵，因为我的姓名没有列在征伐兵士的名册。以我这样幸运的一个人，"抚迹犹酸辛"，"抚"本来指抚摸、亲自接触，是你的手真的触摸到了。基督教说耶稣复活以后，有人听说就相信了；有人看见就相信了；有人听说也不相信，看见也不相信，说我一定要亲手摸到耶稣手上被钉在十字架上的那个钉痕我才相信。亲手摸到了，亲身体验到了，这就是"抚"。"抚迹"是说亲身经历的事情：人家说有饿死人的事情，我听说了，可没有看见；我看见了，却不是发生在我自己的身上，这都不算；是这样的不幸真真切切地发生在我自己的家里边！以我这样既免租税又免征伐的人，亲身经历了这样的不幸尚且这么酸辛，何况那些"平人"！"平人"就是平民，因为唐太宗名叫李世民，唐人避圣讳都不能直接写"民"字。平民既要纳税又要当兵，他们怎么样？"固骚屑"，"固"是说一定、必然，那些没有官职的平民百姓，他们当然比我更"骚屑"。"骚"字我们以前讲过，就是忧愁的意思，屈原那首长诗叫作《离骚》，即有遭遇忧伤之意；"屑"本来是说琐屑、众多，一件一件、零零碎碎的好多事情。"平人固骚屑"就是说，那些平民每天遇到的值得忧愁的事情比我不知要多多少。

于是，"默思失业徒，因念远戍卒"。他说，我沉默了，我想到那些没有工作、没办法维持生活的人，这样的人当然不在少数，很多人没有依傍，无家可归。还不止如此，我还更想到那些到远方去当兵的人。你看杜甫的《兵车行》那首诗，开始说"车辚辚，马萧萧，行人弓箭各在腰"，后来又说"纵有健妇把锄犁，禾生陇亩无东西"，男人们被征去当兵，留下来的都是女人，而女人在田间劳动是很艰辛的。杜甫说，虽然我没有替我的家人改善生活，可是至少有这样一个丈夫、一个父亲回来与家人"共饥渴"，而有多少家庭的丈夫和父亲被征去当兵了，他们的家庭就更没有可以维持生活的办法了。杜甫真是"穷年忧黎元"，他从自己的不幸想到全国比他更穷苦的更多人的不幸。

所以，"忧端齐终南，澒洞不可掇"。"忧"当然指忧愁；"端"

是指头绪，李后主词曰："剪不断，理还乱，是离愁。"（《相见欢》"无言独上西楼"）你想理一理你忧愁的思绪，找一找它的尽头在哪里，杜甫说：我的忧愁没有尽头，像什么一样？"齐终南"，"齐"者是说一样高；"终南"即终南山，是长安城外很有名的一座山。他说，当我想到全国人民的不幸，我忧虑的思绪就像终南山那么高。终南山不仅高，而且经常是云雾缭绕，"澒洞"指无边无际、茫茫一片的样子。"澒洞不可掇"，"掇"指拾掇、整理，就像李后主所说的"剪不断，理还乱"，他说，每当想到那些"失业徒"和"远戍卒"，想到所有这些不幸的人们，我的忧虑像终南山那么高峻，像山上缭绕的云雾一样苍茫，这种忧愁充满在我胸中，无法衡量、无法整理也无法解脱。

到此为止，全诗结束。这是杜甫在安禄山叛乱后不久写的一首非常著名的好诗。从这首诗中我们一方面可以看到杜甫感情的深厚博大，另一方面也可以看到其诗歌在艺术方面的成就。不管结构、章法还是用字、遣词、物象的象喻色彩，他的成就是多方面的。我们以前讲过杜甫早年所写的两首诗：《望岳》和《房兵曹胡马》，从中可以看到他的志意和才情；而从这首《自京赴奉先县咏怀五百字》中我们则可以看到杜甫真的不愧为一位最伟大的写实的诗人，他的诗反映了整个的时代。

（曾庆雨整理）

身陷长安时的作品

讲完这首诗，我们接着来看杜甫的生平。他在安禄山开始叛乱的时候从长安来到奉先与家人团聚，那时玄宗还在骊山的华清宫中避寒。那么后来发生了什么事情？第二年也就是天宝十五载（756）的夏天，安禄山继攻陷洛阳之后又攻陷了长安。我们在讲李白的时候已经说过，玄宗就在长安沦陷的前夕"幸蜀"——逃到四川去了。玄宗是在天还没亮的时候，带上他最亲近的人，从长安西面的延秋门逃走的。不但老百姓不知道，文武百官中职位比较低的人也不知道，所以第二天早晨他们还来上朝，结果宫门没有开；后来等到宫门一开，嫔妃宫女们纷纷逃出，才知道发生了什么事情。玄宗逃出去以后，"西出都门百余里"，到了马嵬坡的时候，"六军不发"，当时带兵的将军名叫陈玄礼，军士哗变，要求杀死杨国忠和杨贵妃，玄宗没办法，只得赐杨贵妃死。所以后来李商隐有一首诗说："如何四纪为天子，不及卢家有莫愁。"（《马嵬二首》之二）十二年为一纪，谁知你做了四十多年的天子，还不如平民百姓的卢家，能够保全一个叫莫愁的女子。

　　杀死杨氏兄妹后，玄宗继续向蜀地走。皇帝一走，老百姓怎么办呢？就这样连土地带人民一起交给敌人了吗？当地的老百姓就说，你要留一个人料理善后的事情。于是玄宗留下太子李亨来安抚人民，这就是后来的肃宗。他当然也不能留在长安。首都已经沦陷，皇帝已经逃走，太子就在遥远的西北——甘肃的灵武即位，做起了临时的皇帝。

再说杜甫，他在天宝十四载（755）的冬天回到奉先，后来举家又从奉先迁移到一个更远的乡村鄜州。我说过，杜甫这个人是一心为了国家，想要"致君尧舜上"的。在国家危难的时候，他怎么能够不亲自赴难呢？所以听说肃宗在灵武即位的消息后，他把家人安顿了一番，便只身赴行在了。什么是"行在"呢？就是皇帝的行宫所在。行宫不是国家首都的宫殿，是皇帝在旅途上临时住的地方。因为首都本来在长安，他们一心要收复长安，所以暂时驻在灵武。那时，天下很多人都在兵乱中逃难，杜甫和难民们一起逃往行在。他们不愿沦陷在敌人的铁蹄之下，一心想要逃到中央政府的所在地。结果杜甫在逃亡的途中"为贼所得"，被叛军拦截了。

你们当然没有过这样的经历了，我是亲身经历过北平沦陷的。卢沟桥事变以后，北平成了沦陷区，那时我还很小，正上初中二年级。我父亲一直跟着政府到了四川，我留在北平和母亲、弟弟在一起。后来我母亲去世了，我是最大的姐姐，度过一段非常艰难的日子。我考上大学以后，有很多老师、同学不愿意留在沦陷区，纷纷离开北平，有的去了延安，有的去了重庆。他们化了装前往火车站，幸运的顺利到达目的地，不幸运的在途中就被日本人劫留了。我记得当时日本宪兵在各地的车站访察，如果碰见有谁要到后方去，就抓回来关在沙滩的红楼上鞭打，你若是半夜经过那里，就会听到哭喊的声音。我还记得日本人每打下一个城市就要开大会庆祝，用大红布条写着什么"庆祝武汉陷落""庆祝长沙陷落"。他们还把我们初中生一个个逼到天安门广场去开他们的庆祝大会，可是武汉是哪里？长沙是哪里？都是我们的土地；不仅是我们的土地，还是我父亲所在的地方，而竟然要我们庆祝！所以我现在经过天安门广场，感受是不同的。你去看一看老舍的《四世同堂》，就会更清楚地了解这段历史了。

前些时候辅仁大学开校友会，问我有没有写过关于母校的作品。研究《红楼梦》的专家周汝昌先生是我在辅仁大学的校友，据他考证，我们辅仁大学的女子学校就是原来的大观园。他送给我一本书，其中提到这件事情。于是我写了三首五言律诗，其中一首说：

> 长忆读书处，朱门旧邸存。
> 天香题小院，多福榜高轩。
> 慷慨歌燕市，沦亡有泪痕。
> 平生哀乐事，今日与谁论？

我想到四十年前我们读书的地方，相传是清朝的一个王府——恭王府。院子里都有什么呢？有一个院叫天香庭院，里面种的都是竹子，好像潇湘馆；还有一个很大的大厅，名叫多福轩。接着写我们当时的一些生活情景："慷慨歌燕市，沦亡有泪痕。"因为我们是在沦陷区内，学生们还是爱国的，不忍心看着国家的沦亡，因此谈起话来激昂慷慨；中国古代认为燕赵多慷慨悲歌之士，而我们既有少年时代的欢乐和少年时代的豪气，也有亡国沦陷的悲哀。我平生有欢乐也有悲哀，而今和谁谈一谈往事？这里没人和我有类似的经验……

现在讲到杜甫的"为贼所得"，使我想起了这些往事，当年我家的亲戚、我的老师和朋友，很多人有过这样的经验。杜甫也是，他本想逃到皇帝的"行在"去，结果路途中就被叛军抓了回来，重新把他带到长安。这一年是天宝十五载（756），也就是至德元载——肃宗继位以后就改元叫"至德"了。至德元载的冬天杜甫又被叛军带到沦陷中的长安。不知大家注意到没有，我凡是提到"开元"，都说开元××年，提到"天宝"都说天宝××载。我说杜甫在开元二十三年（735）考进士没有考上；天宝十载（751）献了"三大礼赋"；天宝十四载（755）赴奉先，我都是这样说的。因为"开元"的年号叫"年"，"天宝"的年号叫"载"，肃宗改元"至德"以后的年号仍叫"载"。所以至德元载的冬天，杜甫"陷入贼中"，留滞长安的阶段他写了几首很好的诗，包括《对雪》《春望》《哀江头》，等等。

哀江头

杜甫一心想要到肃宗那里去，他怎么能够甘心住在长安？所以这个时期他的诗歌中有一种悲愤的感情。《对雪》一首我们没有来得及细讲，我们要细讲的是他的另一首诗《哀江头》，这首诗写在至德二载的春天，杜甫在曲江江边上写的，我先念一遍：

少陵野老吞声哭，春日潜行曲江曲。

江头宫殿锁千门，细柳新蒲为谁绿？

忆昔霓旌下南苑，苑中万物生颜色。

昭阳殿里第一人，同辇随君侍君侧。

辇前才人带弓箭，白马嚼啮黄金勒。

翻身向天仰射云，一笑正坠双飞翼。

明眸皓齿今何在？血污游魂归不得。

清渭东流剑阁深，去住彼此无消息。

人生有情泪沾臆，江水江花岂终极。

黄昏胡骑尘满城，欲往城南望城北。

"江头"就是曲江的江头。经过唐太宗的"贞观之治"、唐玄宗的"开元盛世"，唐朝社会已经很繁荣了。而长安作为首都，每年春天到处是游春赏花的士女，于是逐渐形成了一种风气。所以刘禹锡写过一首诗说："紫陌红尘拂面来，无人不道看花回。"（《元和十一年自朗州承召至京戏赠看花诸君子》）当时有不少日本人来唐朝留学，他们后来的风俗有很多受到唐朝社会风俗的影响。日本人游春赏花的风气也极盛，有一年春天九州岛大学找我去讲学，正是樱花开放的时候。他们带我去看樱花，樱花树下到处可以看到赏花饮酒的人。不但喝酒，他们还唱歌，这其实还保留了唐朝的习惯。曲江本来是长安附近一个风景优美的地方，游春的风气尤盛，然而长安沦陷后又是怎样的一种情景呢？

我前些时候才讲过李白的一首《远别离》，说他用的是帝舜与娥皇、女英离别的典故，可以让人联想到玄宗的失权和马嵬的兵变；现在杜甫的《哀江头》同样写的是这次变乱，你就会发现，李白与杜甫两个人所写的不一样。他们二人是完全不同的，你看李白就是在那样令人悲哀的时代中仍然充满了飞扬的幻想；可是你再看一看杜甫所写的时代变乱，则是非常切实而且沉重的。

他说："少陵野老吞声哭，春日潜行曲江曲。"这真的是杜甫！刚才我们讲的那首诗，第一句说"杜陵有布衣，老大意转拙"，现在这首诗他一开口又说"少陵野老吞声哭"，他自己一下子就站出来了。而刚才的"布衣"与现在的"野老"的意思其实差不多。"少陵"是长安附近的一段黄土坡，这里我也去过，而且是和我女儿一起去的。我知道那里是少陵原，就给它拍了张照片。我女儿说，这么一段黄土坡有什么好看，你干吗要给它照相？她不能欣赏这样的照片，可是在我看起来，那一段黄土坡是杜甫当年往来经过的所在，所以我赶快把它照下来了，同学们如果不嫌难看，哪天我找出来给你们看一看。他说"少陵野老"，他现在已经没有官职，只是困在沦陷区内的一个普通人，一个潜往"行在"却被中途拦截回来带到长安的逃难者，故以"野老"自称。"少陵野老吞声哭"，当我经过曲江的江边，看到"国破山河在，城春草木深"（《春望》）的时候，这两句是杜甫的名句了，国家已经残破了，可是曲江江边的终南山还在，曲江的江水还在；城中美丽的春天又回来了，游人却不见了，只剩下那茂盛的草木。见到这样的情景，我就落下泪来了。你要注意，他说"少陵野老"是"吞声哭"，"哭"有很多种，有人可以放声痛哭，而他杜甫敢站在曲江江边上放声痛哭吗？不敢，因为国破家亡以后，就连哭都是不自由的。如果你在曲江江边上放声大哭，人家就会发现你是在怀念自己的国家和朝廷，这是很危险的。所以杜甫现在所能做到的只是吞声哭泣，他说，我满心的悲哀却连哭都不敢哭出声音来。

他是在什么时候来到曲江江边？"春日潜行曲江曲"，就在当年那个游春赏花的时节。你要注意，他的哭是"吞声哭"，行是"潜行"，因为怕被安禄山的军队发现，他也不敢光明正大地走路，只能偷偷摸摸、隐隐藏藏地在江边徘徊。

我们讲完杜甫的《哀江头》之后，将来还要讲他的《秋兴八首》，《秋兴八首》也是怀念长安的作品，其中也提到了曲江。为什么杜甫要写《哀江头》这首诗，是他走到曲江江边，感到非常悲哀。你一定要了解唐朝当时的风俗习惯，其实我在开始讲这首诗时也有所交代。在安禄山叛乱之前，在唐玄宗的开元、天宝时代，唐朝还是很兴盛的。而且唐朝从开国以来的政治一直都还不错，人民的生活比较富足，玄宗晚年又很喜欢游宴享乐，所以当时有一个风气，就是每年春天的时候，大家纷纷来到曲江江边上集会。除了皇帝和贵妃以外，一些达官贵人，甚至一些士子、一些普通人，大家也都到江边上来宴乐。杜甫写过很多首诗记载当时的事情，其中有一首《乐游园歌》。

"乐游园"是曲江江边的一个花园，在这首诗中杜甫记载了当时的游乐之盛。写到达官贵人的游乐，他说："曲江翠幕排银牓。"什么是"翠幕"呢？就是帐幕、帐篷，像现在北美洲的某些人到海边去，支一个小小的帐篷之类的。同样，曲江江边上也有很多帐幕。什么样的帐幕？是"翠幕"。我们在讲陈子昂的《感遇》时讲到翡翠鸟，这种鸟有非常漂亮的羽毛，可用来做装饰。所谓"翠幕"就是有翠羽之装饰的帐幕，非常美丽也非常贵重，那时江边的达官贵人都有这样的帐幕。而且这些帐幕是"排银牓"。"牓"是一种刻有字迹的扁平木头，写清楚这是谁家的帐幕，那是谁家的帐幕，排在曲江的江边。

他还写到江边跳舞的女孩子，说是"拂水低回舞袖翻，缘云清切歌声上"。他说，"拂水"——飘动在水面上的，"低回"——低低地摇荡的，是什么？是那些舞女的袖子。中国古代有时候女子的衣袖比较长，尤其是舞女的袖子更长，这样可以增加她们跳舞的姿态。她们不仅跳舞，还要唱歌，"缘云清切歌声上"，"缘"就是沿着，她们动听的歌声沿着白云飘上了天空。

当年全盛时代的春天是如此的，而现在长安已经沦陷，杜甫被劫留回到长安后，从至德元载（756）的冬天一直等到至德二载（757）的春天，他来到曲江，不由自主地怀念起过去的生活。如今的曲江已经面目全非，只是一片的荒凉，完全没有当初那种歌舞升平的情景了，所以他说"少陵野老吞声哭，春日潜行曲江曲"，我只有吞声饮泣。

在这两句中你还要注意他的写法，我常常说，声音与它所表现的感情要一致。我们以前听范曾先生的吟诗，我说过，他的曾祖父、祖父都是很好的诗人，都认为吟诗很重要。的确如此，声音感动人的力量有时非常强烈，你一定要透过声音来选择你的字，做到声情合一。"少陵野老吞声哭，春日潜行曲江曲"，他要写自己吞声哭泣的声音，你看"哭"字、"曲"字都是入声字。讲广东话的同学就会知道，广东话里的入声字都有一个p、k这样的收尾，凡是这样的声音都不能拖长，你要赶紧收住，所以它整个的声音表示了一种短促的类似于吞声的声音。

杜甫在江边徘徊，他看见了什么？"江头宫殿锁千门，细柳新蒲为谁绿？"他满心怀念的都是从前的情景：从前是"曲江翠幕排银牓"，是"拂水低回舞袖翻"，现在是"江头宫殿锁千门"。那时候达官贵人有自己的帐幕，唐玄宗和杨贵妃还不只是帐幕，他们在曲江江边有行宫，有休息的宫殿。现在皇帝逃走了，贵妃被缢死了，首都也沦陷在叛贼的手中，宫殿的千门万户都被锁了起来。哪里有翠幕？哪里有翻飞的舞袖？已经人事全非了！没有游人的欣赏，花还开不开？柳树还绿不绿？如果草木也有知觉、也有感情的话，看到了国破家亡应该是柳也不绿花也不开，可是草木无知，到时候还是绿了。"细柳新蒲为谁绿"，杜甫不但感情真挚，而且对大自然的描写也非常出色，"细柳"代表柳条非常鲜嫩、非常柔软的样子，鲜嫩柔软的柳条代表了春天刚刚到来的时节。"蒲"是水边的芦苇，"新蒲"也是刚刚生长出来的新鲜嫩绿的蒲苇，那种早春的植物是非常美丽的。他说，那嫩绿的柳条、那新生的蒲苇，你们还长得这么美，这样碧绿，可是没有一个人来游春赏花，你们为谁而绿？"国破山河在"，现在"城春"只剩下"草木深"了，他以大自然的不变反映了人世间的改变。

既然已经是国破家亡了，为什么花还要开？为什么柳还要绿？如果人世不幸，自然界也应该不幸，杜甫有诗曰："竹叶于人既无分，菊花从此不须开。"（《九日五首》之一）他说，本来重阳节菊花开的时候就应该也有酒喝，可是我现在穷得连喝竹叶酒的条件都没有了，菊花最好也不要开了。就因为人的悲哀，所以看到外面大自然的美好就显得更加无奈！

我说过，杜甫是感性与理性兼长并美的诗人，你看他前面写的"吞声哭"，这里写的"为谁绿"，写的完全是感情、感性的话，可是他的用字、他的押韵、他的声音，以至于他的章法结构，又都有理性的安排。这也是杜甫之所以集大成的另外一个原因了。

假如我们画一个图表的话，他从开始到"细柳新蒲为谁绿"都是写的悲哀；到"忆昔霓旌下南苑"一句忽然间一转，又回到从前的盛世了。

"忆昔霓旌下南苑，苑中万物生颜色。""霓"是说云霓，指天上的彩云；"旌"就是旌旗。"南苑"是哪里呢？我们要知道，曲江在长安城东南夹城的城脚处，那里有乐游园、芙蓉苑等地方，而曲江一带的花园总名为"南苑"。他说，记得从前，玄宗喜欢到曲江来游玩，他从皇宫经过夹城来到南苑。皇帝所行之处，五彩的旌旗迎风招展。你要注意，中国对"上"字和"下"字的用法很讲究。一般来说，"上"指的是高贵的地方，"下"指的是卑微的地方。皇帝无论到哪里去都是"下"，所以有乾隆皇帝的"下江南"。任何一个朝代说到首都去，都说是"上京"；去乡下都说是"下乡"。北方地势高，去北方就是"北上"；南方比较低洼，去南方就是"南下"。总之，说上说下既与地位有关，也与地理有关。只有两个上下好像颠倒了："上"厕所与"下"厨房。"忆昔霓旌下南苑，苑中万物生颜色"，当年玄宗从皇宫来到南苑，在其五彩旌旗的照耀之下，曲江附近的园囿因之生色，那些细柳新蒲、花草树木显得更加多姿多彩。

其实比杜甫更早的一位诗人，南北朝时的庾信也写过两句话，可与杜甫的这两句相互印证："落花与芝盖同飞，杨柳共春旗一色。"（《三月三日华林园马射赋》）"芝盖"就是伞盖，古代坐人的车上往往有一个类似于伞的棚子，圆圆的像灵芝的样子，所以又叫芝盖。因为车跑得很快，棚子仿佛飞了起来，而这个时候，树上有很多花瓣飞落了。不久以后，温哥华这里就到了万紫千红的"春城无处不飞花"的季节了！你要注意，花，特别是那些细碎的樱花、杏花、桃花之类的花，每一种花的零落是不一样的：荷花的花瓣，好大一片，一片一片地落下来；茶花怎么也不落，最后干在枝上；可是桃花、杏花等小花瓣，那么细碎，那么繁多，它不是等到落的时候一整朵一整朵地落下来，而是在它全部盛开的时候就有开始零落的了，一面花还在开，另一面已经有花瓣的飘飞。所以，庾信说，当车马跑过去的时候，就有落花的花瓣与飞驰的伞盖一同飞舞，而杨柳的颜色与春旗的颜色一样碧绿。他说的也是皇帝游春的场面，杜甫的"忆昔霓旌下南苑，苑中万物生颜色"两句可能受了庾信的影响。但是杜甫又有所变化：庾信那两句只是客观地写一种美好的景象；而杜甫的两句诗中则融入了对于国家兴盛时的一份深刻的感情，因此就显得更有力量。

还不仅是景物的美好，人物呢？那皇帝是一个人出来游春？当然不是，他是带着杨贵妃出来的。我们知道，《哀江头》写于沦陷区内，写的是国破家亡的悲慨。可是你要表现国家的败亡，就要有一个主题或中心。在这首诗中，杜甫选择了唐玄宗与杨贵妃的故事。他前两句提到了玄宗，这句就开始写杨贵妃了："昭阳殿里第一人，同辇随君侍君侧。"杜甫说杨贵妃是昭阳殿里的第一人，昭阳殿本来是汉成帝的宫殿的名字，我们在讲高适的《燕歌行》时曾经说过，"汉家烟尘在东北，汉将辞家破残贼"，他把唐朝的将官说成是汉朝的将官，而唐朝人总是习惯假托汉朝来称唐朝，所以杜甫在这里把唐朝的杨贵妃所居的宫殿说成汉朝的"昭阳殿"。汉成帝曾经宠爱过一个很美丽的女子，就是历史上非常有名的赵飞燕。我们以前讲王昌龄的诗，有两句说"玉颜不及寒鸦色，犹带昭阳日影来"（《长信秋词》），"昭阳"本来是皇后所住的宫殿，赵飞燕就曾经住在昭阳殿里边，所以"昭阳殿里第一人"就是指皇帝最宠爱的一个妃子，把杨贵妃比作赵飞燕。你还记得李白写的《清平调》吗？他中间有两句说："借问汉宫谁得似？可怜飞燕倚新妆。"他说像这么美丽的妃子，是谁才能和她比美呢？"可怜"就是可爱；"新妆"就是女子刚刚化完妆，正是容光焕发、最美丽的时候；"倚"有一种得意的样子，就是说她倚仗着她的美丽和皇帝对她的宠爱。所以当时李白、杜甫等诗人都曾把杨贵妃比作赵飞燕。"昭阳殿里"什么叫"第一人"呢？《长恨歌》里有两句说："后宫佳丽三千人，三千宠爱在一身。"后宫里漂亮的女孩子有三千人，可是在这三千个美丽的女子之中，皇帝最宠爱的只有一个人，把他应该分给三千人的宠爱集中在一个人身上了。唐玄宗本来在杨贵妃进宫之前宠爱过梅妃，后来因为杨贵妃争宠，就逼迫玄宗将梅妃贬入了冷宫，因为这件事历史上还写了很多故事。《长恨歌》还写过杨贵妃的美貌，说她"回眸一笑百媚生，六宫粉黛无颜色"，她回过头来一微笑真是千娇百媚！她使得六宫里面所有那些装饰得非常美丽的女子失去了她们的美丽，因此，"昭阳殿里第一人"就是最得皇帝宠爱的一个人。

那个时候，她"同辇随君侍君侧"。"同辇"是和皇帝在一起，"随君"是和皇帝在一起，"侍君侧"也是和皇帝在一起，杜甫将同样的意思接连重叠了三次，这是特别加重的说法。"辇"是皇帝坐的车，皇帝坐宫辇时跟杨贵妃在一起坐；"随君"就不只是"同辇"了，是无论皇帝到哪里去，她永远随着皇帝到哪里去；"侍君侧"是她永远陪伴在皇帝身边。所以，"同辇随君侍君侧"是说他们时刻不分，形影不离，无论行动坐卧都永远在一起。

这句看似叠床架屋，但是他把杨贵妃得到玄宗宠爱的那种情形写到了极点。我们有时候讲文学作品的"作法"，这其实都是最笨的办法。只要你所写真的能够传达你自己感发的生命，你怎么样写都好。我们一般认为叠床架屋不好，可是有时候，这种感发的力量正是要靠叠床架屋才能表现出来的。

我前面不是说有人写杨贵妃的故事吗？像白居易的《长恨歌》用叙事的体裁来写，有故事有感情，写得委婉动人，流传一时。此外，杜甫的《哀江头》、李商隐的《马嵬》都是写这一故事的。因为唐朝发生了这么重大的一个悲剧性故事，所以有很多人去写。我所列举的是最熟悉的几个，还有很多其他的诗人也写过，只是没有这么出名罢了。如果比较起来你就会发现，时代不同，体裁不同，作者的性情不同，他们表现出来的特点就会有很大差异。白居易的时代距离安史之乱比较远，他把这件事当成一个动人的故事来写；李商隐的《马嵬》所写的是人类的一切都不能长保，他的诗常常用个别的片段——或者是人事界的事情，或者是大自然的景物，用个体来表现整体，表现人类的缺憾、人类的无望、人类的悲苦。杜甫不像白居易和李商隐，他亲身经历了安禄山的叛乱，所写都是非常切身的悲哀。

当初皇帝出来，不只是游春赏花，有时候他还在附近射猎。你要知道在宫苑中有一些鸟兽，是特别供皇帝来射猎的。"辇前才人带弓箭，白马嚼啮黄金勒"，在皇帝所坐的辇车前面有"才人"，"才人"是宫中的女官，她们身上佩带着弓箭，骑的都是白马。中国一向认为白马是最漂亮的马，西方也有"白马王子"之说。皇帝打猎的马队，佩戴得当然很美盛。这些马嘴巴里的嚼环、头上的笼头都是"黄金"做成的。说到这里有同学提出疑问，说杜甫这位诗人太夸大了，那马前面的笼头一定不是黄金做的，不是真正的gold。这里你要注意，诗人们向来把凡是金属做成的东西，不管是铜是铁，都说是"金"的，这是诗人习惯的说法，我们当然知道，黄金太软，是不能用来做马笼头的。

后面两句写打猎的场面："翻身向天仰射云，一笑正坠双飞翼。"因为天上有飞鸟，射鸟的时候你要仰面向天，不能直着身子，这是"翻身向天"。"翻身向天"怎么样？"仰射云"。杜甫的诗很有力量，你看他所写的姿态，他重视的是感性上的感受，而不是理性上的说明。翻身仰射的当然是天上的鸟，可是他不说"翻身向天仰射鸟"，而是说"翻身向天仰射云"。如果是"仰射鸟"那就很笨，那鸟不是呆鸟，待在树枝上不动，你一射它就掉下来了，是在云中飞的鸟，所以，"翻身向天仰射云"一句就表现出一种威武而且潇洒的姿态，他整个身体的那种姿态写得非常好！这就是杜甫，他不但每一句每一句地节节高起，一句之中，比如"同辇随君侍君侧"，比如"翻身向天仰射云"，也都是两字两字地向上高起来。

后面一句就更妙了，"一笑正坠双飞翼"。这句是他整个章法结构之中的一个转折，他转折得非常好，非常形象化。我们前面讲《自京赴奉先县咏怀五百字》那首诗，说杜甫怎样把宫中的奢侈豪华与人民百姓的饥寒困苦结合在一起。他从"凌晨过骊山"以后都是写君臣上下的享乐，写了好多，然后他说"朱门酒肉臭，路有冻死骨"，马上就又回到路上所见的饥寒悲苦中来了。他的转折非常快而且非常有力量，古人说"笔挽千钧"，他一笔就把所有的力量都反转回来了。这首《哀江头》也是，他开始写国破家亡后曲江江头的冷寂，然后用"忆昔"两个字翻上去写过去的繁华，他一句一句地向上翻，到现在为止，表面上还是上升的，"翻身向天仰射云"这句话就很妙；"一笑正坠双飞翼"，还是在高兴呢。"正坠双飞翼"写的是对一对鸟的射杀——那才人射中了一对比翼双飞的鸟。中国古人常常说"一箭双雕"，你一箭射出去可以一齐射中两只鸟，这是射箭的最高的技术。"双飞"本来就是说并飞的两只鸟，你一箭把它们都射下来了。"一笑正坠双飞翼"，表面上仍是飞扬的，是写宫中女官射技的高妙——在皇帝面前表演射箭，那当然要有最好的训练、最好的技术。可是与此同时，这句诗也有一种象喻的意味。感性与理性结合，写实与象征结合，这本来就是杜甫的一个特色。而"一笑正坠双飞翼"，他在上升的同时，就有了一个降低的调子。为什么？你看他形象上的表现："双飞翼"——双飞比翼的鸟一般比喻美满的夫妻，而"双飞翼"被她们射"坠"，对于人来说，这是射技的高妙，是值得高兴的事；可是对于鸟来说，这是一件很不幸的事情。事实上，这个形象表现的是一对爱侣所遭遇的挫伤和不幸。"一笑"者是谁？是贵妃，因为一箭双雕，就博得贵妃的一笑。而紧随这"一笑"，整首诗一跌就跌下来了。

所以，杜甫在作诗的章法转折上是非常妙的。也由于这个转折，他后面才能够马上接下去："明眸皓齿今何在？血污游魂归不得。"当初在马上"一笑"的，是看到精彩射箭表演的贵妃；当她"一笑"的时候，你可以看到她明亮的眼睛之中那种笑的光彩。人在笑的时候，眼睛中流露出一种笑的光彩才是真正的笑，有的人心里不想笑，也没有快乐的值得一笑的事情，他的嘴巴拼命要笑，那是很难看的笑。如果有真的欢喜，笑时眼睛里会有一种光彩的闪动，所以是"明眸"。而且当她笑的时候，她张开嘴，就可以看到她的"皓齿"，更何况是杨贵妃那"回眸一笑百媚生"的美丽笑容？当年回眸一笑，她的眼睛那么明媚，牙齿那么洁白，可是现在她在哪里？"血污游魂归不得"，她已被用三尺白绫勒死在马嵬坡了。

我在前面说过，当安禄山的叛乱发生以后，杨贵妃与唐玄宗逃难，从长安逃往四川。当他们走到马嵬坡的时候，用白居易《长恨歌》中的诗句来说，是"六军不发无奈何"，什么是"六军"呢？按照中国古代的军队编制，天子有多少军队，诸侯有多少军队，都有不同的等级。"六军"就是指皇帝的军队，当他们护驾西行到马嵬坡的时候，忽然停住不走了。他们当时提出一个要求，说：我们要保护你皇帝逃难，首先要把这次祸乱的根源消除。不然，我们就不再保护你了。祸乱的根源在哪里？就是唐玄宗所宠爱的杨贵妃；还不只是说在于杨贵妃本人，是由于玄宗宠爱贵妃的结果，导致他任用了她的哥哥杨国忠等事情。也就是我们在讲《自京赴奉先县咏怀五百字》那首诗时所提到的"卫霍室"的皇亲国戚。所以，杨国忠和杨贵妃两个人都被处死了：杨国忠被斩首，落得个身首异处；杨贵妃被缢死，保存了完整的尸身。可是你要知道，缢死者虽然头与身体没有分开，口鼻内也会涌出血来，因此杜甫说"血污游魂归不得"，"血污"者形容杨贵妃死得悲惨，未得善终的鬼魂四处飘荡。而现在，她的游魂会到哪里去？

曲江的江边又是春天了，当年杨贵妃同玄宗游赏时所住的宫殿还在，曲江的花草和从前一样美丽，可是杨贵妃却"血污游魂归不得"，她满身血污的魂魄永远不会再回来，住进江头的宫殿，看那"翻身向天仰射云"的射猎情景了。他一跌，就非常悲惨地跌了下来。

诗歌是一种形象化的感性表现，而形象化有很多种表现的方法。有时是通过具体的叙述使其形象化，比如杜甫写射猎，说"翻身向天仰射云"，表现了才人射箭的潇洒姿态；再比如"明眸皓齿今何在"，他不说杨贵妃"今何在"，"明眸皓齿"也是具体的形象；"血污游魂归不得"是说她这样惨死，魂魄都不能回来，"血污游魂"还是具体的形象。所以诗歌之形象化的表现有几种不同形式，其中一个就是叙事时具体地叙述。你说自己非常快乐，十分、二十分的快乐，这都是空洞的话；你说人家箭射得好，说他射得非常非常好，说了半天我也不知道怎么个好法，你一定要非常具体地把它表现出来。这是形象化的一种方法。

形象化的第二种表现是要富于感染的力量和效果，这是作成一首好诗的最重要的因素。我们从去年一开始讲诗的时候就提到中国诗歌比兴的传统，第一种是见物起兴，由物及心，你先看到外物然后感动了你的内心，由耳目的见闻而有所感发；第二种情形是由心而物，把内心的意念用比喻来表达。前者为"兴"，后者为"比"，基本分别是如此的，可事实上说起来，在诗人真正写作的时候，这两种成分常常混合起来，接下来的两句正是如此。

"清渭东流剑阁深，去住彼此无消息。""渭"就是渭水，我说过，在长安城外的"八川"之中，泾和渭是最有名的两条河流，而中国习惯上认为泾水是浑浊的，渭水是清澈的，所以是"清渭"。我当年去西安旅行，曾在渭水边经过了很多次。而且，"清渭"所指应该是长安，唐人诗曰："秋风吹渭水，落叶满长安。"（贾岛《忆江上吴处士》）所以你要解说中国旧诗，一定要知道往哪里去联想，渭水给人的联想往往就是长安。"剑阁"是四川的一个地名，四川多山，李太白不是写过《蜀道难》吗？所以你就知道，"剑阁"

是在那么深远的崇山峻岭之中。表面上看起来，"清渭"是一个地方，"剑阁"是一个地方，一个在长安，一个在四川，这都是外物，是写两个地方的外在景物，可他实实在在不是单纯由外物所引起的感兴，里面还有比喻的意思。

"东流"代表什么？一般说来，"东流"指的是逝水的东流，水永远在不停地流逝。从前有一部电影，台湾译其名为《大江东去》，东流的水是不再回来的。李后主说："自是人生长恨水长东。"《红楼梦》中晴雯死了，贾宝玉写了一首词怀念她，其中有句曰"东逝水，无复向西流"，逝者不可复生，正如水之不复西流。

至于"清渭"之"东流"有两种可能：其一，渭水代表了长安，东流有一去不返之意，所以"清渭东流"可以给人长安沦陷的联想；其二，杨贵妃死在离长安和渭水都不远处的马嵬坡，所以"清渭东流"还有可能指死者的不可复生，以"清渭"的逝水东流象征死者的长逝不返。

"清渭东流"相对的是"剑阁深"，你要注意在形象的结合中表示动态和感受的那个字。在诗歌中，意象不是孤立发生作用的，表示动态和感受的字能够使意象活起来，我们举一个例证来看。李商隐的《锦瑟》诗有两句说："庄生晓梦迷蝴蝶，望帝春心托杜鹃。"庄子有一次做梦，梦中变成了蝴蝶，这是出自《庄子》的一个典故。李商隐用这个典故要表现什么？他要表现的是"晓梦"，是"迷"，因为是破晓之前的梦，他要加重的是"晓梦"那种短暂迷惘的感觉，是说他过去的生活就像一场短暂的梦，在梦中那些美好的往事——像蝴蝶采花粉那样的追寻，像蝴蝶翩翩飞舞那样的情致曾经使他迷惘……

现在我们要说，"清渭"的作用在于"东流"两个字，"清渭东流"给我们逝水东流、一去不返的感受，并因此而联想到长安的沦陷和贵妃的长逝；而"剑阁"的后面加了一个表示动态和感受的"深"字，也可给人几种联想。一是说剑阁的艰险，再有是说剑阁的遥远。李白说"蜀道之难，难于上青天"（《蜀道难》），在中国地理中，剑阁古称天险，所以说是"剑阁深"。由剑阁的险阻你还可以联想到什么？实在是玄宗的安危。我们知道，玄宗从长安逃往四川，中间要经过剑阁，路途这么险阻这么遥远，可以说是安危莫卜，还日无期。而杜甫此时羁留在长安，不知道玄宗以后还能不能回来，接下来还会发生什么变乱，一切都在悬念之中。所以，"剑阁深"的"深"字就有了险阻与遥远的双重含义。"清渭东流剑阁深"，仅仅七个字，而死者的长逝、生者的安危、国家的前途都包含在其中了。

下边一句同样给人以多种意义的联想："去住彼此无消息。"我们先看"去住"两个字。古人所说的"去住"，不尽如我们今天所说的"去"和"住"。在古代，"去"常常代表死者，"住"常常代表生者。中国提到人的死，说是"长去"，就是永久地离开，再也不回来的意思。而"住"，则表示还留在这个世界上。"去住"这样的用法在古典诗歌里边一直如此，直到近代还有人这样用。我以前讲"去住"，常喜欢举近代词人乔大壮的例子。乔大壮本来是南京中央大学教词曲的教授，1948年秋天跳苏州河自杀。那时候一方面国家在战乱之中，另一方面他的妻子不久前才死去。当乔大壮为他的妻子送殡时，写了这样一首小词：

生查子

舵楼东逝波，鹢首西沉月。何似一心人，自此无期别。　　犯雾剪江来，打鼓凌晨发。君去骨成尘，我住头如雪。

我们在讲贺铸的词时，也讲了一首贺铸的悼亡词：

鹧鸪天

重过阊门万事非。同来何事不同归。梧桐半死清霜后，头白鸳鸯失伴飞。　　原上草，露初晞。旧栖新垅两依依。空床卧听南窗雨，谁复挑灯夜补衣。

贺铸与乔大壮的两首悼亡词，可以说感情都很深厚真挚。

"舵楼东逝波，鹢首西沉月"，他是用船将亡妻的棺木运回故乡去埋葬的。"舵楼"是船尾掌舵的地方，"鹢首"是船头，古人的船头上常画着一只鸟，所以叫"鹢首"。他说，船尾是东逝的流水，船头是西沉的明月。一个向东消逝了，一个向西消逝了。东流的水永远不回来，西沉的月亮也永远不回来，它们各自归入两个相反的方向。

"何似一心人，自此无期别"：像东流水和西沉月的这种分别，与我们两个同心之人从此永远的分别比起来又如何呢？"犯雾剪江来，打鼓凌晨发"：他很早就出发了，冒着早晨江上的大雾。因为江水是平的，船一划过去，冲破江面，好像把江水剪开的样子。那时候还没有汽笛和汽船，都是人撑的船，破晓时一击鼓，船就出发了。"君去骨成尘，我住头如雪"：我现在把你送走了，你的尸骨埋葬以后，从此化为尘土；我还留在这个世界上，可我也是满头如雪的白发了。

他果然很悲哀很诚恳，不久以后便跳河自杀了。不像有些人，妻子死了就写一些哀悼的文字，没过一年又结婚了。

引用这首诗我是为了说明，"去"是说死者，"住"是说生者，"去住彼此无消息"，死去的人已经死去，逃走的人已经逃走，两个人从此生离死别，再也没有消息了。如果彼此都还活着，虽然隔得很遥远，但还可以写信；无论多长时间才能收到，但终归能够收到，而一方死去以后就再也没有这样的希望了。我们以前还讲过清代词人纳兰性德的一首悼亡词，其中有这么一句："重泉若有双鱼寄，好知他、年来苦乐，与谁相倚？"（《金缕曲》）"泉"指黄泉；"重"极言其深；"双鱼"指书信，古代传说鲤鱼可以传递书信，所以信封不是纸的，而是用木头做成鱼的形状，然后把绸子写的信夹在两片木板中间。他说，虽然我们不能再见面，但是重泉之下如果能有书信的往来，我还可以知道有什么人在陪伴她，她是痛苦还是快乐。纳兰性德的这句词说的是与死者可通消息的假设，而杜甫的"去住彼此无消息"则是确确实实的生死永隔，彼此永无消息了。

这首词用了"兴"和"比"的手法：他先是看到了"舵楼东逝波，鹢首西沉月"，然后引发出内心的感慨，这是"兴"；而这两句同时也是"比","何似一心人，自此无期别"，水的东逝与月的西沉正好比同心之人的无期之别。杜甫的《哀江头》也兼用了"兴"和"比"，"清渭东流剑阁深"相当于乔大壮那首词的"舵楼东逝波，鹢首西沉月"两句，是写眼前的实有之景，属于"兴"；这句同时也是"比"，"清渭东流"代表贵妃的长逝，"剑阁深"代表玄宗的幸蜀未还——"去住彼此无消息"。

所以，"去住彼此无消息"这句的解释有两种可能：一种可能是说，"去"指已经死去的杨贵妃，"住"指还活在世上的唐玄宗，他们二人彼此永无消息了；第二种可能是说，以作者而言，自从玄宗"幸蜀"以后，杜甫被叛军劫回长安，这首诗正是写于沦陷的长安，此时他对于国家的前途、皇帝的命运完全不清楚，因此"去"者可能指"幸蜀"的玄宗，"住"者可能指沦陷在长安的诗人自己，他们之间也是"彼此无消息"。

这段时间内杜甫还写过一首名为《对雪》的诗，可以作为"去住彼此无消息"的注脚：

> 战哭多新鬼，愁吟独老翁。
> 乱云低薄暮，急雪舞回风。
> 瓢弃樽无绿，炉存火似红。
> 数州消息断，愁坐正书空。

现在，遍地都是战乱，不知死伤了多少人。我一个四五十岁的老人，困在沦陷中的长安，看到国家的败亡和生灵的涂炭，又能做些什么？只有悲愁，只有吟诗而已！而此时的天气阴沉，向外边一看，乱云低低地压在天上，天已经黑下来了，风狂雪暴，雪在风中回旋飞舞。你看他写云之"乱"、雪之"急"、天之阴沉寒冷，这都是写实；可是另一方面，这又象征了时代的危乱和阴惨。

下面两句，你看诗人更妙的一点，他用没有的东西来做反衬："瓢弃樽无绿，炉存火似红。"本来"瓢"是指饮酒的酒瓢，现在早已没有酒瓢了，因为酒樽里面根本就没有绿色的酒，酒瓢已被我抛弃了；冬天没有炭火可以取暖，只有空空的炉子在那里，而我想象着里面仿佛有红色的火焰。

最后两句："数州消息断，愁坐正书空。"经过这样的惨败，我们的国家到底如何了？朝廷还有没有反攻的希望？玄宗和肃宗两个人是不是平安？我不知道，我在沦陷区中，消息已经被封锁，与外面的联系完全断绝了。我只能悲愁地坐在这里"书空"。"书空"用了一个典故。晋朝时的殷浩经过一次失败后，常常指手画脚地在空中书写，写的什么呢？"咄咄怪事"——怎么会有这样的事情发生？那不可能啊！所以后来常用"咄咄怪事"来表示不愿相信很不幸的事情。

我现在引用《对雪》这首诗为"去住彼此无消息"一句做个注解，与他"彼此无消息"的人既有到四川去的玄宗，也有到灵武去的肃宗，不过这里主要说的还是玄宗。总而言之，不管是老皇帝还是小皇帝都走了，我一个人困在这里，是"数州消息断"，是"去住彼此无消息"。

我们说杜甫的诗常给人以暗示，使人产生这样那样的联想，其实西方文论对此有一整套的理论。中国是一个重实践的民族，中国文学理论对此虽然没有成系统的理论，但是很早就有这种观念，而且对于象喻的应用很早就开始了。早在《周易》的《系辞》中就提到了"象"，指出形象与它所比喻的思想之间的关系。我记得去年曾偶然谈到《周易》里边的一个卦——《乾》卦，说是"初九，潜龙勿用"，《乾》卦最底下的这个符号"—"代表"潜龙"——不得志、不能够发挥作用、不能够实现理想的一条龙。所以中国实在是从《易经》开始，就用各种形象来做比喻了。不但《易经》如此，《诗经》中所说的"比兴"也是用形象来引起人的一种联想。既然是从形象引起联想，它不是死板的说明，那么这种联想就很可能是多方面的联想。所以中国传统的"比兴"也有一种感发联想的作用。

本来，形象所给人的联想不限于一个方面，是相当自由的，可是现在我要补充说明一点，因为我最近发现有这样一种现象。我发现有一些解说诗的人，特别是受了西方新的文学理论影响的人，他们认为每个人可以有自己自由的联想，而不用追求作者的原意。所以，诗，一方面可以多义，一方面不一定要重视作者的原意，因为西方文学批评有这种倾向。于是我发现，有些人解说中国古典诗歌的时候随便加以联想，觉得自己随便怎么想都可以。我实在要说，这是错误的。比如台湾有一位解说诗的人，他曾经解说唐人的一首绝句：

嫁得瞿塘贾，朝朝误妾期。

早知潮有信，嫁与弄潮儿。（李益《江南曲》）

这也是一首写怨妇的诗。我说过，中国的诗从很早就有一个怨妇的传统，有的是写实，有的是比喻。这首诗是写实的，"嫁得瞿塘贾"，有一个女子，嫁给了一个长江三峡的商贾，商人要出去做生意，常常坐船在江水上往来而不回家，所以"朝朝误妾期"，他每天每天都耽误了我对他的期待。"早知潮有信"，如果我早知道每天的潮涨潮落有一定的时间，"嫁与弄潮儿"，有一些年轻人，每天潮水涨起来的时候他们都要到这里来弄潮——弄潮儿有一定的时间来这里，而这个女子的丈夫没有一定的时间回来，所以那个女子说：如果我早知道潮水是"有信"的，倒不如嫁给一个弄潮的年轻人了。

本来这样解释没有什么疑义，可是台湾那位解诗的人认为："信"与"性"的声音既然差不多，由此就可以联想到西方所说的sex的性。这完全是错误的，不可能有这样的联想。第一，这两个字一个读xìn，一个读xìng，声音就不相同；第二，凡是中国古典诗文中所说的"性"，一般是孟子所说的"性本善"的人性之意，根本没有西方所说的sex的性的含义。所以完全不可以这样联想，这太摩登了！我引用这个例子好像是在说闲话，可我觉得这是很重要的一件事情。有些人拿来一首诗，根本没有看懂，就随便解说一番，这样的例子很多。我的意思是，你可以有多方面的丰富而且自由的联想，但是这些联想必须要有一个范围、有一个传统的联想的习惯，不是随意的想当然的联想。而我们上面所讲的杜甫的几句诗，无论是由"清渭"联想到长安，还是由"去住"联想到生死，都是按照中国古典文学传统的习惯来联想的。

我们接着来看杜甫的诗："人生有情泪沾臆，江水江花岂终极。"俗话说："人非草木，孰能无情？"人不是那没有感情的草木，你只要生而为人，谁能够没有感情？中国古人还说："圣人忘情，最下不及情。情之所钟，正在我辈！"（《世说新语·伤逝》）"圣人"是指超然于人类的悲欢离合、悲喜哀乐之外的人，他们是"忘情"；"下愚"是指在理智上、情感上很迟钝的人，他们是"不及情"；而感情所结聚的，正是在我们这些既非"太上"又非"下愚"的一般人。一个人如果对于国家的败亡，对于人民的安危都不在乎，而是只顾自己，只求个人生活的安定，我说那人的心已经死了。"哀莫大于心死"（《庄子·田子方》），所以人，只要你的心不死，只要你是一个有心肝有感受的人，当你看到国家的败亡，面对着这种悲惨的变故，就不会无动于衷的。杜甫说，我忍不住落下泪来，沾湿了胸臆。

可是，"江水江花岂终极"。我们在讲诗歌的"比兴"时曾经说过，"兴"多在开端。我们说"观物起兴"，就是看到外界的景物引起我们的感发。"关关雎鸠，在河之洲"，所以"窈窕淑女，君子好逑"：听到雎鸠鸟的叫声，看到成双的雎鸠鸟在河中小洲上，于是想到"君子"也应该有美好的配偶。一般情况下是先写景物再写感发，由景物引起感发，不过偶然也有先写感发后写景物的。我举过王昌龄的一首《从军行》：

琵琶起舞换新声，总是关山旧别情。

撩乱边愁弹不尽，高高秋月照长城。

他说，在边塞上戍守的那些兵士，弹奏着琵琶起舞，唱了一支歌曲再唱一支歌曲。不管唱什么歌，歌曲中所表现的都是与家人关山阻隔的离情别绪。听不完这些离别的歌曲，每一首都使我缭乱，引起我内心的边愁。就在此时，我抬头一看，在边塞辽远的天空上，秋天的明月照亮了荒凉的长城。

这首诗就是先写感情后写景物的，如果先写景物后写感情，就是景物引起了你的感发；如果先写感情再写景物，你就把你所有的感情都融化在景物之中。以王昌龄这首诗来说，天上的秋月、地上的长城都充满了你的边愁；整个一片背景都纳入了你的边愁，你把你的感情完全融化、投入到大自然的景物之中了。

杜甫这首诗也是先写感情后写景物的：他前面写的是悲哀的感情，"人生有情泪沾臆"，后面忽然间一个写景的句子，"江水江花岂终极"。你不要忘记，这首诗开始写的是"少陵野老吞声哭，春日潜行曲江曲"；现在，他从所发生的悲惨变故再回到大自然的景物之中："人生"是"有情泪沾臆"，可是"江水江花岂终极"？

这种感受我要用杜甫另外两句诗来证明。我们不是说，杜甫在河南本来有自家的田园吗？后来经过安禄山的叛乱，杜甫又回到河南的故乡，写了这样两句诗："故园花自发，春日鸟还飞。"（《忆弟二首》之二）这就是我的故乡，经过战乱，多少人家被战火烧残，这就是我破碎后的家园！曾经住过的房子被破坏了，可大自然是不变的："故园花自发，春日鸟还飞。""自"和"还"两个字的意义非常深，所以我常说诗的好处不仅在于你对image的使用，还有就是表示动态、表示感受作用的字，往往是诗里边最重要的。"自发"就是说，不管人间发生了怎样悲惨的变故，花还是要开的，它不会因为人的流离死亡而不开。

我前段时间写了很多诗，其中也有与这两句的意思相近的句子。上次回国，我看到很多房子在唐山大地震之后倒塌了，可是春天来了，房子旁边的花还是开得非常漂亮。"故园花自发，春日鸟还飞"，人间的无常与大自然的不变是一个明显的对比，他对于战乱败亡的悲慨都在"自发""还飞"两个词中表现出来了。

"人生有情泪沾臆"，你面对的是这么悲惨的变故，可"江水江花岂终极"，那曲江的江水为此而停止不流了吗？曲江江边的花为此而停止不开了吗？没有，春天永远有这样碧绿的江水，花朵永远是这样美丽的万紫千红。而我今天来到曲江，曲江的江水和当年繁华的时候一样在流，江边的花和当年全盛的时代一样在开。开头他就说了："江头宫殿锁千门，细柳新蒲为谁绿？"已经国破家亡了，花为什么开？草为什么绿？而且我每年看到江水流江花开，我就会想到从前的盛世。"忆昔霓旌下南苑，苑中万物生颜色"，当年的江水江花难道不是这样吗？而现在国家败亡，天子出奔四川，贵妃被勒死在马嵬，我再看到江水流，再看到江花开，"少陵野老吞声哭"，我都会流下泪来。"江水江花岂终极？""终"是说终了，"极"是说尽头，哪一天江水才会干涸？哪一天江花才会停止不开，没有这样的一天。江水江花永远在流在开。而只要我的国家没有光复，每一次我看到这样的江水江花，所唤起来的就是"人生有情泪沾臆"，就是这种令我悲哀的事情。江水江花永远没有终了，我的悲哀就永远没有尽头。

我们说过，李白的《远别离》也反映了他对时代的悲慨，在那首诗的最后两句他说："苍梧山崩湘水绝，竹上之泪乃可灭。"等到有一天苍梧山崩塌下来了，湘水断绝不流了，那时候，竹子上的泪痕才可能会消失。苍梧山永远在，湘水永远流，每一次我看到苍梧山与湘水，就会想到帝舜与娥皇、女英的分别。不管他所感慨的是玄宗失去权柄还是皇帝与妃子的别离，他本来说的就是人类的感情，也就是俗话说的：太阳底下人类的感情千古以来没有什么基本的改变。人的生死离别等感情从古到今就是全世界人类所面对的永恒主题，这个主题被千百万个诗人说来说去，而有的诗人写起来，还依旧给人以新鲜的感觉。同样一种感情，李白说："苍梧山崩湘水绝，竹上之泪乃可灭"；杜甫说："人生有情泪沾臆，江水江花岂终极"；白居易说："天长地久有时尽，此恨绵绵无绝期"（《长恨歌》）。都是写悲哀的没有穷尽，白居易和李白、杜甫不一样，李白、杜甫之间也不一样。李白说山崩水绝后才可消灭，杜甫说江水江花永远不会消灭，他反过来写其"人生有情泪沾臆"的悲哀。而且他们两个人都是用大自然的不变与人生的无常做一个对比，用永恒的大自然代表他永恒的悲哀，这是李白和杜甫。白居易与他们俩有一点不同，就是比较上用的是说明。他说，天地都还变呢，我的长恨却是不变的。所以你就知道，人类其实有很多感情是相似的，只要你自己说的时候写的时候有你自己真正的感受，你能够把它恰到好处地表现、传达出来，就永远是新鲜而且感动人的。

说到李白的《远别离》，我还要补充一点。本来，《远别离》这首诗因为写到帝舜与二妃的分别，很容易使人联想到唐玄宗与杨贵妃的分别。可是在唐朝人编的一本诗集中选了李白那首诗，而那首诗编选的时期是在天宝之乱以前，所以李白那首诗不可能是写玄宗与贵妃的事情。有一位同学就说了，假如没有唐朝那本诗集传下来，那我们后来就不能确定李白这首诗是在天宝之乱以前写的还是在天宝之乱以后写的了。也就是说，如果抛弃了外围的考证，你只是直觉地感受，那么李白的诗很可能让人有那样的联想。虽然在科学的考证上证明不可能，但艺术的感发上证明可能。

我认为这正是李白作为一个诗人的了不起之处。诗人往往有极敏锐的感觉，所以清朝的金圣叹说："先生异样眼力，上观千年，下观千年。"（金圣叹批杜诗）诗人果然能未卜先知？李白难道预卜了玄宗与贵妃将来会发生那样的不幸？李白当然不是未卜先知的预言家，但他禀有诗人的锐感，他可以思危虑乱，在乱世没有真正到来之前，以其"锐感"而隐隐感到将来可能发生什么样的事情。我现在只是讲到《远别离》，顺便谈一些相关的话题，下面还是接着看杜甫诗的最后两句。

"黄昏胡骑尘满城，欲往城南望城北。"我们知道，杜甫到曲江边上去散步，看到了"细柳新蒲"，无论是早春那么细的柳条上的绿色，还是刚刚从水中长出来的蒲苇的绿色，你要能看到这么纤细的形状和这样鲜明的绿色，一定是在白天。他在江边为国家的败亡而痛苦，痛苦了一天，回来的时候已是黄昏，一走进长安城的街巷之内，看到满街都是骑马往来的叛军，扬起了满城的尘土。他只是说"尘满城"，事实上要表现的是什么？是那些"胡骑"，是胡人的兵马在长安城内的横行践踏。我也见过类似的情景，当年北平沦陷的时候，日本军队开进来，满街都是日本兵，他们开着军车在马路上横冲直撞……所以杜甫说"胡骑尘满城"，那尘土的飞扬正代表了叛军的横行。而且，你如果把杜甫在这一阶段写的其他诗拿来做一个比较，就更能够理解杜甫此时的心境了。

杜甫在《哀江头》之前写有《悲陈陶》一诗。陈陶是一个地名，当长安被叛军占领以后，唐朝自己的军队不是也有过几次反攻吗？双方曾经在陈陶打过一仗。那次战役唐朝的军队大败，四万年轻的兵士都牺牲了，杜甫在沦陷的长安听到这个不幸的消息后写了《悲陈陶》一诗：

> 孟冬十郡良家子，血作陈陶泽中水。
> 野旷天清无战声，四万义军同日死。
> 群胡归来血洗箭，仍唱夷歌饮都市。
> 都人回面向北啼，日夜更望官军至。

杜甫写得真是有力量！孟冬时在附近十个郡征来的四万最好的青年人，一天之内就被叛军全部杀害，他们流的血填满了陈陶的大泽之中，与泽水一起流下去。仗很快打完了，很快无声无息；天空晴朗了，映着一片死寂的旷野。我在长安城中得知官军失败的消息，我看到敌人战胜归来，他们的弓箭上还带着官军青年的鲜血，然后唱着胡人的歌去饮酒，庆祝他们的胜利。长安城内的老百姓都转过头去向北面啼哭，为什么？因为官军在北方，如果反攻敌人，应该是从北方过来，所以大家日日夜夜都盼望官军能够打回来。

这就是杜甫当时所见的长安的情景。所以最后一句说："欲往城南望城北。"杜甫住在长安城的南面，他本来要往城南走，可望见的却是城北。这句有人认为不通，怎么会"欲往城南望城北"呢？这里有两种不同的解释。一种解释认为，这句写出了杜甫深悲极痛、意乱心慌的一种感受。因为他那么悲哀，神志已不十分清醒，如果直接说，我非常悲哀，我心慌意乱，这是很笨的说法；而"欲往城南望城北"，我本来欲往城南，走了半天一看，望见的却是城北，怎么走错了？所以这就把杜甫当时那种忧急迷乱的心情清楚地表现出来了。还有一种解释，如果联系杜甫在此之前所写的《悲陈陶》一诗的最后两句："都人回面向北啼，日夜更望官军至。"因为唐朝的军队在北方，所以他的"望城北"还不只是说他的心慌意乱，"望"也不是说"望见"了，而是"盼望"在城北。正如"都人回面向北啼"所代表的是"日夜更望官军至"，他的"望城北"也是指对于自己政府的盼望和期待。所以对于杜甫，你要把他所有的诗打成一片来看，才能够真正体会其感情的深厚，才能对他有更多的了解。而这首《哀江头》，至此也告一段落了。

（曾庆雨整理）

脱身至行在后的作品

中国古人说一个人忠爱，常常用"缠绵"两个字来形容，说是"缠绵忠爱"。现在大家一般只知道缠绵恩爱，只有男女的感情才谈得上缠绵；可杜甫是对于国家有一份缠绵的感情。什么叫"缠绵"？就是割舍不断，没有办法忘怀。杜甫说："葵藿倾太阳，物性固莫夺。"（《自京赴奉先县咏怀五百字》）我为什么不把它放下，只要自己过得好就好，我何必管什么国家百姓？可这是我天生的本性，自己都没有办法放下的。所以杜甫是在忠爱，而不是在恩爱，他果然是缠绵得放不下的。而像杜甫这样一个缠绵忠爱的人，他甘心沦陷在敌人的铁蹄之下吗？当然不甘心。人的性格不同，有人就可以在安禄山的统治之下，接受安禄山的官职和任命，但杜甫不是这样的人，他一心要回到新皇帝肃宗所在的地方去。

喜达行在所

肃宗本来继位做皇帝是在灵武。后来，安禄山的儿子安庆绪指使左右一个叫李猪儿的人杀死了安禄山。当他们内部发生这种变乱的时候，肃宗那方面准备反攻，就从灵武进驻到凤翔。灵武在甘肃，凤翔已经在陕西境内，离长安更近了。杜甫觉得这正是个机会，于是逃出长安到凤翔去。我们现在也许觉得杜甫逃离长安是很简单的一件事情，四个字就说过去了，可你要知道，杜甫当年从长安逃往甘肃的灵武，又被叛军劫回了长安；这次他又逃走，一旦被叛军抓住，很可能会被杀死，所以杜甫当年是冒着九死一生的危险逃出来的。至德二载（757）的春天，杜甫来到了凤翔以后，写了《喜达行在所》三首诗。凤翔当时叫"行在"，什么是"行在"呢？就是皇帝的行宫所在，行在不是首都，是临时政府所在的地方。杜甫幸运地逃到"行在"后非常高兴，写了这样三首诗：

> 西忆岐阳信，无人遂却回。
> 眼穿当落日，心死著寒灰。
> 雾树行相引，连山望忽开。
> 所亲惊老瘦，辛苦贼中来。

> 愁思胡笳夕，凄凉汉苑春。
> 生还今日事，间道暂时人。
> 司隶章初睹，南阳气已新。
> 喜心翻倒极，呜咽泪沾巾。

> 死去凭谁报，归来始自怜。
> 犹瞻太白雪，喜遇武功天。
> 影静千官里，心苏七校前。
> 今朝汉社稷，新数中兴年。

这当然是杜甫很好的诗，因为时间关系我们不能细讲，我只是择取其中的一些句子来做证明好了。

第一首写他为什么要逃出来。"西忆岐阳信，无人遂却回。""岐阳"是哪里？就是凤翔。相传文王在西边做诸侯的时候，岐山上曾经有凤凰出现过。这里是政府所在地，在长安的西北。他说，我每天都在盼望着政府的消息，猜想我们政府到底怎么样了，怎么好几个月都不反攻？可是从冬天到春天一点消息都没有，因为没有人从沦陷区的长安前往政府的根据地，再把根据地的消息带回来，传给沦陷区的人。

"眼穿当落日，心死著寒灰。"我每天向西北方向瞻望，看到每一天的日落，真是把眼睛都快望穿了。然而盼了这么长时间，几十天过去了，几个月过去了，政府的军队依然没有回来的希望，这使我盼望的心完全死了。死到什么程度？不但心死了，这颗死去的心似乎更被放在了一片烧残后寒冷的灰烬中。政府的军队何时回来光复？不知道什么时候。《诗经》上说："纵我不往，子宁不来？"（《郑风·子衿》）你不能来，我怎么不能去呢？他不甘心困在长安，于是逃走了。

一路上，"雾树行相引，连山望忽开"。天还没有亮，烟雾笼罩着那些树，哪个方向是凤翔呢？按照中国的习惯，如果你找不到路，只要你发现小路两边都种着树，你顺着树走总会有路的。他说，我就沿着树的方向走，远望山上没有一条路，都是连绵的山脉；当走到眼前，忽然间发现有一条路可以拐过去。这都是在写路途上的情景。

最后终于到达了行在所，"所亲惊老瘦，辛苦贼中来"。到了凤翔，跟我认识的那些朋友都很惊讶，说才半年不见，你怎么变得又老又瘦了？——因为我是千辛万苦逃出来的。

第二首，"愁思胡笳夕，凄凉汉苑春"。当我滞留在长安的时候，每天都充满了忧愁。晚上，我常常听到胡人吹笳的声音；到了春天，像曲江等地方，原来都是玄宗的苑囿，曾经一派繁华，而在叛军的铁蹄之下，我只感觉到一片凄凉。

接着两句非常好："生还今日事，间道暂时人。"他已经到达行在所了，他说，我居然能够活着回到国家的政府！你注意杜甫的用字，"生还"这个"还"字用得非常妙，凤翔是他的故乡吗？不是。他的妻子儿女在凤翔吗？不在。不是说他以前在凤翔现在又回来了，凤翔是他从来没有去过的一个地方。可他说"还"——我回来了。为什么说"回来了"？长安其实是他住过很久的地方，可他现在离开了住过很久的长安，来到一个并非是自己的故乡也并非是家人所在之地的凤翔而说是"还"，就因为长安现在已沦陷在叛军手中，而凤翔是自己国家政府所在的地方，所以在心理感情上觉得这样是"还"。

"生还今日事"，我今天真的活着回来了，而昨天、前天，当我还在路上逃亡的时候，我是"间道暂时人"。"间道"就是偏僻的小路，因为大路上都有军队在把守，他不敢走，所以要抄小路逃走。他说，前几天当我在小路上躲躲藏藏地奔逃的时候，我真是提心吊胆，不知道下一分钟、下一秒钟我还能不能活着，我只是走一步算一步，走一分钟算一分钟，我只是"暂时"活着的一个人。

这样的句子绝不是风花雪月的漂亮的对句，但这才是出自真正的感情和体验而成的诗句，代表了杜甫真正的成就。那种艰难危险的生活经历很少有人经历过，而杜甫不但经历过，还这样真切地写了下来，所以我们讲杜甫，不能不谈到这些诗。

好，现在杜甫到了凤翔，见了肃宗。你想，一个人对国家这么忠爱，九死一生逃到这里来了，肃宗当然很感动，于是给他授官，授了一个什么官职呢？授了左拾遗的官。什么叫"拾遗"呢？"遗"是说遗失、遗漏、疏忽；"拾"就是把丢掉的东西捡取回来；"拾遗"作为一个官职，就是补救朝政的缺失之意，如果你看到国家的政治有什么不对的地方，你要及时劝谏，所以"拾遗"是一个谏官。唐朝的"拾遗"分为左拾遗和右拾遗，我们现在没有时间讲唐朝的官吏制度，只能简单地说到这里。

述　怀

得到左拾遗的官职后，杜甫可高兴了，以后总算能有机会报效国家了。他就是要做这样的官！他不是"窃比稷与契"，要"致君尧舜上"吗？他要把自己满腔的热情奉献给国家。杜甫本来有很多意见想要献给朝廷，一旦做了"拾遗"这样的谏官，那可就不得了了。他今天给皇帝上个谏疏，说你这个不对，明天又上个谏疏，说你那个不对。你想，哪个当权者喜欢别人总给他提意见？所以过了不到一年的时间，肃宗就觉得杜甫太啰嗦了。那时杜甫的家人已从奉先迁往鄜州，于是肃宗说，给你放个假，回家省亲吧！杜甫当然怀念他的家人了，他身陷长安所写的《春望》那首诗中曾说："烽火连三月，家书抵万金。"战争接连不断，在战乱中接到家人的一封信，有万金那么宝贵。在《自京赴奉先县咏怀五百字》那首诗中他也曾说"谁能久不顾，庶往共饥渴"：谁能够长久地不顾念自己的家人？我纵然没有金钱带回去，可就算挨饿，我也要回去和他们饿在一起。所以杜甫绝不是一个不关心家人的人，他不但对于国家民族有这样深挚的感情，他对于自己的家人，对他的妻子儿女同样有一种非常深厚的感情。他在任左拾遗期间所写的《述怀》一诗中也体现了这双重的感情，我们简单地看一下：

> 去年潼关破，妻子隔绝久。
>
> 今夏草木长，脱身得西走。
>
> 麻鞋见天子，衣袖露两肘。
>
> 朝廷愍生还，亲故伤老丑。
>
> 涕泪受拾遗，流离主恩厚。
>
> 柴门虽得去，未忍即开口。
>
> 寄书问三川，不知家在否。
>
> 比闻同罹祸，杀戮到鸡狗。
>
> 山中漏茅屋，谁复依户牖。
>
> 摧颓苍松根，地冷骨未朽。
>
> 几人全性命，尽室岂相偶。
>
> 嶔岑猛虎场，郁结回我首。
>
> 自寄一封书，今已十月后。
>
> 反畏消息来，寸心亦何有。
>
> 汉运初中兴，生平老耽酒。

沉思欢会处，恐作穷独叟。

"去年潼关破，妻子隔绝久。"去年，当潼关被安禄山的军队攻破的时候，我就与我的妻子儿女隔绝了。因为潼关破了以后，杜甫就离开了家人，准备到肃宗所在的灵武那里去，结果被安禄山的军队劫回了长安。"今夏草木长，脱身得西走。"一直到今年的夏天，草木已经长得很茂盛了，我才脱身从长安逃出来，因为凤翔在长安的西边，所以他是"得西走"，得以脱身到凤翔去。

"麻鞋见天子，衣袖露两肘。"你要知道，他曾是"间道暂时人"，是从沦陷区里面冒着生命的危险逃出来的，所以穿着一双麻鞋。本来上朝见皇帝要穿上整齐的朝服，可他在沦陷的长安过了一个冬天，又经过一路的逃难，衣服袖子也被磨穿了。肃宗很感动，"朝廷愍生还，亲故伤老丑"。朝廷怜悯我九死一生地逃回来，有些在朝廷做官的老朋友很伤感，说才不过半年，你怎么变得又老又丑呢？

"涕泪受拾遗，流离主恩厚。"当皇帝授予我拾遗这个官职的时候，我感动得痛哭流涕。朱光潜先生曾经说，写景要写得显豁鲜明，如同你看到了这种景物；写情要写得隐微含蓄，你不能都说出来，说出来就没有余味了。我说过，很多时候是这样，但也不是完全如此。写情要"隐"还是要"显"是看你自己感情的质量如何，如果你本来的感情不够深厚、不够真挚，你一说出来让人觉得就是假的。你本来就虚伪，再怎么说也不能够感动人。如果你的感情的质量本来就很深厚，无论你说得是隐是显，都会非常好。像杜甫的这两句诗，我们结合他的生平来看，知道他这样千辛万苦地逃出来，在国家最危险的战乱中贡献自己的一分力量，他的感情很深厚。所以当朝廷授予他拾遗这样的官时，他痛哭流涕地接受了。经过了沦陷，经过了逃亡，看到过敌人在祖国首都的横行践踏，看到过敌人对祖国人民的烧杀抢掠，他更能够体会到重新回到自己的朝廷是多么好的一件事情。他说，流离之后接受拾遗的官职，更觉得皇上对我的恩德是这样的深厚！

"柴门虽得去，未忍即开口。""柴门"是指鄜州他妻子所在的地方，杜甫那么怀念他的妻子家人，可是在沦陷的长安没有办法回去；现在逃了出来，也该回家看一看妻子了。他说，我现在虽然可以回家探望家人了，但我不忍心对皇帝说——刚给我拾遗做，我就想请假回家，怎么能做这样的事情呢？难道我不想念我的妻子儿女？当然想念。"寄书问三川，不知家在否。"我也曾写信寄到鄜州三川一带，可经过这么久都没有回音，我不知道我家里边还有没有人活着。"比闻同罹祸，杀戮到鸡狗。""比"在这里念第四声，是近来的意思。近来听说家人所在的三川等地方也遭遇了灾祸，据说那里被叛军杀戮得很惨，不但人被杀死了，而且杀到鸡犬不留。

"山中漏茅屋，谁复依户牖。"我的家是在山里边的一间茅屋，是一下雨就漏的最贫穷简陋的茅草屋。他说的都不是假话，杜甫还写过一首《茅屋为秋风所破歌》，说他家茅草房子上边盖的茅草顶被风吹走了，然后下雨，他睡觉的地方通通被雨打湿了，他所写的都是实情。像杜甫这么深厚的感情，他怎么可以"隐"呢？他说，我在山里的茅屋之中有谁在倚靠着门窗。靠在门窗是什么意思？是等待亲人的归来。有没有人还会靠在门的旁边或站在窗户前面盼望着我的归来？这么长时间没有家里的消息，我不知家人的生死存亡，只是听说经过战乱，那里的很多人被杀死了。

"摧颓苍松根，地冷骨未朽。""摧"是说被摧折，"颓"是说跌倒、推倒的意思。他说，我想我的家乡那里不但人被杀死了，杀到鸡狗都不留，就是那些树木能不能好好地生存都是一个问题。因为敌人不但杀人，而且放火，房子烧倒了，那些老树有没有摧折？有没有被推倒？我想经过战火的焚烧，那些被杀者的尸骨应该还没有完全朽烂呢，因为战乱是最近才发生的。"几人全性命，尽室岂相偶。"经过这次战乱，有几人能够保全性命？我敢奢望我家里边一个人都没有受到伤害？我怎能说全家人能够再次团聚在一起呢？

"嵚岑猛虎场，郁结回我首。""嵚岑"本来是说高山的样子，高山是老虎所在的地方。他说，那里好像深山中老虎横行的所在，就是说敌人像老虎在山里边吃人一样，把人都杀死了。所以，我怀着一种沉重凝结的悲哀，回头遥望。

你看他对于家人这么不放心，不知道他们的生死，可是他前面说什么？"柴门虽得去，未忍即开口。"尽管这么担心家人的安危，他还是不忍离开朝廷。

"自寄一封书，今已十月后。"自从我寄了一封信到我家里去，现在已经是十月以后了。这么久没有回音，他们是不是真的在战乱中死去了？杜甫这个人真的会写感情！当你这么长时间接不到家人的消息，而且你知道家乡经过了兵火的战乱，所以杜甫说："反畏消息来，寸心亦何有。"我现在反而害怕有消息传来。因为你寄了信不久后就收到回信，这一定是顺利的；现在你寄信后很久没有回音，于是害怕再接到的消息，是不幸的消息。"寸心亦何有。"我们普通人都说自己的心是"寸心"，他说，在我心中还有什么样的盼望？我现在已经不敢再有什么希望了。你看他用这么简单朴实的字写得这么真切动人！

"汉运初中兴，生平老耽酒。"可是现在，我看到国家将要中兴了，虽然还在危险的时候，但肃宗已经从灵武来到了凤翔，正计划着反攻收复长安，国家的命运可以说刚刚走上中兴的道路。从开元到天宝，从全盛到败亡，经过这么惨痛的一次失败，经过被敌人占领，几乎亡国的一段痛苦的经历，纵然现在还是有很多缺点，可总是在向中兴的道路上走啊。尽管现在的肃宗也不是最完美的皇帝，尽管朝廷的政治依然有很多不完美的地方，无论如何，这是国家民族的希望，而且他们有心要收复长安，有心要挽回危机，要往好的路上走啊！所以杜甫宁可留在这里做拾遗，而不是回家去看望他这么关心的家人。他说，我现在年岁已经很老了，就喜欢喝酒。

"沉思欢会处，恐作穷独叟。"我看到了国家的希望，我知道国家以后会中兴的，如果等到那一天，全国统一，四海欢腾，大家欢喜地聚会的时候，别人都要来喝酒庆祝，我也是喜欢喝酒的人，然而那时，恐怕我已成为一个贫穷而且孤独的老人了，因为我不知道我的妻子儿女是不是还活着。

这真是血泪写成的诗篇！

在中国的诗人里边，能够像杜甫这样把对于国家民族的感情、家人妻子的感情同样深厚沉重地表现出来是很难得的。在杜甫看来，国家是重要的，既然肃宗叫我做拾遗，我就已经对国家负了很大的责任。现在国家正在变乱危亡之中，我应该把我全副的精神放在国家上。我虽然怀念妻子，但宁可留在这里做拾遗。可是他总喜欢给皇帝提意见，左一封谏疏右一封谏疏，今天提了明天又提，而做领导的一般喜欢听歌颂他的话，你意见太多了他就会不满意。肃宗后来不耐烦了，就说，干脆，你不请假我放你假。于是杜甫做了不到四个月的拾遗，就被肃宗放还了。

在从凤翔到鄜州去探望家人的路上，杜甫写了一首很有名的长诗《北征》，"北"就是向北方，因为鄜州在凤翔的北面，他要回家得往北走；"征"不是指打仗，而是说走远路。我们常常说"长征"，"长征"不一定指跟敌人去打仗，凡是远行走很长的路就叫作"征"。所以"北征"就是向北方的一次远行。这首诗从凤翔出发写起，写他离开朝廷后沿途的见闻，回到家中的悲喜交集，最后写到他对于朝廷的盼望和忧虑，与《自京赴奉先县咏怀五百字》同为能够代表杜甫基本特色的长诗。但时间不够，来不及讲这首长诗了。

羌村三首

八月初，杜甫回到鄜州家中，一段日子后，他写了《羌村三首》一组诗：

峥嵘赤云西，日脚下平地。

柴门鸟雀噪，归客千里至。

妻孥怪我在，惊定还拭泪。

世乱遭飘荡，生还偶然遂。

邻人满墙头，感叹亦嘘唏。

夜阑更秉烛，相对如梦寐。

晚岁迫偷生，还家少欢趣。

娇儿不离膝，畏我复却去。

忆昔好追凉，故绕池边树。

萧萧北风劲，抚事煎百虑。

赖知禾黍收，已觉糟床注。

如今足斟酌，且用慰迟暮。

群鸡正乱叫，客至鸡斗争。

驱鸡上树木，始闻叩柴荆。

父老四五人，问我久远行。

手中各有携，倾榼浊复清。

苦辞酒味薄，黍地无人耕。

兵革既未息，儿童尽东征。

请为父老歌，艰难愧深情。

歌罢仰天叹，四座泪纵横。

　　“羌村”是鄜州的一个地名，是他的妻子儿女所住的地方。这三首诗也很好，可是我真的没有时间来细讲，我只好带着大家来看几句。

　　大家看第三首的"群鸡正乱叫"一句，如果我在黑板上单独写这么一句，大家也许会觉得这难道也是诗！有的诗挑出一句来写得很漂亮，比如北宋的张先有一句很有名的词："云破月来花弄影。"（《天仙子》"水调数声持酒听"）他说，云彩避开了，月亮出来了，月亮照在花上，花枝随风摇摆，好像在舞弄它自己的影子。你不管他上面说的什么，也不用管他下面说的什么，就这么一句就很漂亮。可是你如果把杜甫的"群鸡正乱叫"也单独拿出来，这叫什么诗呢？所以人家说读杜甫的诗，读得少你就不能进去，你只有对他有了一个整体的认识后，再来看他的"群鸡正乱叫"，才知道他为什么好。我说过，杜甫一个最大的成就、我读杜诗一个最大的体会就是他的求真。大家都知道求美，宁可作假来求美，然而文学里面最重要的本质是你内心真正要有一种感动。什么叫作美？花花绿绿都涂上了不叫美，你把你真正的感发恰当地表现出来才谈得上美，美是内容与形式的合一。如果大家抛开了内容，只拼命研究形式，用一些虚伪巧妙的办法去点缀修饰，那永远是虚伪的，而杜甫的诗真正能够做到形式和内容的完美合一。

　　我们再看他的"群鸡正乱叫"。你要知道他现在回到了羌村，羌村是山中的一个小乡村，他这几句完全反映的是当时农村那种朴实的生活。他说"群鸡正乱叫"，你如果在中国乡下居住过就知道，鸡经常咕咕地叫。"客至鸡斗争"，有时候，门里门外都是鸡，有客人来了，你一赶它们，它们就在地上一阵乱跑。"驱鸡上树木"，你嫌鸡乱叫乱跑，把它们赶上树去，乡下都是矮矮的土墙，鸡翅膀一张，一飞就飞上去了。"始闻叩柴荆"，你就听到有人来敲柴门。

"父老四五人，问我久远行。手中各有携，倾榼浊复清。"中国乡下的农民一般感情比较淳朴，有时候，那种朴实是在城市里边长大的人没有办法想象的。尽管他们自己那么贫穷，可是对于朋友，如果他觉得是好朋友，他会把自己最好的东西拿出来。杜甫说，这些父老不但来看我，每人还都带了东西来。"榼"是一种酒器，"倾"是倒出来，从酒器中倒出酒来，清酒和浊酒都有。

"苦辞酒味薄，黍地无人耕。""苦辞"就是苦苦地说，反复地说，比如"苦雨"就是说接连不断地下雨，而不是说雨的滋味是苦的。"辞"是说父老们的谦辞，他们一直客气地说自己的酒不好，为什么不好呢？"黍地无人耕"，"黍"是酿酒的一种粮食，因为战乱，黍地都没有人耕种了，造酒的粮食产得不多，所以酒酿得也就不好了。

"兵革既未息，儿童尽东征。"现在战争还没有停止，不但壮年的人都去当兵了，连十几岁的少年也去东方打仗了。父老们的几句话，真是非常感人！他们在这样贫穷艰苦的战乱中带着酒来看杜甫，自己还觉得很抱歉。

下面杜甫说了："请为父老歌，艰难愧深情。"我愿意为父老作一首歌，在这么艰难困苦的环境中，你们对我的感情真的令我很惭愧。杜甫的官职是什么？左拾遗。一个读书人应该"致君尧舜上"，而杜甫也曾"窃比稷与契"呀！现在自己没有尽到自己的责任而回到乡下，接受这些农民辛辛苦苦地劳动得来的东西，所以杜甫觉得很惭愧。

"歌罢仰天叹，四座泪纵横。"他吟诗以后，仰天叹息，四面在座的人真诚地流下了眼泪，为当时的战乱与苦难流下泪来。

（曾庆雨整理）

长安收复后官拾遗时的作品

曲江二首

　　至德二载（757）的冬天，肃宗真的收复了长安，肃宗、玄宗又都回到长安。那时杜甫还在鄜州和家人在一起，他听说收复了首都非常高兴，又写了几首很好的诗。他觉得国家复兴了，自己应该赶快回去奉献一分力量，于是在至德三载（758）的春天回到了长安，继续做他的拾遗。杜甫现在更高兴了，他想现在长安已经收复，正是我们的政府应该励精图治、发奋图强、有所作为的时候，所以他还是今天上一封奏疏，明天上一封奏疏。可是你要知道，不管古今中外的哪个朝代、哪个政府，胜利还朝后大家一般都要争功请赏、你争我夺，杜甫一天到晚地劝谏上疏，也就显得更不合时宜了。肃宗后来又生气了，这次不仅贬谪了杜甫，很多人都被相继贬出去了。在快要被贬还没有贬出去的时候，杜甫写了《曲江二首》：

　　　　一片花飞减却春，风飘万点更愁人。
　　　　且看欲尽花经眼，莫厌伤多酒入唇。

江上小堂巢翡翠，苑边高冢卧麒麟。
细推物理须行乐，何用浮荣绊此身。

朝回日日典春衣，每日江头尽醉归。
酒债寻常行处有，人生七十古来稀。
穿花蛱蝶深深见，点水蜻蜓款款飞。
传语风光共流转，暂时相赏莫相违。

这其实是很好的两首诗，可是现在很多唐诗选上不选这两首诗。因为"文革"以来，对文学作品的选择、解说都比较偏重于革命的思想意识，所以认为这样的诗不够革命。我说过，读中国古典诗歌最大的好处是从中可以看到古代诗人的心灵、感情和品格，那种鲜活的力量可以打动千载之下的人，因此我比较注重诗歌在读者心中所引起的作用。可是，如果你不从诗歌本来的感发生命来做价值判断，而是先立定一个外在的革命的、政治的标准来套它的话，你就不能真正认识它本有的生命。而且有很多人，他们本身就是虚伪的、口号的，他们没有真正的感动，只是往那里套。我也说过，西方有西方的缺点，他们常常用各种很新鲜、很摩登的理论模式来套，这与用革命的思想来套一样，没有真正认识到诗歌本身的意义和价值。如果从外表的形式口号来看，他们可能会以为《曲江二首》这样的诗不够革命，什么叫"酒债寻常行处有"？什么叫"细推物理须行乐"？他难道只知道喝酒，只知道及时行乐？所以有人认为，安史之乱还没有平息，杜甫回到朝中，竟写什么赏花饮酒之类的事情，这样的消极颓废应该批判。可是，你如果真正认识了杜甫这个人，真正了解了这两首诗的写作背景，你就知道这其实是杜甫写得很好的两首诗。

在这段时期，杜甫写过一首叫《春宿左省》的诗。

我说过，唐朝最高的部院机关是所谓的"三省"：尚书省、中书省和门下省。门下省被称为"左省"，尚书省被称为"右省"。左省里边有拾遗的官职，右省里边也有拾遗的官职，就是说每一部院里边，每一最高的政府机关里边都有劝谏的这种官职。杜甫做左拾遗，当然隶属于左省。至德二载（757）的冬天，长安收复；第二年肃宗改元乾元，至德称"载"，乾元称"年"，《春宿左省》这首诗就写在乾元元年（758）的春天。杜甫做拾遗的官，有时要住在他的办公机关里面，就是我们通常所说的值宿、值夜。杜甫在一次值夜时写了这首诗：

> 花隐掖垣暮，啾啾栖鸟过。
> 星临万户动，月傍九霄多。
> 不寝听金钥，因风想玉珂。
> 明朝有封事，数问夜如何。

门下省不但有"左省"这个别名，另外有一个别名叫"左掖"，就是说皇帝在中间，左省和右省如同辅佐皇帝的两条手臂：左省好像是左边的腋下，右省好像是右边的腋下。"掖垣"就是左省的墙。左省的墙外本来种着很多花，天黑下来，就看不见那边的花了，所以是"花隐掖垣暮"。"啾啾栖鸟过",晚上鸟都飞回来了,啾啾地叫着。这里鸟好像比较少,我不太注意。从前在北京住的时候,每天早晨我在我家的院子里都会看到有很多老鸹飞走;等到晚上天快黑的时候,就呱呱地叫着又都飞回来了。天黑了,鸟回来休息了,夜越来越深,"星临万户动,月傍九霄多"。"临"是照临,自上而下叫临。他说,月亮由上而下照着万户,"万户"还不是说长安城里边有千门万户的人家,而是特别指宫殿。你看长安的地图,左省、右省都在皇城里边,就像北京,不仅有一个大的北京城,还有一个小的皇城在里边。"万户"指宫殿本来从汉朝开始。中国什么都有个来历,据说汉朝的建章宫规模宏大,有万户千门。他从天黑下来写起,天慢慢黑了,花渐渐看不见了,鸟也飞回来了,然后星星和月亮出来了,月亮不但从东方升起来,而且升到中天,所谓"月傍九霄","九霄"者是说最高的地方。我们中国常常说到数字中的三和九,比如"三思而后行""九死一生",等等。在类似的用法中,三和九不是科学的数字,而是多、极的意思。所以极深的地方——黄泉之下叫作"九泉";极高的天空叫作"九霄"。

　　这首诗从开始到现在看起来都好像是不太重要的闲笔,但是这些地方其实都是在陪衬,陪衬他一夜都没有睡觉。他为什么不睡?"不寝听金钥,因风想玉珂。"他说,我不肯睡,而是听着有人打开上朝的门时那钥匙的声音;一阵风吹过,只要外边有一点点声音,我就想,那是不是"玉珂"的声音?什么是"玉珂"?当时朝中的大臣有的地位比较高,他们可以骑马到宫门来上朝。你看王国维的生平,说是他后来给溥仪做老师的时候,曾获赐紫禁城骑马,宣统允许他可以在紫禁城内骑马。唐朝的达官贵人们前去上朝，马上佩了很多金玉铃铛之类的东西，相互碰撞可以发出清脆的声音。杜甫说，一阵风吹过，我好像听到马铃的声音，于是想：难道有人上朝了？其实，这都是他的想象。

他为什么这么急着去上朝，以至于整夜都不睡觉？"明朝有封事，数问夜如何。"因为明天我要给皇帝上一道"封事"，所以屡次问：夜已经到什么时候了？"夜如何"出自《诗经》，《诗经》中说："夜如何其？夜未央。"（《小雅·庭燎》）就是说，现在夜有多深了？天是不是快亮了？杜甫不肯睡觉，一心等着天亮，第二天早上好去上这个封事。

这是反映杜甫当时心态的一首诗。

为了进一步了解《曲江二首》的写作背景，我们还要再举些例子。我们说，《春宿左省》这首诗写的是杜甫在他的办公室值夜的情景，有时候他白天上班，不用值夜，下班就可以回去了。但他常常比别人走得晚，人家都下班了，他最后一个才走。他有一首《晚出左掖》就是写的这样一次经历。我们不看他的全诗，只看这首诗的最后两句：

避人焚谏草，骑马欲鸡栖。

"谏草"就是给皇帝上谏疏的草稿。他写完草稿后，誊清了密封起来就是交给皇帝的"封事"。可是草稿呢？他不愿意让人看见。这就是杜甫！他是希望劝告皇帝，可是他不愿意公开，唯恐毁坏朝廷与皇帝的形象，所以他"避人焚谏草"，避着人把草稿都烧掉。等到他骑着马回去的时候，"骑马欲鸡栖"，鸡已经上窝了。养过鸡的人都知道，天黑了鸡才会上窝，所以他回去得很晚。

我们可以看出，杜甫现在还很热心，他还在一封一封地上谏疏。上了很多封谏疏皇帝也不理他，他在后来的《题省中院壁》中这样写道：

> 腐儒衰晚谬通籍，退食迟回违寸心。
>
> 衮职曾无一字补，许身愧比双南金。

"腐儒衰晚谬通籍"，我真是一个年岁老大、读书不通、脑筋顽固的读书人，满心都是忠爱的感情和理想，不会做那种吹牛拍马、逢迎苟且的事情。"通籍"指通官籍，我的名字也写在官籍的簿子上，可是前面加一个"谬"字，我只懂得儒家的理想，不懂得一般官场中的事情，所以"谬通籍"，我来做官真是错了。

"退食迟回违寸心"，"退食"出自《诗经》，《诗经》上说："退食自公。"（《召南·羔羊》）"退食"就是下班回去吃饭的意思。他说，我本来想一旦到朝廷中做事，就应该多提一些忠告，为国家百姓多做些事情。可是我什么都没有做出来，每天下班时都会徘徊迟疑，觉得违背了自己真正的理想。

"衮职曾无一字补"，"衮职"就是高官，身上穿着做官的礼服的人。他说，我穿上这样一套高官的衣服，得到这样一个谏官的职位，可是我没有给国家一个字的补救。我上了这么多奏疏，没有一个字施行。

"许身愧比双南金",古诗说"佳人遗我绿绮琴,何以赠之双南金"(张载《拟四愁诗》),"双南金"是很贵重的一种金属,就是说你给我这么好的东西,我也要拿这么好的东西报答你。当杜甫从长安逃难逃到凤翔的时候,他不是说"涕泪受拾遗,流离主恩厚"(《述怀》)吗?我觉得朝廷让我做拾遗,我就应该尽我的力量报答,然而我觉得自己对国家没有什么报答,他们不接受我的劝告。如果只是如此倒还罢了,偏偏朝廷中还有政党的排挤,有很多人不喜欢像杜甫这样总提意见的人。杜甫的一些朋友比如贾至、严武等人当时都被攻击过,贾至比杜甫更早就外放到了四川,而杜甫在写过这些诗以后不久也被赶出长安。

现在我们看了杜甫在外放之前写的这些诗,知道他所有的政治理想都不能够实现,而且在政治上已经受到压迫,所以就更容易理解《曲江二首》中的感情了。不错,人是应该有自己的理想和志意,杜甫何尝不是这样的人?他说"盖棺事则已,此志常觊豁",说"许身一何愚,窃比稷与契"(《自京赴奉先县咏怀五百字》),他的志向何等不凡,何等坚定!可是你也要知道,每个人都会遇到挫折的。而且人总是一个人,人性总有自己软弱的地方。什么人才能够在打击挫伤之下永远是坚强的?很少有这样的人,每个人遭遇挫伤后都会表现出软弱的一面。人有暂时的反应,有终身的操守,我们所着眼的应该全面一些。你只有从各方面都认识清楚了,才能够真正找到中国千古以来最宝贵的精神上的传统。

我们说杜甫是一个伟大的作者,是用他的生命来抒写他的诗篇、用他的生活来实践他的诗篇的。我也说过，不但中国伟大的作者如此，西方真正伟大的作者也是如此，就是说他整个的生命有一个理想、有一种追寻。所以读杜甫的诗你不能只读一首，他生平所有的诗彼此之间都可以相互印证、互相诠释，他的一生就是一首诗。如果是那些没有这种整体生命的小诗人，见到花就说花，见到草就说草，只写一些偶然的、即兴的、流连风景的诗，你只看他一首，一首就是一首，因为他没有一个整体的生命，而杜甫的诗是一个整体的生命。很多人对杜甫没有整体的看法，看《曲江二首》就只看《曲江二首》，所以就批评杜甫，说他怎么每天只想饮酒看花呢？所以你一定要从整体来看，只有这样，你才知道他写的"一片花飞减却春"表面上也是花落伤春，但透过伤春花落，他更深一层的情感是对于国家的衰微败落的整体悲慨。

这两首诗从表面上看起来是消极的，这也是我刚才为什么先介绍杜甫在这一阶段的生活和一些作品的缘故，他本来对国家的复兴寄予了很大的希望。他下班后仍不肯回家，写他的谏疏，誊清后还要把草稿烧掉，不愿意暴露朝廷的错误，只希望朝廷能够自己改正，自己完善。可是，这种忠厚的老臣的用心不仅得不到理解，反而受到政党的排挤，《曲江二首》正是在这样的背景下写成的。

我们看了杜甫的《自京赴奉先县咏怀五百字》，看了他的《哀江头》，那都是古诗：《自京赴奉先县咏怀五百字》是五言古诗，《哀江头》是七言古诗，他写得都比较质朴真率。可是七律呢？因为要有对偶、平仄等形式方面的要求，所以很讲究艺术性。《曲江二首》的体材是七律，我们读起来就会发现，他写得这么工整、这么美丽、这么艺术化！这与我们以前讲杜甫古诗那种朴实真率的作风有很大不同了。

唐朝是律诗确立的时代，很早就有了完善的五言律诗，可是七律我们一直还没有讲。因为早期的七律一般不是很好，是杜甫使七律突破了形式上的平仄对偶的限制，在变化中把七律的内容意境加深加广了。下面我们先看第一首。

"一片花飞减却春"，他从第一句就写得好！我们还不能说他光是艺术性好，诗的好坏不在你文字上的美丑，而是在你的传达。传达什么？我说过，"情动于中而形于言"（《毛诗·大序》），所以判断好诗和坏诗的一个重要标准就是你有没有"情动于中"，否则你写得再美丽也无济于事。因为"情动于中"，它才有一个生命，这是最重要的。有的同学说，我也念诗，可是我没有感觉。我想这有两个原因：一是你念的诗本身就是假诗，作者没有"情动于中"，只是堆砌了一些字句；二是你自己究竟会不会读？所以他一定要能够把这个生命带着感发的力量传达出来。如果他没有，那是他对不起我们；如果他有，我们读不出来，那是我们对不起他。

杜甫这句诗写得确实传达出一种感发的生命。"一片花飞减却春"，如果说我杜甫当年是要"致君尧舜上""窃比稷与契"，使皇帝成为尧舜那么好的皇帝，使老百姓都有饭吃，都能够安居乐业地生活，这是一个完整的理想；如果我一直没有得到在中央政府任职的机会，我原来的理想将永远存在。我也许会想，只是我没有得到机会，一旦有了机会，我一定能够做到。然而现在有机会了，我不但回到了朝廷，还做了拾遗这样的谏官，我应该做出一番事业了，可是我没有。我的老师顾随先生写过这样几句词：

谁信今朝花下见，不如宿昔梦中来。空花此后为谁开？（《浣溪沙》）

我又要讲一番闲话了。中国的词最早是给歌女唱的，是"歌辞之词"；到了苏东坡这些人就有意识地用词来写自己的胸襟怀抱了，这是"诗化之词"；到了周邦彦用写赋的手法来铺陈勾勒，这是"赋化之词"；到了晚清的王国维，他的词里边表现了一种哲理，我认为那是"哲化之词"。一般说起来，"哲化"的词在中国的词里边所占的比例很少，而我的老师应该是在王国维之后写"哲化之词"的一个人。他常常把自己的人生体验、一种抽象的idea形象化，用很美的image表现出来。这首《浣溪沙》假托美女爱情，真正写的则是人生的不完美和理想的破灭。他说，以前总想，如果能够和她在一起该多好，哪里会想到今天真的与我所爱的人在花下相遇了，却不像我从前梦想中的那么美——现实总是残缺不全的。所以，"空花此后为谁开？"从前的花是梦里的花，是理想中的空花，但它在我的梦里开放，开得非常美。我总设想将来这个理想会如何如何，可一旦到了眼前，我发现居然不是那么一回事，这次我连理想中的花都失去了。

杜甫总想我要有机会就可以致君尧舜，今天做了左拾遗这样的谏官，怎么样？一切都不像理想中的样子！所以他说"一片花飞减却春"。天下每个人所要求的标准不同，对于别人、对于自己的要求都是如此。有些人对于完美的东西要求特别严格，特别追求完美，而且不只是要求别人的完美，是要求自己品格的完美。我很早以前写过一篇论王国维的文章，讲到一些人对于自己品格上的要求，这是没有办法的。他不是为了名誉，也不是为了别人赞美他，说他合乎道德才这样做的，是他自己不能不这样做，他本身有这种要求。就像屈原说的："亦余心之所善兮，虽九死其犹未悔。"（《离骚》）他就是这样追求完美的。而凡是这样的人，像一些诗人、词人，他们追求的常常是最高、最完整的理想，对于完美之物的残缺有一种特别敏锐的感觉。

"一片花飞减却春"，一般人看到满地都是落花才知道春天已经消逝，而真正感觉敏锐的人从一片花落的时候就知道春光已经不完整了，完美的春天应该是一片花瓣都没有落的春天。第一句说的是因"一片花飞"而引起的失望，不仅如此，第二句接着说："风飘万点更愁人。"这句有的版本说"风飘万点正愁人"，我认为是"更"字，他从第一句再进一步：对于我来说，"一片花飞"，有一点缺憾就已经不再是完美的春天，何况现在我看到的是"风飘万点"，无数片花瓣都随风落下了；而目前我们的国家有多少缺陷多少弊端，也是"风飘万点"，处处都是败坏，处处可以发现缺点，我看在眼里，真是满心的哀愁。我这样讲也不是说这两句一定写的是杜甫对国家的忠爱遭到挫伤打击的悲哀，不是很死板地理解，而是杜甫写这首诗的时候有这样的心理背景，所以看到春天的落花自然有了那样的感情，这才是诗人的感情！

后面两句写得也很好："且看欲尽花经眼，莫厌伤多酒入唇。"有人批判杜甫，说长安收复以后他回到朝廷，怎么净写些看花饮酒之类的事情，其实这看花饮酒之间有他的多少悲哀和感慨！杜甫的七律之所以写得好，就因为他用这么严格限制的一种形式传达了如此委婉曲折的、连散文都说不清楚的一种情意。我说过，李白的七言律诗写得不好，因为七律的平仄对偶好像一个笼子把他关在里边，他飞扬的"翅膀"张不开了。可是杜甫呢？杜甫用他艺术的天才给笼子制造了弹性。西方的符号学（Semiotics）讲到Microstructures，翻译成"显微结构"，指的是文字之间那种最细微的变化。不管声音、结构还是次序，总之是文本的各种微妙的变化的作用，使杜甫的七言律诗在每句七个字的限制中有了伸缩的弹性：他无论哪边的"翅膀"一张开，都可以把哪边的笼子推出一块去，真是万转千回，有多少曲折深隐的表现！

　　有人说作诗不能重复，这都是第二等的诗人。第二等的诗人说不要重复，他就算不重复也好不了，好的诗人怎么写都可以写好。说"一片花飞减却春"不是"花"吗？说"且看欲尽花经眼"，"花"又出来了。只要他果然是"情动于中"，他觉得用两个"花"字才能传达得恰到好处，那么你尽管用就是了。人家杜甫用了，他说"一片"的花飞就已经减却了春光，"风飘万点"更使我满心惆怅；而现在，不但是"风飘万点"，是"欲尽"，花已经快落完了。你看他的层次：是"花"，什么样的花？"欲尽"的花。如果我以前从来没有看到过这些花，我从来没有看到过它们从含苞到盛开，从我来到天地之间第一次看到它时就是这么残缺的花，我就不知道残缺的悲哀，因为我会觉得它就是如此的。可是不然，我从花的含苞到盛开整个都看过了，是"花"—"经眼"。

杜甫这个人不但写"麻鞋见天子，衣袖露两肘"（《述怀》），不避丑拙的诗写得好，写这种美丽委婉的诗句同样写得好。什么叫"经眼"呢？我在很早以前写过一篇题为《从几首咏花诗谈起》的文章，我说中国的诗人里边有很多人喜欢写花，为什么？就是因为花的形象、花的生命，一方面那么美好，一方面那么短暂，所以就容易引起人对于完美之物的破损、对于生命的不能久长的一种特别鲜明敏锐的感觉。现在春天来了，大家可以看见路边那些迎春花已经含了黄色的小花苞，再过几天就会开放，再过几天它就落了。别的生物也有生命的破损和灭亡，但毕竟没有花那么鲜明，花的生命在我们眼前真的是"经眼"！

后来明清之际，明朝灭亡以后，孔尚任写过一部名为《桃花扇》的传奇，假借明末的名士侯方域和秦淮名妓李香君的爱情故事来反映自己对于明朝灭亡的感慨，最后有一段唱词：

> 眼看他起朱楼，眼看他宴宾客，眼看他楼塌了。这青苔碧瓦堆，俺曾睡风流觉，将五十年兴亡看饱……

孔尚任说的是明朝的盛衰，我引用来帮助大家理解"花经眼"的含义：我眼看它含苞，眼看它盛开，眼看它"一片花飞"，眼看它"风飘万点"，到现在是"欲尽"的零乱……我眼看到开元的盛世，"忆昔开元全盛日，小邑犹藏万家室"（《忆昔二首》之二），"忆昔霓旌下南苑，苑中万物生颜色"（《哀江头》），而现在我就眼看它走向败亡。好不容易看到长安的收复，政治上似乎有了转机，但马上又看它败坏下去了。

所以杜甫说："且看欲尽花经眼。"花真的是欲尽的花了，我怎么忍心看到这么美的东西居然落到今天这样零落的下场？既然看来伤心，那你不看就是了，"且看欲尽花经眼"，虽然这样无可奈何，但杜甫对花毕竟是爱惜的，就像李后主的词所说的：

> 林花谢了春红，太匆匆。无奈朝来寒雨晚来风。　　胭脂泪，相留醉，几时重？自是人生长恨水长东。(《相见欢》)

花瓣像胭脂一样红，花上的雨点像泪水一样悲哀，它已经零落了，只有这几朵残花为我暂留，我还可以珍重它、爱惜它。在这短暂的时刻，我再对着它喝一杯酒吧！因为明天也许连这几朵残花也没有了。

周邦彦有一首写谢后蔷薇的词，说"残英小、强簪巾帻"（《六丑·蔷薇谢后作》)，有快落的那么一朵小花，我把它摘下来，勉强戴在我的头巾上。就这么一朵残花，我也表示了对它的珍重和爱惜。

杜甫说："且看欲尽花经眼。"这里边也有无限的珍重和爱惜，所以他接着说："莫厌伤多酒入唇。"我没有办法安排自己的感情，我怎么能不为它再喝酒呢？这里你要注意虚字的用法。中国古典诗歌的文法不像西方的文法那样，什么介词、副词、动词、助动词等都要讲得那么仔细，中国古典诗歌只讲实词和虚词，只有名词才是实词，其他的都是虚词，而杜甫这两句诗之所以成功，一个重要的原因是他的口吻好，他用虚字传达出一种非常使人感动的口吻。

我在开始时讲过，诗的好坏除了比兴以外，还有就是叙述的口吻。这首诗的开头两句是比兴，接着两句就是叙述了。叙述时关键要看你怎样叙述，怎样才能感动读者。杜甫说："且看欲尽花经眼，莫厌伤多酒入唇。""且"字的口吻在中国诗歌里边比较值得注意，"且"是姑且、聊且的意思。杜甫不接受县尉之职，接受了率府胄曹参军的小官，他说："老夫怕趋走，率府且逍遥。"（《官定后戏赠》）不做怎么样呢？我没有办法，只好这样子了。这首诗也是，我难道不喜欢春天吗？正因为我对春天有那么深的留恋和赏爱，现在才会这样无可奈何！我知道现在已从"一片花飞"到了"风飘万点"，我也知道"经眼"的花一定会落，可是今天毕竟还有些花在这里呀，今天还算是有花的日子。所以我"且看欲尽花经眼"，在落尽之前，我姑且还要看一看这样的花，再欣赏一番它的美丽。

"且看欲尽花经眼"，我说这几个字包含了千回百转的情意。从前有人赞美晏几道的词："欲将沉醉换悲凉，清歌莫断肠。"（《阮郎归》"天边金掌露成霜"）说他一句之中有三层意思：悲凉是第一层意思；我要把我的悲凉换走，是第二层意思；我要用我的沉醉来换去悲凉，是第三层意思。我们以前还讲过冯延巳的词："谁道闲情抛弃久？每到春来，惆怅还依旧。"（《蝶恋花》）说"谁道闲情抛弃久"一句有三层意思：闲情，一层意思；要把闲情抛弃，又一层意思；我以为抛弃得很久，更加深一层。"谁道闲情抛弃久？"谁说我已将闲情抛弃了很久？真是盘旋曲折！杜甫的"且看欲尽花经眼"一句也是如此：是花——是欲尽的花——是我亲眼看到欲尽的花，他在这么短的篇幅中有这么千回百转的情意！

有多么深的赏爱就有多么深的悲哀，所以他接着说："莫厌伤多酒入唇。""多"是说饮酒饮得多，"伤多"就已经饮得过多，已经使身体感觉不舒服了。他说，我喝了很多酒，一口一口、一杯一杯地喝进去，但是我"莫厌"，"厌"是厌倦、推辞的意思，就像冯延巳说的："日日花前常病酒，不辞镜里朱颜瘦。"（《蝶恋花》"谁道闲情抛弃久"）我还不推辞，仍然要继续喝下去。古人送别的时候，说"劝君更尽一杯酒"（王维《渭城曲》），你就不要再推辞这一杯酒了，因为今天故人还在这里；而你明天就要走了，"西出阳关"就"无故人"了。杜甫也是。他说，趁今天还有残花的时候，你就再为它喝一杯酒，明天就是想喝酒，这花已经没有了。之所以这样过量地喝酒，是因为我没有办法排遣这种又赏爱又悲哀的感情。

你看这两句，只有"花""眼""酒""唇"是实字，其余都是虚字。而"且看"与"莫厌"之间，"欲尽"与"伤多"之间，在口吻上流露出一种无可奈何的感情。实字对实字，虚字对虚字，他不仅对仗工整，而且把那种无可奈何的口吻表现得婉转动人！我们说七言律诗的体裁好像有很多格律对偶的限制，但是你如果在短短的七个字里边不仅对仗工整，而且有这么多灵活的变化，容纳了这么多转折和这么丰富的意蕴，你就已经突破了表面文字上的限制而对这种体式运用自如了。

我常说诗歌要有感发的生命，仅仅能感之还不够，你还要能写之，用文字表达出来那才是诗。借什么东西表达出来？当然是文字。文字作为符号，其中最重要的，一个是形象，另一个是口吻。你是借着什么样的形象来传达的？你是借着什么样的口吻来传达的？《曲江二首》第一首的一、二两句是形象写得好，形象的分量占得多；三、四两句是口吻写得好，口吻上传达的力量居多；接下来的第五、六两句又是以形象为主了。

"江上小堂巢翡翠，苑边高冢卧麒麟。"这两句从自然界中的花开花落写到人事的盛衰兴亡，"江"当然就是曲江了。我在讲《哀江头》的时候，曾经和大家一起看了杜甫《乐游园歌》中的几句，说是"曲江翠幕排银牓"，"拂水低回舞袖翻，缘云清切歌声上"，这几句写的是安史之乱以前曲江的盛事。不但《乐游园歌》写到曲江，《哀江头》也写了曲江，说是"江头宫殿锁千门，细柳新蒲为谁绿"，这两句写的是长安沦陷后曲江的衰败凄凉。所以读杜甫的诗你一定要从整体上来看，才看得出曲江今昔的对比。"小堂"指的是从前达官贵人们游春时居住的地方。我们说曲江江边上不仅有皇帝的行宫，还有王公贵族们的别墅。长安经过了一次沦陷，现在虽然收复了，可是那江上的小堂难道还和从前一样吗？"江上小堂巢翡翠"，已经物是人非了。

我们刚才举了《桃花扇·余韵》中的一段曲子，写的是南明灭亡后南京的荒凉。还是在那一套曲子里有这么两句：

鸽翎蝠粪满堂抛，枯枝败叶当阶罩。

因为没有人居住，鸟就来结巢了。"鸽翎"是鸽子的羽毛，"蝠粪"是蝙蝠的粪便，想当年这么整洁华丽的厅堂，现在已成为飞鸟的做巢之地了。

不但《桃花扇》中这样写，陶渊明的《拟古》中也有这样的诗句：

> 迢迢百尺楼，分明望四荒。
> 暮作归云宅，朝为飞鸟堂。

百尺的高楼，当年多么繁华富贵，可是现在，晚上，云雾飞到房子里来，因为门窗都破败了；白天呢？鸟就在这里结巢了。

经过了一次这么大的变乱，所有的达官贵人都能恢复到从前的地位吗？不是完全如此的。安史之乱以后，整个朝廷发生了很大的变化。首先，皇帝就不是以前的皇帝了。当年玄宗是皇帝，现在肃宗当朝，玄宗已经成了太上皇。而你要知道，中国历史的所有朝代中，父子的朝代更换的时候，儿子总是嫉恨父亲的老臣，他要建立自己的新势力。所以皇帝更换了，大臣也往往随之更换。何况在安禄山占领长安的时候，有一些没有逃走的人沦陷在长安城中。我们去年讲王维的时候曾经说过，长安收复以后，凡是原来陷于贼中的官分六等定罪，当时很多人都被定了罪。因此我们知道，当时的盛衰发生了很大的变化，曲江江边从前那些小堂的主人有多少人都没有能够回来，所以他说"江上小堂巢翡翠"。我们讲陈子昂的诗，有一首说"翡翠巢南海"（《感遇》之二十二），"翡翠"在这里指的也是翡翠鸟，"江上小堂"原来的主人不在了，于是飞鸟就在其中做巢。

"苑边高冢卧麒麟"，"苑"就是曲江江边的芙蓉苑，"冢"就是坟墓，这里是长安的近郊，风景又这么美好，能够在这里有墓地的，当然都是达官贵人了。当年他们把坟墓修得这样高大雄伟，可是现在呢？"苑边高冢卧麒麟"，"麒麟"是指坟墓前面的石兽，你如果有机会去看中国的一些陵墓，就会看到前面有很多石头刻成的各种动物，麒麟是其中的一种。"卧麒麟"就是说那些石兽已经倒了。如果他有主人，如果他的后代子孙还在这里，他能让墓前的麒麟倒在地上？倒在地上就说明这些坟墓已经没有主人了。所以，活人住的房子是"江上小堂巢翡翠"，死人埋葬的坟墓是"苑边高冢卧麒麟"，这里边有多少盛衰兴亡的慨叹！

"细推物理须行乐，何用浮荣绊此身。"从自然界到人事界，我看到的都是盛衰兴亡的无常，于是我仔细地推想"物理"——宇宙万物的事理，是什么？老子说的："祸兮福之所倚，福兮祸之所伏。"（《老子》第五十八章）《易经》讲宇宙中盛极必衰的道理，从《乾》卦开始，从"初九"的"潜龙勿用"到"九五"的"飞龙在天"，再到"上九"的"亢龙有悔"，你到最高的时候就会发生不幸的事情，就会跌倒了。所以他说，细推人间的盛衰、得失的循环，我"须行乐"，"须"就是应该，你能够行乐的年月也不多啊，今日不乐，更待何时？我何必每天都要窃比稷契，总想什么致君尧舜？"何用浮荣绊此身"，这句有的版本是"何用浮名绊此身"。我赞成"浮荣"，为什么呢？因为"浮荣"代表的是荣华富贵，杜甫觉得自己做拾遗这样的官，却不能够按照自己的理想去做，反而要做很多违心的事情。还不是我这样说，他在另一首诗中说："退食迟回违寸心。"（《题省中院壁》）我领了国家的薪水，就应该尽到我的责任；可是每一次下班的时候我就迟疑徘徊，因为我违背了自己的内心。我白白拿了国家的薪水吃饭，却对国家一点帮助都没有，这怎么能让我安心呢？这就是杜甫！每个人的心理和感情真的是不同，有很多人无论尽没尽力，总希望拿更多的钱，可杜甫觉得这样心里很不安。所以我认为这句应该是"何用浮荣绊此身"：既然不能够按照自己的理想去做，我要身外的荣华富贵做什么呢？我何必要让"浮荣"羁束住我自己的身体呢？"浮荣"在这里指的是他对于做官这件事情的失望。

讲到这里，我顺便说几句闲话。朱自清先生是著名的学者，中国有很多老一辈的学者真是了不起，他们不仅自己认真地学习，而且非常关心教育，关心学术的传承。像朱自清，像当时编了很多教科书的夏丏尊、叶圣陶，还有写了不少美学著作的朱光潜，这些人真的是有理想、有学问，而且有品格。天下人做什么事都可以不讲品格，学者中也不乏欺世盗名者，可是那一辈学者不仅自己脚踏实地地做学问，而且关心国家的未来，关心下一代青年的成长。他们写了好多入门的书籍，就是为了指导青年怎么样学习，可是被现在的很多人抛弃不看了。像古典文学，有些青年人说，我们学习那些有什么用？可是庄子说："无用之为用也亦明矣。"（《庄子·外物》）一个国家的未来，一个民族的精神就在这里，而且精神文化不是你投机倒把、转个手就可以赚几千块钱的事情。"十年树木，百年树人"，可是大家目光短浅，看不到这点了，所以有许多老一辈学者留下来的好书受到了冷落。

朱自清先生写过《唐诗三百首》的导读，他说，唐诗里边最重要的情结就是仕和隐。你仕还是隐？这就牵涉到中国传统文化中一个基本的问题。我们说儒家和道家是中国基本的思想，佛教、基督教等都是外来的思想，而中国的儒与道之间应该是相辅相成的，当儒家的思想让你去求进、求仕的时候，你有一个潜藏的底流是你的隐和退。所以左思、李白都说什么"功成不受爵""功成拂衣去"之类的话：我希望为天下做一番事业，可我不是为了自己的名利禄位；当有一天我真正完成了这个事业，我就可以隐退。李商隐说："永忆江湖归白发，欲回天地入扁舟。"（《安定城楼》）又说："何日桑田俱变了，不教伊水向东流。"（《寄远》）我们说"人生长恨水长东"，水的东流实在代表了人生的长恨，代表了世间的多少缺憾。人间有这么多不公平的事情，因此李商隐说：我要让沧海变成桑田，桑田变成沧海，我要叫那东流的水不再东流，我要挽回人间所有的缺憾和不平的事情，然后再去隐居。这样有进有退，中国的儒家与道家永远是相辅相成的。什么是孟子所说的"圣之时者"？就是可以仕则仕，可以隐则隐，在儒家与道家之间有一个相辅相成的调节。还有苏东坡，无论你把他贬到黄州还是贬到海南，他都可以超脱于自己的得失利害之外；如果回到朝廷来，他一样进取，一样为了国家，一样关心百姓，可以说成就了儒道相成的一种理想的人格。

我现在为什么要讲这些闲话？就是说你不能从表面上理解杜甫

的这两句诗。"文革"的时候有很多人只抓住一两句表面上的文字就来批判，说杜甫饮酒看花不思进取，就批评他一大通，可你一定要知道他是怎么千回百转说出来的。而这种所谓"消极"的思想，朱自清先生曾经特别提出来：唐诗里边有仕和隐的情意，有时候表面上说的仕，可里面隐藏着隐的意思；同样，有时表面上说我要隐，其实正是因为他要出仕，却不能顺利实现他的理想。杜甫说："细推物理须行乐，何用浮荣绊此身。"表面上他说自己不要做官了，可是真正隐藏在骨子里的，是不能实现理想的悲哀。

下面我们来看《曲江二首》的第二首。

"朝回日日典春衣，每日江头尽醉归。"我常常说，要想成为一个最好的诗人，必须同时具备几方面的才能。有的人情胜于才，有的人才胜于情，而最好的诗人是才情配合得恰到好处。什么叫诗情和诗才呢？诗情属于一个人感受的能力，有的人感受能力很强，但表达的能力不够，表达的能力好要靠诗才。而同是富有诗情的人，其感受能力又有所不同：有些人的感受能力停留在感官上，虽然敏锐，却有些肤浅；有些人以心灵去感受，感受得比较深入。我们在五一三的班上讲过一些南宋的词人，他们写外表的景色写得非常美，真是有很敏锐的观察和感受。比如我们最近才讲过南宋的蒋捷，他的《竹山词》中有这样的句子：

月有微黄篱无影，挂牵牛、数朵青花小。(《贺新郎·秋晓》)

这首词的题目是"秋晓"，他对秋天早晨的月亮观察得真是仔细！半夜的时候，天非常黑，月亮就显得特别明亮，月光如水，篱笆的影子看得很清楚；等到破晓的时候，曙色逐渐亮起来，月亮慢慢暗下去，暗成了一片淡黄色，篱笆的影子逐渐变淡；最后，天越来越亮，月亮只剩下一片黯淡的晕黄，它照在篱笆上的影子一点都看不见了。秋天的时节仍然有牵牛花在开放，如果是夏天，牵牛花开得比较大；可是到了秋天，花朵就变小了。而且牵牛花的形象是跟篱笆接下来的，是篱笆上面挂着的牵牛，现在只剩下很少的几朵青色的花，开得这样小，但一到早晨，它们还是开放了。

他写得真是新鲜敏锐！我们说诗歌用的是形象，有些人的诗里边的形象没有他自己真切的感受，都是因袭古人。你不是说"光阴似箭"吗？这本来是很形象的一句话，第一个说这句话的人是天才。可是千古以来，大家总说"光阴似箭"，他的脑筋都没有动，这就成为因袭了，因为那已经成为一个没有生命力的、麻木而且凝固的形象。你看有的诗人，他的诗里边有很多漂亮的形象，可那都是因袭来的，而不是出于自己的感受。蒋竹山的这句词是他自己的真切的感受，写得也确实新鲜漂亮，这是他的成就，可是他的成就毕竟只停留在耳目的外表。你读李白和杜甫的作品，就会读出一种不同的感受。像李白那首《玉阶怨》，他在"玉阶生白露"的形象中表现的不只是他所看到的外表的"玉阶生白露"，是他自己内心那种在孤单寂寞中依旧有所期待的感情。所以，他的感受不是停留在耳目等感官上的肤浅感受，而是深入到内心，以心灵去感受事物的。

以上我们说的是"诗情"，也就是感受的能力。诗歌最重要的是感发的生命，"诗情"当然重要，但光有诗情还不够全面。我从1945年开始教书，到现在已经快四十年了。我的学生很多，有些学生就对我说，我有很丰富的感情，就是没有办法表达出来。我曾经遇到过一位老师，他讲李贺、讲李商隐，讲得非常好。我对他说，你讲诗讲得那么好，你自己也应该写诗。可他认为自己既没有写诗的冲动，又没有写诗的训练，这是一件很可惜的事情。也就是说，他并不是没有诗情，他有这种感受，从他讲诗中我知道他的体会很深；可是他缺乏一种表达的能力，用他自己的话来说：没有受过作诗的训练。我认为表达能力有两种情形：一种是天生的，一种是训练的。一个伟大诗人的成功，无论李白还是杜甫，他们当然有天生来的才能；可是，没有任何一个天才完全不加训练就能有伟大的成就。古今中外不管哪一行，只靠天才是不能够成功的，你一定要有很好的训练才可以。所谓天生的才能是什么呢？除了对外物敏锐的观察力、感受力之外，就是你对文字感受的能力。

对于文字的感受和掌握的能力不仅有先天的因素，也要靠后天的训练。你本来就有诗人的感受，但还要多读多写，多观察多思考。你不但要读古人的诗歌作品，还要看前人对诗歌的批评。因为他们都是在旧环境中训练长大的，念的都是中国旧传统的典籍，他们自己也都作诗，时间长了就会有一种甘苦自得的感受，所以要多看古人的诗话、词话。不是走马观花地只用眼睛来看，是真正从心里经过，用心反省，逐渐就会观察出来哪个字好，哪个字不好。这样下来，你判断别人作品的能力越来越高，自己写诗时的判断能力同样也就提高了。总之，你要训练自己掌握语言文字的能力。即使你不写诗而只是写散文，也应该有这方面的训练。

我现在要讲什么呢？我实在是从杜甫的诗讲起的，是他的"朝回日日典春衣"。你不要以为"朝回"两个字是随便用的，我屡次说，诗歌表达的效果除了形象以外还有口吻，光看形象还不够，你一定要看他的形象与形象结合起来的口吻是怎么样叙述的。"朝回日日典春衣，每日江头尽醉归。"他说，我每天典当了我春天的衣服，我经常到江头喝酒，喝得完全醉了才回去。李白说的："五花马，千金裘。呼儿将出换美酒，与尔同销万古愁。"（《将进酒》）杜甫也是，他要喝到"尽醉"才回去，是因为他失意的情怀，他的悲愁没有办法排遣的缘故。本来，他全心全意为国家做事，下班不回去，晚上不睡觉写他的谏疏，可是，这样做反而弄得从皇帝到大臣都不喜欢他，现在马上就要被贬出去，他无可奈何——我怎么办？他在"日日典春衣"与"每日江头尽醉归"前面故意用了"朝回"两个字，这正是中国古人说的"点睛之笔"：上朝应该是何等庄严的事情，而"典春衣"与"尽醉归"是何等颓废的做法，这哪里是致君尧舜、窃比稷契的杜甫之本来面目？所以，他在"朝回"与"典春衣"及"尽醉归"之间的对比中写自己的不得已，你也只有从反面才能看出他的不得已。

说到这里我还要补充一点，就是写诗这种事情，你不能把读者当成傻子。你写的时候如果心里先有一个读者，总怕读者不懂，你每句话都想要怎么样才能说明白，这正是白居易的诗没有达到最高境界的缘故。我这样说在前些年也许有人要批评我，说我没有顾及工农兵的读者。其实大陆工农兵的作品我也不是没有看过，还不是说光是工农兵的读者，就是工农兵的作者，写得真正好的作品，不管写的是诗歌还是小说，都不是把读者当作傻子的人。当然，这方面的书我看得不多，因为我不是研究这方面的；可我确实很诚实地承认，我看过"四人帮"时期最红的一个作者浩然的小说《艳阳天》。我在台湾从来看不到大陆的小说，觉得很好奇，所以到美国后第一件事情就是把这些作品找来一读，读了以后发现这不太像文学，于是放弃不看了。

后来有一次和朋友谈起大陆的文学，我说他们政治教条的意味太重了，我觉得这不是很好的文学。一个朋友说，你看过浩然的《艳阳天》吗？我说没有看过。他说，你先不要下判断，你看完这部书再说。那时我教书很忙，并没有诚意去看《艳阳天》，觉得还不是那一套？讲什么农村的合作化之类的事情，我对那些既不怎么懂，也没什么兴趣。我在哈佛大学的图书馆里见到过《艳阳天》，很厚的三大本，更实在觉得没时间看。但朋友既然说了，我就想借来大概翻翻。我翻开第一本的前半本的时候，完全没有好好看，那些人物谁是谁我都没弄清楚；看到后来，发现他这个故事写得非常紧凑，人物的对话也比较生动。因为作者浩然是在农村长大的，他只上到小学三年级。现在大家说学不好，这真的是借口，人家只念了三年小学就能写出这么好的小说来！浩然从小对乡间说书演戏的就特别有兴趣。后来参加革命，当时那些当兵的人连一年的小学也没有上过，都不认识字，三年小学的文化水平已经算高的了。所以应革命宣传的需要，浩然开始写了些东西。第一次写的是剧本，在乡下演出，没有戏台，就临时用几辆大车拼成戏台。戏里边常常有女人出现，而乡下的女孩子旧观念很重，不肯上台演出，浩然那时也就十几岁，于是亲自上台，扮演了戏中的一个小媳妇，结果他们演得很成功，到各地演出了很多次，演得大家都管他叫那个小媳妇的名字。他就是这样写起来了，由于对农村真的是了解，所以《艳阳天》里的人物都是活起来的，人物的对话也都来源于实际的生活。我们说《红楼梦》中人物的对话写得好，谁说话就是谁的口吻，《艳阳天》里的人物对话也非常生动。

我本来研究的范围不包括小说，尤其不是这种工农兵的小说，可我觉得浩然的小说写得很好，而我第一遍看得太草率了，于是就回过头来看了第二遍。哈佛那边有些人是我从前的朋友、从前教过的学生，他们知道我把《艳阳天》看了两遍，觉得我平常总是讲诗词，这次该讲讲小说了。他们这么一说，我就想，虽然我自己看了觉得好，可是三大本书，叫我从何讲起呢？结果我又看了第三遍，边看边做笔记，然后给他们讲《艳阳天》，他们把我的讲演记录下来，整理并且出版。回国时我把这份稿子带给了浩然。我现在讲杜甫的诗，杜甫已经去世了，我说的是对是错，这个死无对证；可浩然是活生生在那里的一个人，那篇稿子很长，大约有四万字，他看完后对我说：凡是我真正用心的地方，都被你看出来了！

也就是说，作者有他真正用心所写的地方，可是他自己不能够唯恐读者不理解而做一一的说明。如果浩然也那么笨，要把这些地方都说明白，那就不是好的小说了。不管诗歌还是小说，你都只能够表现而不能够说明。可是你所以好的缘故，一定有一个道理在那里。你只有掌握了艺术上最高的标准，才能够写出高质量的作品。

现在我们再回过来看杜甫的诗。这首诗讲的都是他失意的情怀，"朝回日日典春衣"，他每天上朝回来为什么要把衣裳典出去？"每日江头尽醉归"，因为他要一醉方休。而在"朝回"与"典春衣"及"尽醉归"的对比之中，就把他满心的失意情怀完全表现出来了。你如果看不出这一点来，用清朝的批评家金圣叹的话来说就是："哀哉小儒！"他是讽刺那些不会看书的人。我这样说是因为杜甫这首诗有时被人误会，以为他如何如何，其实他们不知道"朝回"两个字里有多少触忤失志的悲哀和感慨！

"酒债寻常行处有，人生七十古来稀。"这两句也像上首诗的"且看欲尽花经眼，莫厌伤多酒入唇"两句一样，是互相呼应、互为因果的。"且看欲尽花经眼"，所以"莫厌伤多酒入唇"；"酒债寻常行处有"，因为"人生七十古来稀"。七言律诗的中间几句要对偶，"寻常"与"七十"表面上看起来好像不对，而"寻常"在这里并不是"平平常常"的意思。在中国古代，八尺为"寻"，倍寻为"常"，"寻常"是一个长度的单位，所以"寻常"与"七十"还是对得很工整，将来讲《秋兴》的时候我们还要特别讲到杜甫在对偶这方面的成就。"酒债"，他不是说典当了春衣去买酒吗？春衣当光了，他没有钱再去喝酒了，就要赊酒，因此欠了很多债。在曲江江边上有很多小酒店，他随便走到哪里，都欠了酒债，"寻常"在这里不仅包含了数目的概念，而且有极言其多的意思：今天在这家喝酒欠了债，明天去那家喝酒又欠了债，可是我为什么欠了这么多酒债？因为"人生七十古来稀"。

曹操有一首《短歌行》，说是"对酒当歌，人生几何？譬如朝露，去日苦多"，在人生失意悲观以后，有一种反应就是陷入享乐的生活方式中。因为人生这样短暂，你本来想用你有限的生命完成一个理想，而当你发现你的理想不能完成的时候就会想：我为什么不自己满足自己？我本来也许想要致君尧舜的，我本来也许想要窃比稷契的，既然二者都不能达到，我只好及时行乐了。

我实在还要说，你要看一个人说到饮酒、说到享乐的时候，他当时真的就想放纵自己，心甘情愿地饮酒和享乐吗？杜甫不是，曹操也不是。曹操的《龟虽寿》有几句说的是什么？也是大家都熟悉的："老骥伏枥，志在千里。烈士暮年，壮心不已。"所以你如果只看曹操的"对酒当歌"，你以为这就是曹孟德，这绝不是"老骥伏枥，志在千里"的曹孟德。你以为"酒债寻常行处有"的杜甫真的就是杜甫吗？他表面上说，我要及时行乐，要不然连行乐的日子都没有了，可是你要知道，他背后隐藏的是什么意思？屈原说的："汩余若将不及兮，恐年岁之不吾与。"（《离骚》）虽然我有那么好的理想，然而年岁恐怕不会给我更多的日子了。"四十明朝过，飞腾暮景斜"（杜甫《杜位宅守岁》），何况杜甫这时差不多五十岁，人生的大半已经过去了，所以他说"人生七十古来稀"，我还有多少天可以活下去？我的理想哪一天才能完成？

等一下我们要讲到杜甫另外一首诗，是他老年临死之前所写的诗，你就知道杜甫对于他的理想和志意到死都没有放弃。很多唐诗选本之所以没有选杜甫的《曲江二首》，就因为他们把这两首诗孤立起来看，而且只看了这两首诗的表面，认为这样的诗不合乎革命的积极的感情，这是错误的。"文革"时期要求文学作品中的人物是"三突出"的英雄人物，要这些英雄从来没有失败，从来没有消极，从来没有悲伤……从来没有这样的人！人非草木，孰能无情？是人就要有情绪上的反应！我们看他情绪上的反应的时候，要从这个人的一生来看，而且要深入到里边来看。如果杜甫真的完全放弃了，他就不会把"朝回"两个字说得这样愤慨！所以他说："酒债寻常行处有，人生七十古来稀。"他外表上的享乐正是他内心里这种愤慨的一个反面的表现。

"穿花蛱蝶深深见，点水蜻蜓款款飞。"我不是说请大家分析诗歌中的形象吗？这两句中的形象当然很美了，可杜甫诗的好处还不在于外表形象上的美丽。有人写形象也很美，但绝对不是好诗。我常常爱举这么两句诗与杜甫这两句来做对比：

鱼跃练川抛玉尺，莺穿丝柳织金梭。

他说，有一条白色的鱼跳出水来，就像白玉做成的尺子抛在一匹白绸子上；黄莺在柳树间飞，就像织布的梭在穿来穿去。他也写了几个美丽的形象，可都是眼睛所见的浮浅而且死板的形象。杜甫不然，他能使意象带着他自己的感情活起来："穿花蛱蝶深深见，点水蜻蜓款款飞。""深深"和"款款"有两重作用，一个是他所写的动物——蛱蝶和蜻蜓的动作和情态：蝴蝶要采花粉，所以在花丛中穿飞，他在万花深处不时可以看到一两只飞来飞去的蝴蝶；蜻蜓轻盈灵巧，在水上一点，又飞起来了，"款款"就是形容蜻蜓飞的时候缓慢悠闲、很有姿态的样子。所以，这两句一方面写的是蝴蝶和蜻蜓的姿态的美好。另一方面呢，他真正要写的，是他对于蝴蝶和蜻蜓的喜爱和欣赏，是他内心的不和谐在大自然之美丽和谐中的一种反应，这里边既有赏爱和留恋，又有触忤失志的哀伤，是一种很复杂的感情。

刚才我举了别人两句不好的诗与杜甫做对比，于是有同学下课时问我怎么把坏诗也记住了，其实我是为了做比较才记住它，而这两句诗也不是我第一次拿出来做对比的。杜甫的诗有很多注本，其中，仇兆鳌的注本名为《杜诗详注》，这是比较流行也比较详细的一个本子。《杜诗详注》中不但有注解，而且有评论，"鱼跃练川抛玉尺，莺穿丝柳织金梭"就出现在《曲江二首》后面的评论中，是仇兆鳌举了这两句诗与杜甫的诗做对比的。因为很多人写诗常常有一种误会，认为应该注重技巧、注重对偶，应该写得很工丽才好，杜甫这两句诗不就是这样吗？杜甫这两句诗当然写得很工丽，这是一种作诗的功夫，能做到这样当然也不错。可是《杜诗详注》的评论中就说了：你如果只看到杜甫诗表面技巧上的工丽然后模仿他，难免会堕入"恶道"。佛教讲六道轮回，说人可以转世托生，"恶道"属于很卑下的一个层次。

现在我就要说了，那两句不好的诗和杜甫的两句诗从表面上看起来很像，都是写的两种动物：一个是鱼和鸟，一个是蛱蝶和蜻蜓；而且都写得很美，对句也都很工整，可为什么这个好那个不好？我现在还要说一些闲话。

在美国的时候，除了讲过《艳阳天》以外，我还讲过《红楼梦》。还是有一次朋友们在一起谈话，有人就说，《红楼梦》中的贾宝玉做什么大家都同情，贾环做什么都会讨人嫌，他觉得这不太公平。我说，曹雪芹一写到贾环，从笔调上就好像有一种很鄙视的样子，这是不高明；可是宝玉和贾环的分别在哪里？天下有很多人表面上看起来都差不多，而实际上是不同的。什么地方不同？心灵境界上的不同。不是说你外表上做了什么，有些话这个人可以说那个人不可以说，而且这个人说是一种境界，另外一个人说就是另外一种境界了。比如同样是对女子表示好感，贾宝玉表示好感的时候有一种心灵的境界，而贾环表示好感时他满心都是邪恶，这很难分辨，可事实上是如此的。

现在我们不讲《红楼梦》，我们接着看杜甫这两句诗。"穿花蛱蝶深深见，点水蜻蜓款款飞"与"鱼跃练川抛玉尺，莺穿丝柳织金梭"的区别到底在哪里？我们说写诗关键要看你内心的一种感发触动的力量，"鱼跃练川抛玉尺，莺穿丝柳织金梭"写得再工丽，不过是外形上的刻画，里面缺少一种属于内心的感发，而杜甫的两句诗传达出一种感发的力量。诗歌当然要用文字来表达，其感发的力量一定是从文字中表现出来。杜甫哪几个字表现得好？"深深"和"款款"、"穿花"的"穿"和"点水"的"点"，这些字不仅从外表上写出了蛱蝶和蜻蜓的美好姿态，而且透露出一种生命的欣喜——宇宙中凡是充满活力的生命都是可喜的！现在我们只从这两句十四个字来讲，知道它表现了杜甫内心的一种感动，他不是只看到事物外表的形体，而是真的对于外物有一种欣然的感动，这是两个人的诗之所以不同的缘故。

可是，我们还不能够把这两句诗孤立起来看。你欣赏诗歌，一定要注意诗歌是一个整体的生命，你还要看每一句在整首诗里的作用是什么。我们知道，这首诗的前面几句表现了杜甫触忤失志的悲哀，对人生短暂无常的悲哀，这两种悲哀是互相加强的：虽然触忤失志，但如果你现在还很年轻，还像当年那样，"会当凌绝顶，一览众山小"（《望岳》）——爬到泰山最高的顶上，看群山匍匐在我的脚下；像一匹骏马，"所向无空阔，真堪托死生"（《房兵曹胡马》）——只要我想去的地方，无论多远都能够到达，年轻时有生命和时间做本钱，可以对将来寄托很多的期望，然而今天，当他已经到了五十岁，生命已经走向下坡的时候，将来的期望在哪里？这些期望就逐渐失去了，所以他的悲哀很深。而当自己的生命正在消逝的时候，面对着春天美好的生命，他心中又多了一种对比的感慨。

凡是好的诗人，一定有强烈而且新鲜的感发。杜甫对于春天的感动非常强烈，但写这首诗的时候他还不算太老，等到后来有了更多的挫折，经过更多的苦难，在多病的晚年，他写了《江畔独步寻花》的七首绝句，第二首是这样写的：

> 稠花乱蕊裹江滨，行步欹危实怕春。
> 诗酒尚堪驱使在，未须料理白头人。

写这首诗的时候他已经离开长安很久，当时住在成都锦江的江边，老得连走路都走不稳了。"稠花乱蕊裹江滨"，杜甫很了不起的一个地方就是他能够找到一个最恰当的字表现他的感情，不管什么样的感情，即使最复杂、最难表现的感情，他都可以表现出来。在这句中，他是说繁花盛开——很多花在旺盛地开，可他用了一个"稠"字。"稠"是非常浓密的样子，你煮稀饭放水放少了，那叫作稠；"乱蕊"就是指杂乱的、各种各样的花。我们常常说鲜花嫩蕊，或者说繁花盛蕊，我们一般对花都是赞美，觉得"稠"字和"乱"字不是用来形容花的美丽的字。现在杜甫说"稠花乱蕊"，你说他对花喜欢还是不喜欢？杜甫这个人真的是很妙，我们也可以说"繁花盛蕊满江滨"，他却说"稠花乱蕊裹江滨"，你看"稠""乱"和"裹"，都是非常有力量的字，而不是单纯地表示美丽的字，你说他是喜爱还是恼乱？他把喜爱和恼乱的感情混同在一起了。本来，他对花是爱，可是现在已经很老了，老到"行步欹危"，连路都走不稳了，所以"实怕春"，真的害怕看见春天——正因为他对春天的生命有那么强烈的感受，而春天那么美好的生命对于他这个"行步欹危"的老人来说是一个非常鲜明的对比——他爱春天爱得太强烈了，而他自己没有充满活力的生命来配合春天、欣赏春天了，所以才会有"怕"的感觉。如果有充满活力的生命，当你看到使你感动的事物之时，你可以尽自己的生命去欣赏，可是现在他说，我看到这么多的花，心里有这么激动的感情，却已没有足够的生命力去表现我的这种感动了。

这是杜甫在更老时写的一首诗，我们可以拿来与《曲江二首》对比着看，就更能够理解"穿花蛱蝶深深见，点水蜻蜓款款飞"两句的感情了：不但表现了他对春天里的生命的欣赏和喜爱，同时也反衬出他自己的悲哀和感慨。大自然的生命这样美好，可是杜甫的生命如何呢？他是触忤失意，而且现在已经衰老了。

春天是短暂的，人生也是短暂的，一切美好的事物都不能够长久地流连。所以最后他说："传语风光共流转，暂时相赏莫相违。"如果春天是有知觉的，如果春天是有感情的，我就要"传语"，传达我的语言。我能够把我的语言传达给蝴蝶吗？我能够把我的语言传达给蜻蜓吗？诗人都充满了幻想，杜甫想象着说，如果能够传达我的语言，就"传语"给外面的"风光"吧！"风光"者，是指春天的光景，凡春风的吹拂、春日的照耀都属于春天的"风光"。一般人都用得太俗了，什么都是"风景"，而"风光"两个字不只是春天的死板的景物，春风的吹拂是时时在袅动，春日的照耀也是时时在闪烁，"穿花"的蛱蝶、"点水"的蜻蜓都是春光中的点缀，所以"风光"两个字包含了春天所有的生命的活动。"传语风光共流转"，"共"是一同；"流转"两个字用得很好，就是流连转动的意思。我说"风"和"光"两个字都是活动的，我们不是常常说"天光云影"吗？在日光的照耀之下，天上的云影也是流动的；而且日光照在树叶上，树叶一翻转的时候，你可以看到有很多细碎的阳光在叶面上闪动，所以"风光"随时都在"流转"——是值得流连，而且是在转动的。他说，如果能够传达我的语言告诉春天里的那些闪动的生命，我希望它们永远陪伴着我，和我一起流连徘徊。

可是能够永远吗？今天我还在长安，今天我还在曲江，今天还有那"欲尽"的花可看，今天还有"点水"的蜻蜓和"穿花"的蛱蝶，所以"暂时相赏莫相违"。他说得实在好：我在自己的内心已不能求得安慰，我要以外面的春光作为我的安慰，"暂时相赏"的所谓"相赏"就是说不止我赏爱春天的风光，我相信它如果有知觉有感情的话也会欣赏我，像李白说的："相看两不厌，只有敬亭山。"（《独坐敬亭山》）我欣赏山，山也欣赏我。辛稼轩也曾经说过："我见青山多妩媚，料青山见我应如是。"（《贺新郎》"甚矣吾衰矣"）诗人常常把自己的感情投注在万物之上，所以杜甫要与春天的风光"相赏"。然而你要知道，生命不是久长的，春天也不是久长的，所以我们之间只是"暂时"—"相赏"，在这片刻之际，希望它能够跟我"相赏"，能够陪伴我、安慰我。"莫相违"，"莫"者是一种嘱咐的口吻，是说千万不要如何；"违"就是违弃。他说，我希望当一切都要抛弃我的时候，春光暂时不要把我抛弃。这是杜甫对于春天的流连，也是对于朝廷的流连，更是对于他自己的理想的流连。

（曾庆雨整理）

自左拾遗移官华州又离华州经秦州辗转至同谷时期的诗作

我说过很多次，讲杜甫的诗一定要结合他的生平来看，才能够对他的感发生命有更正确、更深刻的体认，下面我们接着来看他的生平。

　　大家知道，杜甫在长安收复以后做了拾遗的谏官，可是朝廷不但不采纳他的意见，还把他的好朋友一个个都贬出去了，杜甫后来也被贬了出去，《曲江二首》就是他贬官之前的作品，所以难怪他写得这么悲哀。写过这两首诗以后不久，他就被外迁到华州。外迁有贬逐的意思，但不算正式被贬，他本来在朝廷里做官，现在被"迁"到了外地的华州，"华"字表示地方、姓氏的时候应该念第四声。外迁华州后给了他什么官职呢？他做了华州的司功参军。华州最高的官吏是刺史，司功参军就是刺史下边的一个属官。我们以前讲过，杜甫最初被任命为河西县尉，但他不肯接受，就去做了率府胄曹参军。率府胄曹参军是管理首都卫队的武器、仪仗等的一个小官，官虽然小，可是对事不对人，他只是管仓库而已。而现在的司功参军是一个怎样的官职呢？"功"是指功绩，司功参军就是主管人事考核的官吏，你这一州里哪些人该记功，哪些人该记过，哪个人该升，哪个人该降，他是管理这些事情的，而这些都是很复杂的事情。你想，他上边有刺史的控制，下边有各种人的各种意见，就远不像原来的对事不对人那么简单了。在官僚腐败的社会管理人事最伤脑筋；当然，你如果要贪赃枉法的话，那也不失为一个最肥的缺——大家都给你送礼呀！可杜甫不是这样的人，所以在那里做了不久就非常不如意，而且把那里的很多人，包括由他主持考试的学生都得罪了。为什么呢？因为当时虽然已经收复了长安，可安庆绪他们还占领着很多地方，国家远远没有真正安定下来，所以杜甫主持考试，比较重视政治、军事、财政等真正关系到国家切实利益的问题，而当时一般流行的以诗赋为主的科举考试只是空空洞洞地写两篇文章啦，作两首诗啦，只是出这样的题目。学生们习惯了原来的那种考试，然后参加杜甫的考试，杜甫出的都是他们没有准备的题目，结果他们考得很不好。学生向来如此，只要考得不好，出题的人一定挨骂，他们才不管出题者的用心究竟好不好，反正我没考好就一定是你的错误。这样一来，他把上至州刺史下至应考的学生都得罪了，所以他这段时期心情很不好，在华州呆了不久，就回到河南看望家人了。在从华州到河南的路途中，他也写了几首诗。我们以前讲过的《自京赴奉先县咏怀五百字》写了他从长安到奉先路上的所见所感，稍微提过的《北征》写了他从凤翔到鄜州路上的所见所感。杜甫这个人一定是关心大众生活的，他这个阶段所写的"三吏"和"三别"都反映了人民的种种不幸。

因为很不得意，杜甫在华州不到一年就辞官了。李白也辞过官，当年李白在翰林院，大家这么欣赏他，连皇帝都这么欣赏他，可他不能按照自己的理想和志愿做事情，所以还是辞官了。辞官以后怎么生活呀？李白还比较好，他不仅在翰林院里做过地位很高的官，辞官的时候玄宗还赏给他很多钱财；而杜甫作为州刺史下面的一个小官，他这一辞官，生活马上就成了问题了，一家老小往哪里去？于是，他带着家眷，经过陇山，来到了秦州。

华州在今陕西省，秦州在今甘肃省，中间隔着陇山。他为什么要翻山越岭，到这么遥远的秦州去呢？因为杜甫有一个侄子在那里，而且他听说这个地方还不错，往秦州去的时候他写了《秦州杂诗二十首》，开始就有这么两句：

满目悲生事，因人作远游。

他说，我满眼看到的都是社会上种种令人悲哀的事情，因为人际、人情上的关系，我远游去了秦州。他有什么人情上的关系？他的一个名叫杜佐的侄子在秦州，他在秦州所写的诗里边也提到过这个侄子曾来看他，还给他带来菜蔬等食物。此外，杜甫的《秦州杂诗》中还有这么两句：

瘦地翻宜粟，阳坡可种瓜。

秦州这里比较干旱，土地也不像江南的水田那么肥沃，所以是"瘦地"，可人家说了，西北荒寒的土地适合种植粟米；那里有很多山坡，我可以在向阳的山坡上种瓜，不是说甘肃这里产的瓜好吃吗？所以杜甫辞去华州司功参军来到秦州，本来以为既有侄子的照顾，又可以通过自己的劳动获得食物，他可能准备在这里生活下去的。可是你要知道，以前他并没有在秦州这里住过，他也只是听人家说这里如何如何然后就去了；而且，做农夫有时真是要靠天吃饭，你知道你今年能有几成的收获？他的侄子也不是很富有，对他也相当照顾，可是马上就到冬天了，那一年的冬天特别冷，杜甫一家饥寒交迫，他在秦州这里也住不下去了。在离开秦州之前的一首诗中他这样说：

> 无食问乐土，无衣思南州。（《发秦州》）

他说，我种的瓜和粟米都没有收获，现在没有粮食吃，于是想，天下哪里有一块乐土，可以让人能够吃饱饭；冬天没有足够的衣服可以御寒，我就想到温暖的南方去。

南方果然就不冷了吗？我是在北京长大的，刚刚到台湾的时候，本以为台湾是亚热带，天气一定很暖和，冬天不用穿什么厚衣服，没想到冬天的台北，阴天下雨时也很冷。北方的冬天，屋子里冷了总是要生火的，可是台湾那时候冬天从来不生火，所以冷得不得了。

乾元中寓居同谷县作歌七首

那年的十月底十一月初的时候，杜甫一家人从秦州南迁来到成州，旧历的十一月初已经很冷了，这时，杜甫一家留在了成州的同谷，其实还是在今甘肃省，只不过比秦州稍稍靠南了一些。他在这里写了七首诗，总名为《乾元中寓居同谷县作歌七首》。其中前两首是这样说的：

> 有客有客字子美，白头乱发垂过耳。
> 岁拾橡栗随狙公，天寒日暮山谷里。

中原无书归不得，手脚冻皴皮肉死。

呜呼一歌兮歌已哀，悲风为我从天来。

长镵长镵白木柄，我生托子以为命。

黄独无苗山雪盛，短衣数挽不掩胫。

此时与子空归来，男呻女吟四壁静。

呜呼二歌兮歌始放，闾里为我色惆怅。

第一首说，有个叫杜子美的旅客在这里，五十多岁就已是满头白发、披披散散的样子。他每天过的是怎样的生活呢？没有粮食吃，就去山上找橡子和栗子吃。"狙公"的典故出于《庄子》，说是有一个养狙的人，喂狙吃橡栗之类的干果。杜甫说，我没有饭吃，就要去拾那些人家喂狙的食物。旧历的十一月天寒地冻，每天我都要去同谷的山谷中拾橡子，一直拾到日暮黄昏的时候……

第二首："长镵长镵白木柄，我生托子以为命。""镵"是铲的古字，指铲雪的铲子。他说，长长的铲子有一个白色的木柄，我活在世界上就要靠你来维持生命了。李白也写过一首诗，他在《襄阳歌》中有这么一句：

舒州杓，力士铛，李白与尔同死生。

"杓"是盛酒的器具，"铛"是温酒的器具。李白说，"舒州杓"是最好的酒杓，"力士铛"是最好的酒铛，我李白要与你们同生共死。

李白多么潇洒！有这么好的酒杓和酒铛，可以一天到晚地喝酒，可是你再看看杜甫，他就剩下这把铲子了。"我生托子以为命"，你可以把你的生命寄托在多少美好的理想上？杜甫曾经"窃比稷与契"，没想到现在竟落到这样的下场，将自己的生命寄托在一把铲子上了！

他用铲子来做什么呢？要去挖黄独的根苗，"黄独无苗山雪盛"，"黄独"是一种类似于洋芋、白薯之类的植物，根是可以吃的。如果不下雪，你可以看到它露在地面上的秧苗，知道下面有根，就可以挖出来吃。可是漫天大雪的时候，所有的秧苗都被盖住了，怎么能找到它地下的根呢？"短衣数挽不掩胫"，他要把衣服挽起来，而这个"挽"还不只是因为"山雪盛"才挽，是因为衣服本来就短，而且已经破烂了，所以这绑一块，那绑一块，短得连小腿都盖不住了。

那天，他在山上找了一天都没有挖到黄独，等到晚上回来的时候，"此时与子空归来，男呻女吟四壁静"。杜甫真是了不起，他什么都能写出来，他把最痛苦、最赤裸的生活都写出来了。这个"子"指的是谁？就是"长镵"。他称呼得这么亲切，好像在对最亲密的友人说话，他说"我生托子以为命"，而现在是"此时与子空归来"，我带着长镵回来，却没有带回来任何吃的东西。我要挖黄独，不只是我要吃，我的儿女也要吃呀！今天空着手回来，我就听到"男呻女吟"：我的儿子、女儿都饿得在那里呻吟，"呻吟"不也是声音吗？可他为什么说"四壁静"？是除了饥饿的呻吟外没有一个人说一句话——既没有话可说，也没有力气说话了。

这就是他在同谷所过的生活，杜甫真的是经过了这样饥寒交迫的日子，全家几乎饿死在同谷，所以这里也住不下去了。这个时候，他在四川的朋友约他到成都去。成都那里不仅有他的亲戚朋友，而且四川古称"天府之国"，那里物产丰富，一年之中粮食可以收两次甚至三次，所以后来杜甫全家从同谷来到了成都。成都果然温暖，当地的长官对杜甫也很好，大家给了他土地和金钱，还帮助他盖起了一个草堂。在草堂生活的几年是杜甫颠沛流离的一生中比较安定的一段时期，他在门前种了竹子，种了各种花草树木，朋友们送给他这样那样的东西，这在他的诗中都有记载。

（曾庆雨整理）

居蜀及离蜀后漂泊西南之作

后来，他的一个朋友严武到四川来做东川节度使，节度使是唐朝的地方军政长官，军事和行政都掌握在一个人的手里，是地方上的最高长官。严武与杜甫是世交，从祖父到父亲，好几代人都有交情，这叫作世交，所以对杜甫当然要照顾了。他聘请杜甫到他的幕府之中，做了工部员外郎的官职。唐朝的中央政府中有各种"部"，地方最高军政长官的幕府中也有"部"，人称杜甫为杜工部，就是由此而来的。杜甫虽然和严武是老朋友，但他的性格太直率，很容易得罪人，他和同事们相处得不太好，与严武之间也很快产生了矛盾。如果两个人只是在一起喝喝酒、作作诗，这当然不错；可一到合作政治上的事情，如果意见不统一的话，就很容易出现问题。顺便说几句闲话，我不是研究过王国维吗？王国维与罗振玉当年本来是很好的朋友，那时候他们在一起做学问，研究甲骨文，等等，合作得很不错。等到清朝灭亡以后，他们都去给逊帝溥仪做了师傅，这时候就出现问题了：罗振玉有政治上的企图，而王国维没有，所以，朋友之间很快就交恶了。杜甫和严武之间也发生了类似的情形，所以杜甫后来只好辞职，而严武不久也死去了。

这时杜甫年岁已经很大了，他怀念长安，曾写过这样两句诗：

此生那老蜀，不死会归秦。(《奉送严公入朝十韵》)

杜甫不但年轻时在长安住过很久，而且他的先祖杜预也是长安人；长安既是国家的首都，又是自己的故乡。中国的乡土观念一向很重，无论如何也想要在自己的故乡终老，所以他说，我怎么甘心在他乡异县就这么终老了，只要有一口气在，我一定要回到陕西，回到长安去。

杜甫一心还是在朝廷的。他现在虽然辞去了工部员外郎的职务，可是他的儿子慢慢长大了，也可以种田，也可以生活，可他还是想要回去？你怎么样回去？当时的交通很不方便，没有飞机可乘，除了陆路就是水路。而长安经过安史之乱的沦陷后，又在肃宗之后的代宗时期一度沦陷在西藏吐蕃人的手中，西藏离四川很近，所以从四川到长安的陆路上很不平静；而且，唐朝从玄宗的后期到肃宗的时代，中央政府逐渐失去威信，地方上形成了藩镇割据的局面。所谓"藩镇"，就是各地的节度使。你要知道安禄山造反，因为他一个人兼了三个地方的节度使，所以势力很大。中国的版图这么辽阔，一旦中央政府失去威信导致大权旁落的时候，很容易形成藩镇割据的局面，这是中国历史上的一个教训、一种危机。唐朝以后的五代十国就是这样形成的，而杜甫晚年的时候已经出现了这方面的危机。

闻官军收河南河北

既然从陆路上回去很不平安，于是杜甫决定从水路回去。长安经过了几次变乱，杜甫也几次想要回到朝廷去，但是都因为道路上有战乱的阻隔而不能回去。后来有一次他听说政府的军队收复了河南河北，写了一首《闻官军收河南河北》：

剑外忽传收蓟北，初闻涕泪满衣裳。

却看妻子愁何在，漫卷诗书喜欲狂。

白日放歌须纵酒，青春作伴好还乡。

即从巴峡穿巫峡，便下襄阳向洛阳。

"剑外忽传收蓟北，初闻涕泪满衣裳。"从陕西到四川要经过一座很危险的山，两边都是高山，中间只有很窄的一个关口可以过去，叫作剑门关，当然四川是在剑门关的外面了。他说，我在遥远的剑门关外忽然听说官军收复了河南河北的消息，听罢欢喜得流下泪来。有时候人经过艰难困苦之后，当情势忽然间好转了，反而会感动得流泪。

"却看妻子愁何在，漫卷诗书喜欲狂。"他说，我回头看一看我的妻子，这么多年的忧愁一下子消逝了。他本来在作诗或者看书，桌子上摊了很多的东西。一听说北方的战乱平定了，现在又可以回到北方去了，就赶快把桌子上的诗书等收拾起来，他要准备还乡了。

"白日放歌须纵酒，青春作伴好还乡。"一般人常常在晚上喝酒，可杜甫说，我听到这个消息简直太高兴了，所以白天就要大声地唱歌，就要尽情地喝酒；此时正值春天，有美丽的春天陪伴着我，我正好在这样的时节回故乡去。

怎么样回去呢？从水路回去。"即从巴峡穿巫峡，便下襄阳向洛阳"，这是他计划中的路线：先从成都到重庆，从重庆上船，顺长江而下，经过巴峡、巫峡，然后来到湖北的襄阳，再从襄阳转路回到北方的洛阳去。我们说过，杜甫曾在河南巩县居住过，那里也算是他的故乡了。

登岳阳楼

这是他想象中的还乡路线，后来，他果然从四川出发了，可是没有回到长安就病死在旅途中。而在此之前，他曾坐船来到了湖南的岳阳，登上岳阳城的城楼，写下了《登岳阳楼》这首诗：

> 昔闻洞庭水，今上岳阳楼。
> 吴楚东南坼，乾坤日夜浮。
> 亲朋无一字，老病有孤舟。
> 戎马关山北，凭轩涕泗流。

"昔闻洞庭水，今上岳阳楼。"我说过，好诗一定要把内心的一份感动表达出来。这两句看似平常，可在"昔闻"与"今上"之间表现出很丰富的感情。表现了什么呢？"洞庭水"就是洞庭湖的水，洞庭湖在中国的文学中很有名，从《楚辞》的《九歌》中就说"袅袅兮秋风，洞庭波兮木叶下"，岳阳楼就在洞庭湖的边岸上。我们讲孟浩然的《临洞庭》，说是"气蒸云梦泽，波撼岳阳城"，已经说过洞庭湖所在的地理位置了。杜甫说，我从前常听人说起洞庭湖，今天终于来到了岳阳楼上。

一个人，如果你真的有国家民族的感情，你对于自己国家的历史文物、地理山川就会有一种特别亲切的感情。现在有很多学生对于自己国家的历史和地理都不了解，我认为这是很可惜的一件事情。大家肯定读过法国的都德写的《最后一课》吧？我经历过类似的情景。"七七"事变日本打进来的时候，我正读初中二年级。记得暑假以后第一天开学，按照日本人的意图所改写的新课本还没来得及印刷出来，因此我们用的还是过去的课本。第一天上课，老师进来后说，把第几页第几页撕掉，把第几行第几行涂掉，我们都要当场撕当场涂，因为那些地方记载了我们本国的历史和地理，而现在日本人占领了那些地方，就不要我们知道那些地方的本来面目了。日本人说他们不是要侵略，而是为了大东亚的共存共荣，他们把我国的东北三省说成是满洲国，不许我们说东北三省，类似需要改动的地方还有很多很多。经过了那样的时代，才知道在自己的国家念自己的历史、地理是多么宝贵的一件事情，而现在好多学生就是不喜欢念这些书，对这些一无所知。只有了解了本民族的历史和地理，你才对国家有一种感情，才知道这个国家过去盛衰兴亡的前因后果，以后应该怎么样改善。如果你的用心虽好，但知识方面有欠缺的话，目光就会比较短浅，不能从整个历史的演进中来了解一个国家。

　　我每次回国旅行，来到一个地方，我就会想那里在历史上发生过什么事情。很多地方我虽然从来没有去过，可是从很小的时候就念中国的诗，对那些地名已经非常熟悉了。去西安时我写过一首诗，第一句说"诗中见惯古长安"，长安我以前没有来过，可我念了很多诗，长安对我来说太熟悉了。我去成都时也写过几首诗，其中有这么两句："一世最耽工部句，今朝真到锦江边。"我平生读诗写诗讲诗，非常喜欢杜甫的诗，他的诗中常常写成都这里如何如何，没想到今天我真来到当年杜甫所经过的锦江江边了！我女儿不理解我旅行时为什么要给一些地方照相，我说你不懂，因为我看到它的时候想到很多的历史。就是说某个地方你虽然没有见过没有来过，可是你从小就听说过，就有一种怀思向往的感情。杜甫正是这样，他说："昔闻洞庭水，今上岳阳楼。"早听说过祖国的山川中有这么广大美丽的一个湖，也很早就向往过这个湖，而今天我真的来到岳阳楼上。你要知道，"昔闻"和"今上"之间代表了他自己多少怀思向往的感情以及经过怀思向往后，真正来到此地的欣喜！

"吴楚东南坼，乾坤日夜浮。"中国历史上的春秋时期有吴国和楚国，相当于今天的江苏及两湖一带。你如果从岳阳楼的高处向下看，下面就是很广大的一片湖水，没有什么东西遮拦。杜甫说，顺着没有遮拦的湖水向东南望去，是古代的吴国和楚国。"坼"本来有分开的意思，这里指吴和楚分开的边界。吴、楚的边界代表了什么？代表了他对祖国疆土的一份感情。放眼望去，这么一片辽远的疆土！我们都说中国幅员辽阔，而"几家欢乐几家愁"：此时哪些地方是安定的？哪些地方还在战乱之中？哪些地方正被敌人侵略？他把所有的感情用这么短的句子表达出来，这真是我国古典诗歌的妙用所在。接着，"乾坤日夜浮"，在《易经》中，"乾"可以代表天，"坤"可以代表地。站在岳阳楼中，上面是无际的天光云影，下面是无边的波涛起伏，水天相映，波涛的起伏反映着天光云影的起伏，就好像天空在湖水中动荡。这两句写出来洞庭湖水的浩渺无涯，我们中国讲诗常常讲气势，这两句的气势非常雄伟，因为它笼罩了整个的空间——天和地都在它的笼罩之中了。

我们说文学的创作有写实的一派，有象征的一派，有人写实就只是写实，举一个例子来看，比如贾岛的两句诗：

独行潭底影，数息树边身。(《送无可上人》)

他说，我一个人行走，看到潭水的底下有我的倒影；"数息"是屡次的休息——我几次停下来在树旁休息。这两句写实就只是写实，不能够给你更多的感动和联想。

有些人写象征的诗，比如李商隐的《锦瑟》中有这么两句：

沧海月明珠有泪，蓝田日暖玉生烟。

他所写的是现实中没有的事物。如果真的有"珠"，你一定要把蚌剖开才能看见里面的珍珠；在广大的有明月的海上，你不能随时看见珠子，而且珠上怎么会有眼泪呢？这在事实上是不可能的。所以他不是写实，是象征。

有人写实就是写实，没有丝毫的象征意味；有人用的是象征，可他完全脱离了现实。杜甫是一位善于写实的伟大诗人，可他的诗有一个非常值得注意的地方就是，他在写实之中常常带有象征的意味。我们在讲他的《哀江头》那首诗的时候说过，像"一笑正坠双飞翼"这句诗，可以是写实，说那些才人同时射下天上的两只鸟；

同时，这句也可能象征了杨贵妃的死亡。他本来写的是从前玄宗和贵妃游春射猎的欢喜情景，可是在对欢喜之事的叙述中，也象征了悲剧的发生。"一笑"岂不是欢喜？然而"一笑"以后射下来的那一对双飞的鸟就是悲剧，他从欢喜一下子转到悲哀了。

这首诗也是这样的："吴楚东南坼，乾坤日夜浮。"接着前面的"昔闻洞庭水，今上岳阳楼"两句，是他登上岳阳楼，看到祖国广阔美丽的河山，产生了一种怀思向往之后终于得以一见的欣喜。而且，"吴楚"两句确实写得气势雄伟。可是，就在"乾坤日夜浮"的浩荡无涯之中，他同时唤起我另一种感受——天地都在动荡之中，从而产生进一步的联想——他自己的颠沛流离和整个国家的动荡不安。国家经历了多少次战乱，而他自己一生漂泊，至今没有止息。所以，他在那样的雄伟浩荡之中表现了一种动荡不安的感受，写实而有象征的意味。于是整首诗就由前面的欣喜转到另一种情感了。

"亲朋无一字，老病有孤舟。"他这句转折得非常微妙，是诗人很敏锐的一种心灵上的转折。乍看起来，这两句悲哀的叙写好像与"昔闻洞庭水，今上岳阳楼"那种得见的欣喜是迥然不同的两种感情，可他有一句"乾坤日夜浮"在中间，就从大自然的雄伟浩瀚转移到人世间一种动荡不安的感情，所以紧接着就写到个人不幸的遭遇了。他说，经过这么多年的战乱，道路上常常阻隔不通，很多亲戚朋友连一个字的消息都没有。像杜甫，一生都在饥寒交迫之中，他的身体很快就衰老了，所以是"老病"。我们可以从杜甫的诗中看到他曾经得过很多疾病。我们以前讲过他的《江畔独步寻花》中的两句，他说自己"行步欹危实怕春"，可见在成都的时候，他的腿脚就不好了。在另一首诗中他说"右臂偏枯半耳聋"（《清明二首》之二），他的右臂不能动，一个耳朵也聋了。他还写过这样的诗句："衰年病肺惟高枕。"（《返照》）到了衰老的晚年，肺部有病，常常气喘吁吁，所以需要高一点的枕头才能睡好。由此可见，杜甫的身体确实很不好。他早年窃比稷、契，一生换得了什么？"老病"——"有孤舟"——他是坐着船在水上经过了岳阳，然后下船登楼观望的。所以他说，我年轻时的理想很高，可最终什么志愿都没有完成，一事无成、一无所有；我在外流落了那么久，现在老了，想要回到故乡去，我的希望就在这一条船上了。只有它，可以载着我回到我希望到达的地方。

经过了这么多挫折苦难，杜甫到了这样衰老多病的地步，然而他最后说什么？"戎马关山北，凭轩涕泗流。"唐朝从安禄山的叛乱以后大概一直没有完全停止过大大小小的战乱，"戎马"代表的就是兵荒马乱的战争。他说，我们的国家还有多少战争、多少叛乱、多少外族的侵略没有完全平定下来？我流落在长江边上的岳阳，当我倚靠着岳阳楼上的轩窗，向外看到祖国大好河山的时候，想到北方还有这么多战乱没有平定，我真是涕泪交流。"涕泗流"可见他痛哭流涕的样子，杜甫虽然经过这么多挫折困苦，可他对于国家民族的关心始终没有磨灭，一直到他临死之前都是如此的。这才是真正的杜甫，你如果只看了他的《曲江二首》就认为他消极，那你算没有真正认识杜甫这个人。

（曾庆雨整理）

杜甫的一组名诗

从一开始我就说过，杜甫在近体诗尤其是七言律诗这种体裁上取得了巨大的成就。可是到现在为止，杜甫的七律我们只讲了他的《曲江二首》，接下来我们还要讲他的《秋兴八首》。而在此之前，大家先要退回去看一看前人的七言律诗，然后做一个比较，看看杜甫是怎样把七言律诗拓展的。

　　先看王维的《积雨辋川庄作》。我们不是说王维在辋川那里有别墅吗？"积雨"就是连阴下雨不止，于是他就写在辋川过夜的情景：

　　　　积雨空林烟火迟，蒸藜炊黍饷东菑。

　　　　漠漠水田飞白鹭，阴阴夏木啭黄鹂。

　　　　山中习静观朝槿，松下清斋折露葵。

　　　　野老与人争席罢，海鸥何事更相疑？

　　现在你可以看王维与杜甫有什么不同，我说杜甫的《曲江二首》一开始就说："一片花飞减却春，风飘万点更愁人。"无论是从

"能感之"的因素、从感发的生命来说，还是从"能写之"的因素、从他的文字上来说，杜甫的这两句里边有多少关怀国家、关怀朝廷的悲哀和感慨！而且，他表达得这么好，真是千回百转！相比之下，王维写的是什么呢？王维这个人我也说过，他的好处在于他有一种艺术家的眼光和感受，所以一般说起来，王维的自然景物写得好。大家看《红楼梦》里有一段写香菱向林黛玉学诗，林黛玉说：你要写五言律诗，就去念王维的诗好了。香菱读了王维的诗以后，回来向林黛玉讲她的心得。香菱说：王维的五言律诗中有这么两句"大漠孤烟直，长河落日圆"，我刚一看，觉得这两句说得太简单了。太阳当然是圆的了，你哪里看见过方的太阳？这根本就不用说。"孤烟直"，烟怎么会是直的？这好像说得也很奇怪。可是我闭起眼睛来一想，有一年坐船从江边经过，眼前的景物正是如此。如果想把"直"和"圆"换掉，还真想不出更合适的字呢！

王维的景物真是写得好，这首诗一开始写的也是自然景物："积雨空林烟火迟，蒸藜炊黍饷东菑。""积雨"是现在多雨的气候的背景；什么是"空林"呢？"空林"就是很少有人行走经过的林木，由于下雨，很多人都没有出来，所以是"积雨空林"。快到烧饭的时间了，于是远远看去，农村的人家点起了烟火，那炊烟怎么样？"烟火迟"，因为是在雨中，空气里的水分大。而且连阴雨时往往没有风，如果一刮风，很快就晴了；如果是积雨不晴的时候，差不多都是没有风的淫雨。那么炊烟呢？假如是晴天又有风的话，烟升上来，一吹就飞散了。此时既然是在雨中，又没有什么风，空气中的水分很凝重，那烟雾自然升腾得也很慢。所以，"积雨空林烟火迟"，他把积雨的农村景物这么真切地写出来了。

第一句写景，第二句叙事："蒸藜炊黍饷东菑。""蒸"和"炊"都是指煮饭，"藜"是一种可以煮来吃的蔬菜，"黍"是指黍米。有很多农夫在田地里劳动，他们的妻子在家里把野菜和黄米饭做熟了，就去"饷东菑"，到东方的田里送饭。

接下来又是写景了："漠漠水田飞白鹭。"在阴雨蒙蒙之中的一片水田，偶然有一只白色的鸟飞起来了。就像我以前讲王维诗的时候所提到的："跳波自相溅，白鹭惊复下。"（《栾家濑》）特别是在阴天的时候，你看那白颜色非常鲜明，一个白点在空中飞转，四周是一大片灰茫茫的背景。"阴阴夏木啭黄鹂"，已经是暮春初夏的时节了，草木茂盛，树叶浓密，你可以听到在浓密的树荫里边，有一只黄鹂鸟在叫。

这两句尽管写得很美，但只是写美丽的景物，可是他的情意呢？显然就比较空泛了。他只是有这种艺术家的感受，感受者就是说目之所见、耳之所闻。王维有这种眼光和感受，但缺少杜甫那样深挚博大的情意与胸怀。而且，他笔下的景物也是比较直地写出来的："漠漠"形容"水田"，在漠漠的水田中飞舞着白色的鹭鸶鸟；"阴阴"形容"夏木"，浓密的夏木之间传出黄鹂鸟宛转的叫声。他不像杜甫，杜甫说"且看欲尽花经眼，莫厌伤多酒入唇"，里面有很多虚字，有很多转折。而王维用的大概都是形容词、名词和动词，他的虚字用得就比较少，转折就比较少、比较直接了。王维写景物就是景物，他既不是在农田里种地的农夫，更不是带着饭去"饷东菑"的农妇，那些景物都是他眼前所见的景物。

后面两句写他自己了，"山中习静观朝槿，松下清斋折露葵"。
辋川那里有山有水，所以是"山中"；"习静"指一种静修，不管参禅还是学道，都要安静地清修。他说，我隐居在辋川这里的山中，当我"习静"的时候，就看到早晨的槿花。槿花有什么特点？槿花朝开暮落，早上开晚上就要枯萎的。所以他一方面是写实，是我看到早晨的槿花；一方面因为槿花的朝开暮落而对于人生的哲理好像有了一种体悟的样子。"松下清斋折露葵"，有时我在松树底下吃斋，吃什么呢？就折下带露的黄葵。

最后两句："野老与人争席罢，海鸥何事更相疑?""争席"就是争座位，也就是争取名利禄位的意思。"海鸥"的故事我也常常提到，《列子》上记载着说：海上有鸥鸟，有一个人每天都与鸥鸟游戏，鸥鸟常常飞落在他的旁边。有一天他父亲对他说："吾闻沤（鸥）鸟皆从汝游，汝取来，吾玩之。"我听说鸥鸟都和你一同嬉游，你明天捉两只回来给我看看。第二天那个人又到了海上，他想捉鸟，可鸥鸟在天上飞翔，再也没有落到他的身边。鸟有一种很机警敏锐的感觉，你一旦有了机心——算计之心，它就知道了。所以王维说，我现在已经没有机心，宁愿过这种隐居田园的野老的生活，争名夺利的事情在我已成为过去，你们这些海鸥何必还要猜疑我呢？

这是王维的一首七律，我认为他写得比较简单，对偶的句子也是比较简单的。

下面我们再看高适的《送李少府贬峡中王少府贬长沙》：

嗟君此别意何如？驻马衔杯问谪居。

巫峡啼猿数行泪，衡阳归雁几封书。

青枫江上秋天远，白帝城边古木疏。

圣代即今多雨露，暂时分手莫踌躇。

　　王维那首诗主要是写景写得比较好，高适这首诗写的是赠别，属于酬赠的诗。送给谁的呢？他送给两个被贬的人：一个是李少府，他被贬到"峡中"，也就是四川的巫山一带；另一个是王少府，他被贬到湖南的长沙。"少府"我也说过，在唐朝的时候，如果说"明府"就是知县，如果说"少府"就是县尉。很多人不愿做县尉这样的官，杜甫不就说过"不作河西尉，凄凉为折腰"（《官定后戏赠》）之类的话吗？高适曾被贬到封丘，他也不愿意做封丘的县尉，认为这是很不幸的事情。现在，他的两个朋友都被贬去做县尉，我们看高适怎么样来说。

　　"嗟君此别意何如？驻马衔杯问谪居。""嗟"就是叹息，"君"就是姓李的和姓王的两个人。他说，我就叹息啊，你们两个人这次与我分别，心中有怎样的感受呢？"衔杯"指把酒杯放在嘴边饮酒。我把马停下来，每个人都喝一杯酒，我就问：你们要被贬到哪里去？将来会生活得怎样呢？

　　接着他做了回答："巫峡啼猿数行泪，衡阳归雁几封书。"李少府被贬到巫山县，古人说："巴东三峡巫峡长，猿鸣三声泪沾裳。"（郦道元《水经注》）这两句我们在讲李白的《长干行》时已经讲过了。他说，你经过巫峡，听到山上的猿啼，你就会流下泪来。王少府被贬到长沙，所以是"衡阳归雁几封书"。因为据说湖南衡阳那里有一座山峰叫回雁峰，雁飞到这里就又飞回去。鸿雁不是冬天向南飞，春天向北飞吗？人常说鸿雁向南飞不过回雁峰，也就是说，这是最南方，再往南是更荒蛮的地方，连雁都不飞过去了。高适对王少府说，你被贬到长沙那么远的地方，连鸿雁都不能飞到那里，你与家人通信都不容易了。

"青枫江上秋天远"，往湖南去要经过青枫浦，此时正是秋天，望着水天辽阔，你会更加思念故乡；那么去四川呢？"白帝城边古木疏"，白帝城在四川的夔州，因为已经是秋天，树木都萧疏了。

最后两句是对二人的安慰："圣代即今多雨露，暂时分手莫踟蹰。""雨露"代表恩惠。他说，你们两个也不要太悲哀，现在的皇帝还是很圣明的，他的恩惠就像雨露润泽草木一样，说不定什么时候他会把你们召回来，我与你们只是暂时分别，你们不要踟蹰，也许不久以后我们又见面了。

这首诗的情事写得很贴切：首联写他们两个人被贬了；颔联设想他们到贬所后的感情；颈联结合当时的时令，写各自被贬之地的风景；最后给对方以安慰。再看他中间两联的对仗："巫峡"指四川，"衡阳"指湖南；"青枫江"又指湖南，"白帝城"又指四川，"青枫江上"对着"白帝城边"，"巫峡啼猿"对着"衡阳归雁"，动物对动物，风景对风景，地名对地名，他对得很工整。可是，他被七言律诗这种体式拘限住了，整首诗缺乏深意和远韵，不给人以高远的联想。

然后，我们再来看李白的一首七言律诗：

登金陵凤凰台

凤凰台上凤凰游，凤去台空江自流。

吴宫花草埋幽径，晋代衣冠成古丘。

三山半落青天外，二水中分白鹭洲。

总为浮云能蔽日，长安不见使人愁。

有人说李白这首诗模仿了崔颢的《黄鹤楼》，我们可以比较一下来看：

黄鹤楼

昔人已乘黄鹤去，此地空余黄鹤楼。

黄鹤一去不复返，白云千载空悠悠。

晴川历历汉阳树，芳草萋萋鹦鹉洲。

日暮乡关何处是？烟波江上使人愁。

先看崔颢的《黄鹤楼》。唐朝的阎伯瑾在其《黄鹤楼记》中引用古代的图经，说有一个名叫费祎的人学道成仙，曾"驾黄鹤返憩于此"，他驾着黄鹤回来，在这个地方休息过，所以人们就管这个地方叫黄鹤楼，相传有这么一个故事。此外，《舆地纪胜》是一本记载各地名胜的书，作者引用《南齐书》说，从前有一个名叫王子安的仙人曾经骑着黄鹤经过这里，所以关于黄鹤楼是有很多神话传说的。好，我们现在看崔颢怎么说。"昔人已乘黄鹤去，此地空余黄鹤楼"，这里曾经有过乘着黄鹤的仙人，但是今天他已经远去了，现在只留下了这座楼。"黄鹤一去不复返，白云千载空悠悠"，神仙和黄鹤飞走以后再也不会回来了，而楼上的白云却悠悠地飘荡了千年万世。

讲到这里你会发现一个特色，刚才我们讲了王维和高适的诗，王维说"漠漠水田飞白鹭，阴阴夏木啭黄鹂"，叠字对叠字，颜色对颜色，漠漠的水田对阴阴的夏木，他对得比较工整。高适对得更工整："巫峡啼猿数行泪"对"衡阳归雁几封书"，"青枫江上秋天远"对"白帝城边古木疏"。可是崔颢呢？这首诗的第三句和第四句也应该是对句啊，他说"黄鹤一去不复返，白云千载空悠悠"，"黄"与"白"相对，都是颜色；"鹤"与"云"相对，都是名词；"一"与"千"相对，都是数目，这一半是对的。后面的部分就不对了："一去"的"去"是个动词；"千载"的"载"是个名词；"不复返"的"返"是动词，"不复"是助动词，修饰这个"返"；"空悠悠"的"悠悠"是形容词，而且是叠字，"空"是助动词，修饰后面的"悠悠"。可见，这两句后面的部分"去不复返"和"载空悠悠"完全不对了，他只有一半是对的。这说明，在唐朝七言律诗开始确立的时候，有人遵守格律，就会被格律拘束；有人想要突破这种约束，结果就是破坏了格律，这是早期律诗的两种现象。

当然这首诗还是律诗的，他后面的两句就对了："晴川历历汉阳树，芳草萋萋鹦鹉洲。""晴川"对"芳草"，"历历"对"萋萋"，"汉阳树"对"鹦鹉洲"，这两句对得还是很工整的。最后两句："日暮乡关何处是？烟波江上使人愁。"他说，黄昏的时候我站在这里，望不到我的故乡，只有江上一片渺茫的烟水，使我满心的悲哀和忧愁。

　　这首诗前面四句有开阔的历史感，后面四句有现在自己生平的感慨，整首诗潇洒自然，这是崔颢这首诗所以出名的缘故。相传有一个故事，说是李太白来到黄鹤楼，看到崔颢在黄鹤楼上的题诗，说"眼前有景道不得"，因为"崔颢题诗在上头"，所以他没有在黄鹤楼上题诗，而是到凤凰台上题诗了。这就是上面的那首《登金陵凤凰台》，很多人说李白的《登金陵凤凰台》受了崔颢《黄鹤楼》的影响，而我认为，李白的《鹦鹉洲》才受到崔颢那首诗的影响，下面我们就来看一下李白这首《鹦鹉洲》：

> 鹦鹉来过吴江水，江上洲传鹦鹉名。
> 鹦鹉西飞陇山去，芳洲之树何青青。
> 烟开兰叶香风暖，岸夹桃花锦浪生。
> 迁客此时徒极目，长洲孤月向谁明？

为什么这里叫"鹦鹉洲"呢？因为这里有鹦鹉来过。崔颢说，这个地方有人骑着黄鹤来过，所以叫黄鹤楼；现在李白说，这个地方有鹦鹉来过，所以叫鹦鹉洲，这完全受了崔颢的影响。崔颢后面说"黄鹤一去不复返，白云千载空悠悠"，"不复返"与"空悠悠"不对；李白说，"鹦鹉西飞陇山去，芳洲之树何青青"，这两句也不对，"陇山去"怎么能对"何青青"呢？而且你看崔颢说"空悠悠"，李白说"何青青"，他们都用了叠字，我们可以很明显地看出二者之间的联系。李白为什么喜欢崔颢的《黄鹤楼》？因为这首诗突破了律诗的约束，打破了格律。我说过，李白是一个不羁的天才，他写七言律诗会觉得格律约束得太厉害，会感觉到很大的束缚，而当他发现崔颢打破了这种约束以后，就觉得这样很好，就特别欣赏崔颢，于是自己也这样做了。所以我认为，李白的《鹦鹉洲》受崔颢的影响更多些，至于那首《登金陵凤凰台》，只是开始两句似乎受了崔颢的影响。我们来看这首诗。

"凤凰台上凤凰游，凤去台空江自流。"楼上有过黄鹤，就叫黄鹤楼；洲上有过鹦鹉，就叫鹦鹉洲；台上有过凤凰，就叫凤凰台，这是相似的。黄鹤楼、鹦鹉洲、凤凰台上曾经有黄鹤、鹦鹉、凤凰，现在它们都不见了，只剩下一个个徒具空名的地方，这也是相似的。但是仅此而已，后面就不同了。

"吴宫花草埋幽径"，凤凰台在江宁府，当年的吴国曾在这里建都。现在吴国早已灭亡，吴国的宫殿长满了花草，把当年的小路都隐埋了。谁灭亡的吴国？是晋国。把吴国灭亡以后，晋国又怎样？"晋代衣冠成古丘"，晋代的那些衣冠人物现在都进入了坟墓。这里有两个很明显的对比：晋灭了吴，可它自己不也灭亡了吗？只有大自然是长存的。

"三山半落青天外，二水中分白鹭洲。"这两句不大对："白鹭洲"三个字整个是一个名词，可"青天外"不是名词，而是在青天之外的意思。

"总为浮云能蔽日，长安不见使人愁。"总是因为浮云把太阳遮住了，所以我看不到长安。这两句应该有托喻，"长安"代表首都、代表朝廷，"浮云"——"蔽日"代表小人对于国君的蒙蔽，所以我李太白没有能够在朝廷留下来。我现在远在金陵的凤凰台这里，感慨历代的盛衰兴亡，我就想到，我们唐朝的前景会怎么样？整个国家会走向何处？我是关心国家的，但我没有办法回去了。

这首诗应该是李白不错的一首诗，可是我们也可以看到他前面有因袭模仿的痕迹，而后面的"青天外"与"白鹭洲"也把格律破坏了。

秋兴八首

以上我们讲了杜甫以前的几首七言律诗。我们从去年开始讲中国诗歌的演进，讲它怎么样从古体诗演进到近体诗。近体诗有五言和七言两种，五言近体与七言近体又可以各自分为五言律诗和五言绝句，七言律诗和七言绝句。律诗这种体式要注意平仄和对偶，七言律诗的限制尤其多，所以在开始写作的时候，很多人的七言律诗都不容易写好——艺术方面非常精美的要求往往限制了自然的感动。所以，七律这种体式虽然在唐朝初年就已经确立了，但在杜甫之前，很少有人能够写出成功的作品，是杜甫才真正从内容意境与艺术技巧两方面发展了七律，将这种体式发展到一个完美成熟的阶段。

既然七言律诗要讲究平仄对偶，有这么严格的限制，那你怎么能够在限制之中找到一个自由表现的可能呢？杜甫从中找到了什么？我们说，杜甫对于七言律诗的各种不同的表现方式都表现得很好，现在时间来不及，不然的话，对于杜甫的七言律诗所体现出来的各种不同的成就，都是值得一讲的。他有时用直接的叙述来写，你从外表上简直看不出那是律诗，他好像完全是在叙述，这样的诗写得很好；有时，他用一些重要的意象来做对偶，也写得很好；此外，杜甫晚年写了很多拗体七律，"拗"是拗折、不顺利的意思，所谓拗体，就是说他不按照死板的形式上的格律来写，而是把中间的平仄调换一下，达到一种新的平衡。总之，杜甫既可以用叙述的形式来写，又可以用掌握重点意象的方法来写，还可以用拗体来写，他各种形式都可以写好。我们下面要讲的《秋兴八首》，就是他掌握了重点意象来做对偶所写成的优秀作品。

我们讲杜甫的诗总要做背景的介绍，讲他是在什么时候、什么地方写的，他当时的感情是怎样的。《秋兴八首》是杜甫在夔州所写的，夔州在哪里呢？夔州在四川。我们前面说杜甫离开四川成都要回到故乡去，是从长江的水路上坐船走的。他从四川向湖南、湖北那边进发，当他离开成都，还没有到达前面我们所讲的岳阳楼那里的时候，他曾经在夔州滞留了一段日子。大约过了三年的时间，他继续开始了预定的行程。《秋兴八首》就是在滞留夔州第二年的秋天写的，是他怀念长安的作品。

《秋兴八首》是一组连章的诗，"章"就是一首，连章就是接连很多首。中国诗歌中的组诗有多种情况，我们以前讲汉魏六朝诗的时候也曾经说过，比如阮籍的《咏怀》诗一共八十二首，陶渊明的《饮酒》诗一共二十首，像这样一个题目下有一系列诗的形式就叫作组诗。

如果具体地问，它是怎么样成组呢？它的次序怎么样排列呢？这里就有不同的情况了。比如陶渊明的《饮酒》，其中第一首讲他为什么要写这组诗，是一个缘起；第二十首是一个总结。这两首的位置必然是固定的，而中间的十八首都是他偶然的感发，他想到生命的短暂，想到生命的意义和价值，想到怎么样面对考验，他想了很多，总之，《饮酒》写的都是人生的各种问题，每个人都有可能面对的。因为是偶然的感发，所以没有必然的结构次第，你先讲哪一首后讲哪一首都没有关系。

　　那么阮籍呢？阮籍的八十二首《咏怀》只有第一首的次序是固定的，因为这首诗是引起他感发生命的一个开始，接下来写他在那个时代所面临的危险与考验，写种种艰难困苦的事情以及他内心的矛盾痛苦之情，所以除了第一首之外，其他的八十一首也不一定有必然的次序。

　　与陶渊明和阮籍的组诗不同，杜甫的《秋兴八首》是一个每一首都不能颠倒次序的整体。我也曾说过，在词里面，温庭筠的《菩萨蛮》十四首没有必然的次第，你可以随便删选；欧阳修的《采桑子》二十首与陶渊明的《饮酒》差不多，第一首、第二十首一个是总起，一个是总结，中间你可以随便删选都没有关系；可是，韦庄的《菩萨蛮》五首中每一首的位置绝不能颠倒，这与杜甫的《秋兴八首》最为接近———一组就是一个整体的结构。

　　西方诗歌理论是从模仿论开始的，就是说你看到外物，然后把它摹写下来；与之不同，中国人写诗，注重兴发感动的作用。古人说："情动于中而形于言。"（《毛诗·大序》）从感发开始，这是中国古典诗歌的一个很重要的传统。那么，这种感发从哪里来呢？钟嵘的《诗品》上说："气之动物，物之感人，故摇荡性情，形诸舞咏。"还说："至于楚臣去境，汉妾辞宫，或骨横朔野，魂逐飞蓬；或负戈外戍，杀气雄边；塞客衣单，孀闺泪尽；或士有解佩出朝，一去忘返；女有扬蛾入宠，再盼倾国……"可见，是外物引起了人的感发，而外物又有两个来源：一是大自然的景物，如春风春鸟、秋月秋蝉；再有就是外界所发生的事情，这些因素都能够引起人内心的感动。这就涉及心与物的关系了：有时是从物到心，比如"关关雎鸠，在河之洲"是物，"窈窕淑女，君子好逑"（《诗经·周南·关雎》）是心；有时是从心到物，比如秦少游的词，"欲见回肠"，"回肠"是我的心，你看不见，好，我给你做个比喻，是"断尽金炉小篆香"（《减字木兰花》"天涯旧恨"）。这些我们以前都讲过，无论从心到物还是从物到心，总之，心与物之间有一个结合。心与物是怎样结合起来的？像上面所举的两个例子，是心是物，你简单地就可以把它分开了，可是杜甫的这八首诗是一个整体，有一个整体的结构，它又是怎么结合起来的呢？现在我们来不及细讲这八首诗，我只能把整个的脉络结构告诉大家。

杜甫诗的题目有时很长，有时很短，但不管长题目也好，短题目也好，他的题目都是非常切合的。比如杜甫有一首诗的题目是这样的：《至德二载，甫自京金光门出，间道归凤翔。乾元初，从左拾遗移华州掾，与亲故别，因出此门，有悲往事》。前面我不是说他写完《曲江二首》后不久就被贬到华州去了吗？这是他被贬后临出长安城门时所写的一首诗。而从此以后，不管杜甫怎么样盼望回到长安，他再也没能回去过。我们看这首诗的题目，他说，"至德二载"，至德二载（757）的时候杜甫不是被困在沦陷的长安吗？后来他逃出去了，"甫自京金光门出"，长安城的四面都有城门，"金光门"是西面的一座城门，杜甫正是从金光门逃走的。然后，"间道归凤翔"，走最偏僻的小路回到了凤翔的行在。我们曾引过杜甫的两句诗："生还今日事，间道暂时人。"（《喜达行在所》之二）我今天活着回到了朝廷真是高兴，前几天在路上逃难的时候，我连自己下一分钟是死是活都不知道。所以，"间道"两个字代表了多少艰难险阻，代表了多少他对朝廷的感情！后来朝廷收复了长安，他也回到长安做了拾遗。大家还记得他接受拾遗这个官职时的心情吗？他说："涕泪受拾遗，流离主恩厚。"（《述怀》）他真是痛哭流涕地表示感谢，感谢他以后可以为朝廷做些事情了。然而，谁料想等到"乾元初"，他却"从左拾遗移华州掾"，被赶到华州去做一个低级的属官。"与亲故别，因出此门"：当年一心投奔朝廷，我出了这个城门；今天朝廷把我赶走，还是出了这个城门，所以"有悲往事"。你看，他用这个题目把他所有的悲慨都说出来了。

他长题有长题的好处，短题有短题的好处，我们再看"秋兴"这个题目。所谓"秋兴"者，当然就是说秋日的感兴。如果用钟嵘的《诗品》中的话来说，"气之动物，物之感人"是"秋"；"摇荡性情，形诸舞咏"是"兴"：是秋天草木的零落引起我内心的一种感动。你要知道，同样是秋天，同样引起人的感动，不同的人对着同样的景物也会有不同的感慨对不对？每个人都看到秋天的叶子落，你看到秋天的落叶想到了什么？秋天草木的零落又"摇荡"起杜甫怎样的感情？前面我们也说过，是夔州的秋景引起了杜甫的感兴，而这种感兴既有怀念，也有追忆。他怀念、追忆的是什么？一个是国家，一个是个人，是国家的盛衰和个人的经历。而且，他是把国家的盛衰和个人的经历与长安这个地方结合在一起的。这是杜甫《秋兴八首》的一个骨干，一个总体的结构。总之，这组诗的题目只有"秋兴"两个字："秋"代表眼前的景物，是夔州的秋景；"兴"指一种感发，就是诗人的consciousness的活动，包括国家和个人两个主体。理清了这个线索，我们就可以清楚地看到杜甫之感发的进行，看到一个大生命的成长。

这八首诗的线索看起来好像很简单，但是诗人的心理感情非常复杂，有时候除表层含义之外还有更深一层的含义，他一句话往往可以引起我们多重的联想。在这多重意蕴之中，有的是主要意义，有的是引申意义。所以这组诗的线索虽然分明，可里面却有许多错综开合的变化，而且他变化得非常好。如果按照我一向喜欢跑野马的习惯来讲这八首诗，恐怕要讲上一个学期。而讲完杜甫之后我们还要讲其他的诗人，所以就来不及细讲了。俗话说"小题大做"，不过也可以"大题小做"。如果他text的本身很少，你简单地讲完了，大家会觉得太简单，所以有时候对于"小题"，你要进行仔细的分析，把它发挥得很多；如果是"大题"，你发挥起来太庞杂了，而且时间也常常不允许发挥，所以你不妨"小做"，只讲一个梗概好了。大家要想详细地了解杜甫的《秋兴八首》，你可以看我的《杜甫秋兴八首集说》那本书，而现在我来不及发挥，只能简单地看一下这八首诗主要的线索。我还是先把它念一遍：

玉露凋伤枫树林，巫山巫峡气萧森。
江间波浪兼天涌，塞上风云接地阴。
丛菊两开他日泪，孤舟一系故园心。
寒衣处处催刀尺，白帝城高急暮砧。

夔府孤城落日斜，每依北斗望京华。
听猿实下三声泪，奉使虚随八月槎。
画省香炉违伏枕，山楼粉堞隐悲笳。
请看石上藤萝月，已映洲前芦荻花。

千家山郭静朝晖，日日江楼坐翠微。
信宿渔人还泛泛，清秋燕子故飞飞。
匡衡抗疏功名薄，刘向传经心事违。
同学少年多不贱，五陵衣马自轻肥。

闻道长安似弈棋，百年世事不胜悲。
王侯第宅皆新主，文武衣冠异昔时。
直北关山金鼓振，征西车马羽书迟。
鱼龙寂寞秋江冷，故国平居有所思。

蓬莱宫阙对南山，承露金茎霄汉间。
西望瑶池降王母，东来紫气满函关。
云移雉尾开宫扇，日绕龙鳞识圣颜。

一卧沧江惊岁晚，几回青琐点朝班。

瞿唐峡口曲江头，万里风烟接素秋。
花萼夹城通御气，芙蓉小苑入边愁。
珠帘绣柱围黄鹄，锦缆牙樯起白鸥。
回首可怜歌舞地，秦中自古帝王州。

昆明池水汉时功，武帝旌旗在眼中。
织女机丝虚夜月，石鲸鳞甲动秋风。
波漂菰米沉云黑，露冷莲房坠粉红。
关塞极天唯鸟道，江湖满地一渔翁。

昆吾御宿自逶迤，紫阁峰阴入渼陂。
香稻啄余鹦鹉粒，碧梧栖老凤凰枝。
佳人拾翠春相问，仙侣同舟晚更移。
彩笔昔曾干气象，白头今望苦低垂。

你们在我念的时候就可以发现，杜甫诗的音调真的是好，他那种高
低抑扬的变化非常响亮动听。我有一次不是说范曾先生吟诗吟得很
好吗？除了范曾以外，在我平生所听到的吟诗中，还有一位先生也
吟得很好，但现在已经去世了，他就是从前在北京的辅仁大学、后
来在台湾大学都教过书的戴君仁先生。我平生听过很多人用各种不
同口音的吟诗，觉得这两位先生吟得很出色。最近，范曾虽然没有

来，可他写信告诉我说，今年过春节的时候他曾回到他江苏南通的老家，请他父亲给我们录了一卷吟诗的录音带来。他父亲也是一位不错的诗人，而这所有的诗人都吟了《秋兴》；我自己也有一卷录音带，里面同样有《秋兴》，杜甫的《秋兴》确实是非常有名的八首诗。

作为七律，这八首诗不但对偶非常整齐，声音的配合也非常好，你一念就可以感觉到。现在我没有时间讲它的音调，但我可以给大家介绍一本书，就是华裔美籍学者高友工和梅祖麟的《唐诗的魅力》。我的《杜甫秋兴八首集说》是在1965年和1966年出版的，出版以后，我恰好到哈佛大学教书，我去的时候，梅祖麟先生也在那里教书，而高友工先生那年暑假办了一个summer school，他请我去做过一次报告，所以我同时认识了他们两个人。后来，我把我那本《杜甫秋兴八首集说》送给了他们。梅先生是研究语言学的学者，高先生是研究中国文学的学者，他们觉得我那本书只分析了《秋兴八首》的内容和情意，没有分析这八首诗的声音，于是他们合作写了一篇文章，发表在《哈佛学报》上。后来台湾把它翻译成中文，近来大陆的上海古籍出版社把高友工和梅祖麟两位先生论唐诗的很多篇论文集成一本书出版，就是刚才我说的那本《唐诗的魅力》，而这本书中就收录了他们论杜诗声音美的那篇文章。我们以前讲西方接受美学，说诗歌给人以感发的力量，有一些很细微的、不太明显的因素，我们管它叫做Microstructures（显微结构），其中也包括一些声音的因素，但是我们现在来不及分析。总而言之，这几首诗所蕴藏的东西太多了，课堂上讲不完，不过大家课下可以读一些相关的文章。

下面我们先看第一首：

　　玉露凋伤枫树林，巫山巫峡气萧森。

　　江间波浪兼天涌，塞上风云接地阴。

　　丛菊两开他日泪，孤舟一系故园心。

　　寒衣处处催刀尺，白帝城高急暮砧。

中国古代讲到作诗的方法常常说赋、比、兴："赋"是直接的陈述；"比"是由心及物——我心里有一种感情，然后再安排形象；"兴"是由物及心，是因为你看到外物，然后才引起内心的感发。《秋兴》这组诗从整体上说起来属于"兴"，是"秋天"的"兴"，他是从眼前的景物写起的。眼前的景物是什么？是夔州的秋天。他从第一首诗就着重写了夔州的秋景："玉露凋伤枫树林，巫山巫峡气萧森。"真是写得好！他开头说的是"玉露"，后面说的是"枫树林"，"玉露"是像白玉一样的露水，李白的《玉阶怨》说："玉阶生白露，夜久侵罗袜。却下水精帘，玲珑望秋月。"他的"玉阶"、他的"白露"、他的"水精帘"、他"玲珑"的"秋月"，合成一个前后贯穿的系统意象，他所写的都是凄凉寒冷中一片晶莹透明的白色，所以"白露"有一种洁白的暗示。"枫树林"在秋天是最美丽的，杜牧说："停车坐爱枫林晚，霜叶红于二月花。"（《山行》）他说枫树经霜后的红叶比二月的鲜花更红，所以"枫树林"有一种红色的暗示。杜甫说："玉露凋伤枫树林。""玉露"所隐藏的白色与"枫树林"所隐藏的红色形成一个鲜明的对比，而他中间结合的是"凋伤"两个字：露水很冷，降下来以后就使红色的枫树林受到摧伤而开始凋落了。"红于二月花"的这么美丽的枫叶，现在已经凋伤。那是一种生命的凋伤，不是普通生命的凋伤，而是一种那么鲜艳、那么美丽的生命的凋伤，这就更增加了生命的悲哀。杜甫这句诗不像李白的《玉阶怨》那样单纯写了一个寒冷的色调，而是写了两种颜色的对比，在凄凉悲哀中有一种艳丽的感觉，在对比中把他的感情强调得更强烈！当然，也不是只有杜甫善于使用这种色调的对比，杜甫以后在晚唐五代时期有一位很有名的词人名叫冯正中，王国维的《人间词话》中也提到冯正中，说是在冯正中的词中，"和泪试严妆"一句可以代表他整体的词品，"严妆"就是浓妆，"试"就是尝试，尝试中有一种努力的意思，是伴随着眼泪而仍要"严妆"，"严妆"是艳丽，"和泪"是悲哀，二者之间形成鲜明的对比，这是冯正中之词的一种非常特殊的色调——悲哀中的热烈与秾丽。

杜甫除了会使用这种色调的对比之外，他的变化还是很多的。只是他这首诗开头一句恰好是这种情调："玉露"和"枫树林"两个鲜明的形象、两种对比的色调之间结合了"凋伤"两个字，这样你才更觉得生命之凋伤的悲哀。所以他第二句接着悲哀地写下来："巫山巫峡气萧森。"当时杜甫正要坐船顺着长江到襄阳，然后再到长安去。我说过，因为那时国家不安定，各地战乱蜂起，既有外族的侵略，又有国家内部军阀的叛乱，所以杜甫离开成都以后没有顺利前行，而是滞留在夔州，他这组诗正是从夔州的景色写起的。两岸高起来的是巫山，山中间的峡谷就是巫峡，夔州城就在巫山和巫峡之间，在巫峡旁边的高山上。"巫山巫峡"虽然只写了两个地名，可是包罗很广：从高山到江水，从高处到低处，都包括在里面了。"萧森"就是萧条凄凉的感觉：在冰冷的露水使枫树凋零的时节，往上看，是高高的巫山；往下看，是滔滔滚滚的长江水，奔腾的江水就在两岸高峰的夹持之中，从山上到江水都是一片凄凉、肃杀的秋景。

杜甫所写的当然都是眼前的景色了，我们可以说他是写实，这些意象都是来自大自然的。"玉露凋伤枫树林，巫山巫峡气萧森"，前一句表现了美好的生命的凋伤，后一句从上到下被秋天的萧森气象笼罩。这两句是总起，写出一个整体的背景、整体的情调，然后就分别来写"巫山巫峡"是怎样的"气萧森"了。就像拍电影一样，先有一个整体的大镜头，然后拍这里一个局部的镜头，那里一个局部的镜头。杜甫也是这样，先给了我们一个整体的情调，把我们带到萧森的气象之中。

那"巫山巫峡"到底怎么样呢？"江间波浪兼天涌，塞上风云接地阴。"杜甫的诗真是写得好！不但声音好，对仗也好。我们现在讲的是杜甫的七言律诗，中间两联应该对起来，所以他一句写"江间"，一句写"塞上"。从下往上看，滔滔滚滚的江水从地上一直涌到天边；从上往下看，强烈的风和阴惨的云从天上一直阴到地下。

前面说到1977年我和我女儿一起回国旅游，我拍了很多照片，她觉得很奇怪，认为那些景物看上去没有什么好看的，殊不知我看到的不是眼前某一个具体的地方，而是渗透着一千多年历史的所在。1979年我又回去一次，我女儿没有跟我回去。即使跟我回去，她也不会反对这次照的照片了，因为这次所照的都是很美丽的照片。我从陕西西安经过秦岭到达成都，然后从成都到达重庆，坐船从长江三峡走下去，这完全是杜甫当年走过的路程。但是，一路上我有时坐火车，有时坐飞机，有时坐船。这和前面提到过的那些日本学者乘公共汽车经过杜甫当年所走之路又有所不同了，他们是这么切近地走完了这段路程。在那次旅行中我曾写有九首纪游绝句，其中一首说："一世最耽工部句，今朝真到锦江滨。"我平生这样喜爱杜甫的诗，今天真的来到锦江江边，来到长江三峡。长江的江水那么长，回头望一望来过的地方，望不到它的尽头，你不知道它是从哪里来的，难道是从天上来的吗？再向下游望一望，你也望不到它的尽头，江水也是向天边流去的。

我还写过另一首诗，当然不能和杜甫相比了。我说："接天初睹大江流，何幸余年有壮游。"我读杜甫的诗，对"江间波浪兼天涌"这句很熟悉。我很早就向往锦江，很早就向往杜诗中所描写的巫山巫峡中滔滔滚滚的江水，"接天初睹大江流"，我所说的"接天"就是他所说的"兼天"。我为什么这样向往长江三峡？因为那时我离开中国已经三十多年了，我在海外住了很久，没想到居然有机会回到祖国，而且还去了这么多地方，看到这么壮丽的河山！我没有想到余生还会有这么壮大的旅游的行程！我后面说："此去为贪三峡美，不辞终日立船头。"当然这都不是什么好诗，都是我在旅行时顺口溜出来的诗句。我说，坐着船到长江下游去，我真是贪心，唯恐把长江美丽的景色错过一部分。我一点儿也不肯错过，愿意站在船头，饱览三峡一路上的美景。

当然，我这么想看三峡，就盼望天气要好啊，因为只有天气很好时才能看清楚。好，当我们的船经过巫山巫峡时你猜怎么样？山上笼罩的都是烟雾。本来巫山上有十二座高峰，其中有一座很有名的神女峰，我很希望把这些都看清楚。可是那天山上都是云烟缭绕，什么都看不清楚了。当时负责这条航线的是一位长江航运局的工作人员，我说太可惜了，阴天这么多云彩，我什么都看不清。他说，这是巫山巫峡的特色，这里很难遇到大好的晴天，而是经常有云雾缭绕。杜甫说"塞上风云接地阴"，他看到的也是阴天的景物。"塞上"就是山上，山上有好多山峰和云雾，"塞上风云"的阴天哪里有一片太阳光的空隙？没有，从天上一直阴到天地相接的地平线。

这两句表面上仍然是写实，这些形象都是他眼前所看到的，我也曾看到过，所以我说："接天初睹大江流。"除此之外，我也写过烟云缭绕中的巫山，当然，现在尤其不应该把我自己的诗和杜甫的诗放在一起讲，这样的话，我的诗就显得太糟了。我说："空蒙青翠有还无，十二遥峰态万殊。"所谓"空蒙青翠"，"青翠"是山的颜色，因为偶然被白云遮盖了，所以是"有还无"，云雾在山上盘旋缭绕，云彩飘走一点，你就可以看到一块山峰；等一下云彩飘过来，山峰就又不见了。因此我说是"空蒙青翠有还无"。不是说巫山有十二高峰吗？我就一直找那十二座高峰，可是我看不清楚。隐隐约约地，这个山头露出一点，那个山头露出一点；坐在船上，有时从这边看，有时从那边看；有时候有云，有时候没有云——它们的形态时刻都在改变之中，因此我说是"十二遥峰态万殊"。

这是巫峡的景色，可是我要说，我所写的"空蒙青翠有还无，十二遥峰态万殊"只是眼前的景象，只是大自然中写实的一个形象而已，而杜甫所写的不止于此。我在前面就说过，不错，杜甫是写实的诗人，他的诗的确反映了现实，然而很妙的一点是：他能在写实之中表现一种象喻的情致。杜甫的诗之所以深刻，一方面是他反映现实反映得这样真切，还有一方面就是他从现实的景色之中所象征、所比喻的内容情意也是非常深刻的。比如这两句"江间波浪兼天涌，塞上风云接地阴"，表面上看起来是写实，"江间"的"波浪"，"塞上"的"风云"，都是眼前所看到的巫山巫峡的现实景色；可是同时，这两句里面有象喻的意味。他所象喻的是什么？是从天上到地下的动荡不安。"波浪"的"兼天"是动荡的，"塞上"的"风云"也是动荡的，而且有一种不安的、骚乱的感觉："塞上"是"风云"的晦暗，地下是"波浪"的动荡；"江间"是"波浪"的动荡，天上是"风云"的晦暗——整个都是象喻，象喻了杜甫对整个时代的一种感受——大唐经过玄宗的开元盛世以后，经过安禄山的变乱以后，整个王朝的命运都在动荡和晦暗之中。而杜甫自己的身世是和整个动荡晦暗的大唐王朝的历史背景结合在一起的，还不止是说科学、社会学意义上的，说个人一定与时代有密切的关系；是他感情上关心的问题，他与时代本来就是结合在一起的。

杜甫这首诗写的是"秋兴"，我们现在来看他的感发。他从眼前夔州的秋景写起，"秋"为什么会给他"兴"？看到眼前夔州的秋景，为什么引起他想到国家的盛衰和个人的生平？他现在所写的"江间""塞上"等现实景物中动荡不安的骚乱，其实已经不只是纯粹的写景，而是透露了他非常强烈的一种感发了。他所感发的是时代和身世双重的悲哀，是大唐王朝的没落不幸和他自己一生的漂泊与失意。我们知道，杜甫不是一直在漂泊吗？他找不到一个可以定居下来的地方，他从长安到华州再到秦州的同谷，其后到了成都，现在又沿着长江而下。他自己的漂泊，他一生的生活，从"致君尧舜上""窃比稷与契"到今天这样的衰老多病，"老病有孤舟"地流落在长江之上。他的漂泊、他的失意、整个唐王朝命运的动荡和不安都在这两句所描写的秋景之中了。所以，"江间波浪兼天涌，塞上风云接地阴"，在这两句中，他的感兴已经开始。你要注意他感情的引发，他既然已经从秋天的景色引起了这种感发，于是下面就直接写他情意上的感动了。

"丛菊两开他日泪，孤舟一系故园心。"前面四句都是写大自然，写夔州的秋景；在这两句中，一个流泪的人——诗人自己出现了。什么叫"丛菊两开他日泪"呢？"他"在中国的文言中要念作"托"的音。"菊花"当然大家都知道，它是在秋天开放的。这首诗写得真是好，因为他一直没有忘记他是在写"秋兴"，这里边有"秋"也有"兴"，当他写"江间波浪兼天涌，塞上风云接地阴"时就有了感发，现在写到"两开"的"丛菊"，他又回头呼应了一下"秋"，就是说他的诗里边随时有一种呼应。就好像人身体里循环流动的血脉一样，整个是活的生命，而不是死在那里的。"丛菊两开他日泪"，菊花的生命很坚强，秋天的野地里常可以看到一丛丛开放的野菊花，巫山也有这样的"丛菊"。那么"两开"和"他日泪"又怎样理解呢？"两开"就是开了两次，怎么样开了两次？

我们知道，杜甫垂老的时候写过一首《闻官军收河南河北》的诗，他不是要"便下襄阳向洛阳"吗？他要从成都，经三峡到湖北这样走下去。你如果看地图，下面是湖北，上面是河南，它们是相邻的两省。襄阳在湖北，洛阳在河南，你要从长江顺着汉水上去，从襄阳然后转陆路就可以回到洛阳了。杜甫一心想要回到北方去，回到洛阳，因为从洛阳就可以转去长安，回到他所日日怀念的首都，这是他行程的计划。当他决定下来以后，就开始了江上的漂泊，以"老病"的残年坐上了那一条"孤舟"。他是在写"秋兴"这组诗的前一年春天上的"孤舟"，到那年的秋天，在旅程中看到了菊花的开放；现在又是一年的秋天，菊花又开了，他两次看到菊花开放，所以是"两开"：本来以为登上船就可以"即从巴峡穿巫峡，便下襄阳向洛阳"，很快地回到北方、回到长安了。可是，又一年过去了，又看到菊花的开放，因为路途的不安定，我现在依旧被阻滞而羁留在途中，依旧在长江三峡中漂流——"两开"之间代表的是时间的流逝。

"他日泪"的"他日"在文言中有两种可能的解释，一是说将来，一是说过去。在这里杜甫是说，去年看到菊花开的时候我曾经流下泪来，今年看到菊花开我又流下泪来，流下像从前一样的漂泊思乡之泪。"他日泪"的"泪"一定是人的泪，从意思上说起来是如此的。可是这句诗还可以给我们另外一个possibility的联想。如果从文法上看，按照一般的文法，"泪"是动词的object，比如说

"开门"，"开"是一个动词，"门"是受动的宾语；再比如"丛菊两开"，"开"是一个动词，"泪"是宾语，"开"的是"泪"。这样说就给你一种很丰富的联想了。也就是说，他看到满山的花朵都变成了满山的泪点。我们知道，菊花黄色与白色的居多。前面讲我自己的诗，说是"空蒙青翠有还无"，你可以想象，在青翠的山间，黄白相间的一个个小圆点儿是非常鲜明的。我们说杜甫的"丛菊两开他日泪"还不是说他真的看到菊花落下泪来，而是说他看到山上黄黄白白的点点菊花后有一种像泪点的联想。杜甫不必然有，但可能有这种联想。他被安禄山的军队带到沦陷中的长安时写过一首有名的《春望》："国破山河在，城春草木深。感时花溅泪，恨别鸟惊心。"我忘了我是在何时何地开什么会议的时候，有几位美国的教授研究中国诗歌的翻译，其中一位说，"感时花溅泪"，这句可能性太多了。是因为"感时"，花上溅落了我的泪点呢，还是花的落如同是泪点的溅落呢？所以，中国诗歌往往用很短的篇幅暗示出多种的可能性。"丛菊两开他日泪"，既可以是说我看到菊花第二次开放，想到时光的流逝以及我流泪的长久；也可以是说我看到菊花就有一种泪点的联想。杜甫诗很妙的一点就是他在写实的同时有象喻的意味：他在情感上给你一种解释，在文法上还给你一种解释。这本来有很多地方可以分析，但我们的时间不够，我们现在只能简单地这么说。

"孤舟一系故园心。"我们知道，杜甫写《秋兴》这组诗的时候滞留在夔州。从一上船开始，他就把自己和船紧紧地牵系在一起。我们以前讲杜甫的《乾元中寓居同谷县作歌七首》，说是"长镵长镵白木柄，我生托子以为命"，我的命就和那个长镵结合在一起了。现在他说，我的心就和这条船结合在一起了，因为船可以带我回到故乡去。你看他的形象结合得多么好，在现实上，缆绳所系的是一叶孤舟；而这个孤舟是我回故乡去的唯一的倚赖。此时我不得已把船系在岸边，其实所系的不只是一条船，而是我欲回故园的一片乡心！本来，我把我的心系在船上是希望"便下襄阳向洛阳"，可是现在居然停在这里不能走了。

　　你看他的感情的进行，这首诗的前四句完全写的是夔州的景物，到"丛菊两开他日泪"从景写到人，而"孤舟一系故园心"已经直抒他对故乡的怀念了。写到这里，杜甫并没有忘记呼应，他马上又回到秋天："寒衣处处催刀尺，白帝城高急暮砧。"中国古代的人在冬天要穿棉衣，棉衣有一个毛病就是新棉花松松软软的很舒服很暖和，可穿上一年后就把棉花压扁、压死了，既不舒服也不暖和。在我小时候，我母亲每年都要把我们的棉衣拆洗一番，把布里布面洗一洗，把里面的棉花弹松了再缝进去。我们小时候都经历过这样的生活，现在大家都穿毛衣之类的，对那些事情可能已经陌生了。杜甫说"寒衣处处催刀尺"，秋天，大家都要准备过冬的衣服了，所以处处可以听到"刀尺"的声音。"刀"是剪刀，"尺"是量尺，"催"就是催人拿起"刀尺"，缝制"寒衣"。这是什么？有家的人啊！有家的人都要准备过冬的衣服了，而此时杜甫仍漂泊在旅途中，他的"寒衣"在哪里？所以当他听到每一家都在准备寒衣的时候，他更有一种流落在他乡异地的漂泊之感。"寒衣处处催刀尺"，你怎么知道现在是"催刀尺"，让人做寒衣了？"白帝城高急暮砧。"白帝城在夔州最高的高山上，凡历史上大家对于白帝城的记载以及诗人的吟咏往往要强调白帝城高的一面。杜甫说，我在船里远远地听到白帝城上传来"暮砧"的声音。"砧"就是捣衣石，古人做衣服，要把衣料洗净捣平。江南很多人现在还这样做，在江边的石头上放上衣服，搓上肥皂，然后拿个棒槌敲打一番。记得我以前讲过清朝的黄仲则的两句诗："全家都在秋风里，九月衣裳未剪裁。"(《都门秋思》之一)杜甫说，我们全家都在旅途，都在"巫山巫峡气萧森"之中。"白帝城高急暮砧"是写眼前的景物，而他事实上所写的是"寒衣处处催刀尺"，有一种"全家都在秋风里，九月衣裳未剪裁"的悲哀在里面：我什么时候才能够回到我自己的家乡去？

这是第一首，我说杜甫是感性和理性兼长并美，两方面都好的诗人。他既有感性的感发，而且你看他理性的结构：第一首从夔州的秋景起兴，最后一句说的是"白帝城高急暮砧"，已经从白天到了黄昏，他听到黄昏时传来一片捣衣的声音。所以第二首接着第一首来写，从黄昏写到星星的出现，写到月亮的升起了。

夔府孤城落日斜，每依北斗望京华。
听猿实下三声泪，奉使虚随八月槎。
画省香炉违伏枕，山楼粉堞隐悲笳。
请看石上藤萝月，已映洲前芦荻花。

"夔府孤城落日斜，每依北斗望京华。""夔府"就是夔州的州城，我们说夔州的州城是在山上的一座高城。一个漂泊的旅客，在一座高高的山城之上，当落日西斜的时候，其飘零孤单的感情是非常强烈的。中国古典文学常常用"日"字来代表朝廷或君主，因此这句虽然写的是眼前的景物，却有一种对于国家朝廷走向衰败的慨叹。

"每依北斗望京华"，"每"者是说每每如此、常常如此，我们前面讲他的《曲江二首》之二，说是"朝回日日典春衣，每日江头尽醉归"，也提到过"每"。现在他说"每依北斗望京华"，可见他"依北斗"而"望京华"不是一次。"望京华"当然是怀念长安了。你看他第一首只有"孤舟一系故园心"的"故园心"三字点明自己怀念故国的感情，其他部分主要写的是夔州的秋景。既然在第一首已经开了一个头绪，在第二首中，这种感情就占有了很重的分量，而且很明白地说出来了。他说，我站在夔州的高城上，每天都在寻找天上的北斗。在天文学里，北斗七星所指的方向是北极星所在的地方。北斗星虽然是转动的，但这个方向不变。而北极星所在之处不仅地理上属于北方，是长安的所在，而且代表了帝祚，是皇帝的所在。《论语》上说："为政以德，譬如北辰，居其所而众星共之。"（《为政》）杜甫说，我望不见长安，但我知道北斗所指的方向就是长安的方向。所以每天晚上当北斗星出现的时候，我就按照它的方向来寻找长安的所在。

我现在几乎每年都要回我的老家北京去，这是很好的一件事情。你要知道，这中间我有三十年不能回去呀！我从1948年春天就离开北京了，一直到七十年代初我还是不能回去，所以那时候我在海外讲课，当讲到"每依北斗望京华"时，我真的是很感动，因为我也不知道哪一天我才能回到故乡去。那时我总是梦见回到我家的四合院，看到每一扇门窗都关着，我怎么也进不去。现在我再也不做这样的梦了，因为我可以经常回去了。我喜欢很多人的诗，像李白、杜甫、李商隐、杜牧、苏轼，等等，这些人的诗我都喜欢，可是我特别要说，当我离开故乡很久的时候，最引起我对于国家和故乡的感动的，还是杜甫的诗。所以我还写过这样两句诗："天涯常感少陵诗，北斗京华有梦思。"当年我在天涯，不能回到故乡，讲杜甫的诗非常令我感动；每次念他的"每依北斗望京华"就会引起我的很多怀念。在中国的诗人里面，杜甫真的是最有国家、民族性的诗人。

"夔府孤城落日斜，每依北斗望京华。"这首诗的头两句就写得很好，两句之间有一种对比：我此时所在的是"夔府孤城落日斜"，我的心灵和感情所在的是"每依北斗望京华"，二者联系得非常密切。

接下来两句："听猿实下三声泪，奉使虚随八月槎。""听猿实下三声泪"写的也是巫峡的景物，因为三峡那里本来有很多猿猴，夜晚常常可以听到猿猴的叫声。中国古代有一本书叫《水经》，讲的是全国各地的河流状况。后来南北朝时期的郦道元给《水经》作了注解，叫作《水经注》，我们以前讲李白的《长干行》时其实已经提到过了。《长干行》写的是长江江边的一个女子怀念她远行的丈夫，其中有这么两句："五月不可触，猿声天上哀。"因为长江中有一块大礁石叫作滟滪堆，五月水涨起来，看不清楚滟滪堆，船在旋转的水流中行驶，一旦触到滟滪堆，满船的人都会粉身碎骨。那个女子说，在这么危险的水路行程中，她不知道她的丈夫究竟在长江的哪一段。只听到猿在高山上悲啼，好像是从天上飘下来似的。这两句诗用了一个典故，《水经注》中说："巴东三峡巫峡长，猿鸣三声泪沾裳。"因为"巴东三峡"的巫峡是最危险的一个江峡，中间有很多礁石。旅客们经过这长长的一段水流，听到两岸悲哀的猿声，想到旅途的种种危险，不知道还能否回到自己的家乡去，所以流下泪来。

这是三峡当年的情景，那时候交通不方便，山上很荒凉，有许多猴子，水路又危险，有滟滪堆那样的礁石，现在就不一样了。我以前经过巫峡时也写过一首诗：

不见江心滟滪堆，不闻天外暮猿哀。

忽然惆怅还成喜，无复风波惧往来。

因为我从小就念了李白和杜甫的诗，对于那里的滟滪堆和猿啼都有一点印象，等到有一天我真的来到了巫峡，既没有看到滟滪堆，也没有听到猿猴叫。为什么呢？船上的人告诉我，因为滟滪堆很危险，妨碍旅客的行程，船行到那里容易出事，所以被炸掉了。原来这里人烟稀少，猴子就多，现在这里被开发了，山上到处都是电线杆子和梯田，哪里还有猴子？当时我第一个感觉就是失望，以怀古的心思来说，我以前在古人的诗里经常看到的东西现在却找不到了，的确有一点令人失望。可是转念一想，这才是进步嘛！过去这里那么危险，而现在可以顺江直下，行船到这里，再也不用担心会被撞得粉身碎骨了。于是，我的惆怅转成了欢喜。

当然，我这首诗没有什么好，我只是写我当时的一点感受。在去三峡之前，我满脑子都是历史上的三峡；到那里一看，历史上的三峡都改变了——虽然没有很深的情意，却有真正的感受。

佛家有一句话："说食不饱。"不管多么好的道理，老师说给你听，你都背下来，考试答了一百分，可这种道理不见得对你发生作用。无论说了多少山珍海味，你吃了吗？没有。你不仅要吃，而且要消化掉，使之成为你的骨髓肌肉，这才算数。读书也是如此，读完以后对你的修身做人都产生作用，这才是读书的目的。还不止说修养，听猴子叫也是。"巴东三峡巫峡长，猿鸣三声泪沾裳"，我只是听人家说，说是经过三峡听到猿猴叫会流下泪来，真的是不是这样我也不知道。而杜甫去证明了，他真正听到了猿啼，他说：我"听猿"—"实下"—"三声泪"。

杜甫的诗之所以好，之所以感动人，还不只是说他诗中的形象好，还有他叙述的口吻也传达出一种感人的力量。"实下"两个字就用得非常好："听猿"是人家说的，"三声泪"也是人家说的，我来到那里没有听见猿啼，所以不知道"听猿"会不会"下三声泪"；而杜甫是真的到了巫峡，真的听到猴子叫，真的流下泪来。

"奉使虚随八月槎"，先看"奉使"。我们知道，杜甫的朋友严武曾在成都做节度使，杜甫曾在严武的手下做工部员外郎的官职。"节度使"之所以叫"使"的缘故，是因为他接受了中央的使命而来到地方，做地方上的军政长官。杜甫在严武的幕府中任职，这算是"奉使"。原则上说起来，地方军政长官由中央派出，任命期满后还要还朝，回到中央去。杜甫说，我也希望有一天能跟着严武回到长安，可是，"奉使"——"虚随八月槎"。这句诗用了典故，中国古典诗歌之所以不容易懂，就是因为它常常有很丰富的历史背景。即以这句诗为例，就包含了好几个典故。什么典故呢？"奉使"的典故出自《汉书》的《西域传》，说是汉武帝曾经命张骞去"探河源"。前几年有一些人要从长江的源头漂流下来，大陆还拍了几套很好的纪录片，有《话说长江》《话说运河》，等等，《话说运河》比《话说长江》拍得更好。这些纪录片结合了中国的历史和地理，从河流的源头说起，兼及河流所经过地区的历史、文化，都做了说明。而所谓的"探河源"，早在汉武帝的时候就开始了。

"八月槎"三个字包含了两个可能的典故：一个典故与"奉使"结合起来，张骞奉汉武帝之使去探河源，他是乘槎——一种飘在水上的木排去的；另外一个典故出自张华的《博物志》，张华做过晋朝的宰相，据说他的学问很渊博，他的《博物志》收录了各地的奇怪传闻。《博物志》上说，汉朝时，海上有人年年八月见到浮槎，它每年的来去都不会错过日期。这个人很好奇，一个空木排会从哪里来呢？于是他带了很多粮食，随木排来到一条河边，看到有人在饮牛，有人在织布，就问，这是到哪里了？那里的人说，我们现在不能告诉你，天机不可泄漏。等你到了人间，去问一个懂占算的名叫严君平的人，他会告诉你的。第二年八月，那人随槎又回到了海边，回来就去找卜者严君平，说是我去过一个地方如何如何。严君平听罢恍然大悟，说怪不得呢，我去年观天象，看到一颗从来没有出现过的客星犯了牵牛星所在的地方。那牵牛的就是牛郎，织布的就是织女呀！

好，现在杜甫把两个典故结合起来，他说："奉使虚随八月槎。"你要知道，凡是诗人用典，一定要使这些典故在其诗歌的感发生命中发生作用才好，杜甫这句诗所用的典故真是结合得妙！"奉使虚随八月槎"，"奉使"和"八月槎"的典故我们都已经说过，他中间用了"虚随"二字，对此我们可以把两个典故结合起来理解：我们知道，杜甫在节度使严武的幕府中工作，凡是做"使"的任命期满后都要回去。严武有朝一日还朝，杜甫不是也可以跟他一起回去了吗？可是杜甫与严武相处得不太好，后来他就辞职不干了。不久以后严武也死去了，两个人都没能回去。所以，"奉使"的结果却是"虚随"，杜甫没有回到长安。此外，如果再结合银河与海上相通的传说来看，从天上的星河到人间的海上那么遥远，浮槎都可以每年定期地来去，我也希望能够跟随着像浮槎那样定期来去的交通工具，回到自己的故乡。你想，乘槎之人去了那么远的银河，到了八月还可以"不失期"地回到自己的故乡，我杜甫没有去银河，只是到了四川，哪一年才能回到长安？可是，我"虚随八月槎"，我回长安的愿望最终还是落空了。所以你看杜甫的用典，他把古典和他现实的生活经历完全结合在一起了。

说到"浮槎"的典故，我想起我写过的一首诗，那是1968年我在哈佛大学时所写的。当时，按照台湾大学与哈佛大学的交换计划，我要回到台大去。我一直想知道大陆的消息，因为那才是我的故乡，我在那里长大，我的亲人、朋友都在那里。可是那时台湾与大陆根本不通消息，而大陆正是"文化大革命"时期，我哪里敢给我的弟弟写信呢？后来我弟弟说，你幸亏没有给我写信，即使这样我还被关起来敲掉了两颗牙齿，如果与海外通信那还得了！在那年的秋天，我要离开哈佛回台湾的时候，写了这首诗：

> 又到人间落叶时，飘飘行色我何之。
> 曰归枉自悲乡远，命驾真当泣路歧。
> 早是神州非故土，更留弱女向天涯。
> 浮生可叹浮家客，却羡浮槎有定期。

我在哈佛一共写了三首七律，这是第一首。"又到人间落叶时"，在"玉露凋伤枫树林"的秋天，我就要远行了。这不错，但我为什么要说"人间"——"落叶时"呢？因为人间是有苦难、有悲欢离合的，人间的叶子是会落的。中国的神话传说认为神仙的世界里有四时不谢之花、八节长青之草，永远不会凋落，可是人间所有的植物都会凋零的。

我说过，我先生曾经被台湾关押过，后来恰好哈佛大学要请我去讲课，他就非常愿意我出去。我先到了哈佛，然后把我的先生和女儿一个个接来，接出来以后他就再也不愿意回台湾了。所以当我在哈佛任教期满后，我要守信用，独自回到台湾去，而我的先生和女儿就都留在美国了。"又到人间落叶时，飘飘行色我何之"，哪里才是我的家？要说我出生的老家，当然是在北京，可是因为"文化大革命"我不能回去了；如果说我的家在台湾，我回到台湾，可我的丈夫、女儿却在美国，那么台湾也不是我的家了。我究竟回到哪里去：台湾？大陆？美国？

"曰归枉自悲乡远，命驾真当泣路歧。""曰归"出自《诗经》："曰归曰归，岁亦莫止。"（《小雅·采薇》）我总说要回故乡，可是北京那么遥远。此时，我真像中国古人杨朱当年那样，走到一个歧路口，不知道怎么走下去，于是流下泪来。

"早是神州非故土，更留弱女向天涯。""神州"就是大陆，那里本来是我的故乡。而且，我只是一个人回去，两个女儿都留在遥远的异国了。所以，我反而羡慕起传说中的浮槎来，因为浮槎虽然漂流在海上，但是它每年的来往总是"不失期"呀："浮生可叹浮家客，却羡浮槎有定期。"

后面两句："画省香炉违伏枕，山楼粉堞隐悲笳。"杜甫留给我们这么好的作品，真对得起我们千百年以下的读者；可是我们对得起对不起他呢？我们看得懂看不懂他的诗？我们中华民族曾经有这么宝贵的精神财富，我们看见了没有？我们能不能理解，能不能接受？"三声泪"的地理背景你知道吗？"八月槎"的神话传说你知道吗？现在他又说"画省香炉"，说的是什么？我们对于自己国家的地理历史知道得太少了！有一个中国学生在我家里住，考试前很用功，晚上开夜车；考完试了，论文也写完了，一天到晚无所事事。我说，你不要浪费时间，为什么不好好看点书呢？你对于中国文化知道得太少了——我向来是喜欢说实话的。

杜甫的《秋兴八首》是很好的诗，但是很难讲，难讲的缘故，一方面他结合了古代的典故，另一方面结合了他个人的经历。比如"画省香炉违伏枕"一句，回忆的就是他在长安做左拾遗的一段生活。怎么会知道写的是这一段经历呢？你看古书上的记载，左拾遗属于左省，而从汉朝以来，凡是中央政府省中办公室的墙壁上都有壁画。画的什么？都是古圣先贤、功臣名相，是古代那些道德品格方面的模范人物，为的是让你办公的时候不断得到一种激励，这就是所谓的"画省"。除了壁画以外，"画省"里还要焚香，你看王维、杜甫他们和贾至的那首《早朝大明宫》的诗，说什么"香烟欲傍衮龙浮""朝罢香烟携满袖"，等等，都提到了焚香之事。如果你去北京的故宫，可以看到两只两只的铜做的仙鹤，那都是香炉，古人无论在朝廷的宫殿还是办公室都可以见到焚香的。所以杜甫说"画省香炉"：我还记得我从前春宿左省值夜的时候，晚上熬夜写明朝的封事，点燃书案上的香。可是现在呢？这个画省的香炉就"违"——违背、离开我了，我早已不在左省任职，于是离开了画省的香炉。

离开了"画省香炉"以后，他现在只剩下什么样的生活？"伏枕"的生活。"伏枕"说的是他现在的衰病，他再也不能回到长安去了。"无才日衰老"（《至德二载，甫自京金光门出，间道归凤翔。乾元初，从左拾遗移华州掾，与亲故别，因出此门，有悲往事》），我一天比一天衰老了，哪一天再回到长安？哪一天再回到省中？哪一天再能值夜，再能写谏草，面对着桌上的香炉？永远不会有了，我现在只剩下"伏枕"的生活。还不是我说"伏枕"代表了疾病，杜甫在这个时期所写的其他诗中有这么两句："伏枕云安县，迁居白帝城。"（《移居夔州作》）我们知道，杜甫当年坐船从重庆顺长江下来的时候，是先达云安县再到白帝城的。他在云安县时大概就已经生病了，然后在病中迁居到白帝城，所以他现在是因卧病而伏枕。杜甫说过："此生那老蜀，不死会归秦。"（《奉送严公十韵入朝》）只要我有一口气在，我一定要回到长安去。可是，他半生挨饿受冻，颠沛流离，身体受到很大的摧残。晚年尽管决心要回去，但常常为"伏枕"所"违"。他说："老病舟中惟伏枕。"什么病呢？他的一首诗中说"右臂偏枯半耳聋"（《清明二首》之二），在另一首诗中说"衰年病肺惟高枕"（《返照》），这都是杜甫老年时所写的诗：他右边的手臂已经不大能动了，有一个耳朵也聋了；年纪大了，肺病气喘病常常发作，发作时不能平躺，那样喘得会更厉害，所以一定要把枕头垫得很高才行。杜甫说，我再也回不了长安了，因为我已经衰老了。

由此可见，我们讲小诗人可以不讲他的生平，因为他就是在外表的文字上雕琢，而大诗人的作品是用他自己一生的生命和生活写成的，如果不知道他的生平，你就没有深刻的体验。杜甫现在衰老多病，"伏枕"舟中，但"孤舟一系"的还是一片"故园心"，而他现在听见了什么？"山楼粉堞隐悲笳。""山楼"是指山上的城楼；"堞"也叫女墙，指城墙上高起来的墙垛，因为用白粉涂过，所以叫"粉堞"。杜甫说，我面前不是"画省"，也没有"香炉"，我只看到白帝城城楼的女墙，听到城头的戍卒吹笳的声音。

上次下课时有同学问我，说是第一首的"塞上风云接地阴"一句，明明是在巫山巫峡之间，为什么要说"塞上"呢？我以前说过，在唐代宗广德年间（763—764），也就是杜甫写这首诗之前不久，吐蕃曾经侵犯内地，攻陷了长安，所以长安继安禄山叛乱之后，经历了第二次沦陷。吐蕃就是我们现在的西藏，西藏离四川很近，因此四川也在戒备之中，城楼上都有戍卒。"塞"就是城关，城关上有戍卒把守，也可以叫"塞上"。一般在军中，早晨起床、中午吃饭、晚上休息都要吹喇叭吹军号，古代就要吹筲，筲的声音悲凉，所以是"悲筲"。杜甫说"山楼粉堞隐悲筲"，对于"隐"字，前人的注解中有两种可能的解释：一是说隐而不见，因为太遥远了，看不见吹筲的人，只是隐隐地传来吹筲的声音；此外，我们常常说"恻隐"之心，"隐"字还有悲痛、使人感动的意思。杜甫此时滞留在长江三峡，而国家依旧在战乱的威胁之中，傍晚时听到城楼上吹起悲筲，于是心中升起一种隐然的悲痛。

我们说《秋兴八首》有它的次序结构：从"暮砧"到"落日"，这是从第一首到第二首的结构；而第二首也有第二首的次序，从开头的"夔府孤城落日斜，每依北斗望京华"，他是从北斗星的出现写起，是日落星出的时分。结尾的两句说"请看石上藤萝月，已映洲前芦荻花"，是什么时候？已经是月斜了。他从日落写到星出写到月亮升起来，再写到月亮斜下去，整个一夜他都在对长安的怀念之中。怎么知道已到了月斜的时候？他说，就在我怀念"画省香炉"的时候，就在我悲慨到"奉使虚随八月槎"的时候，就在我的低回感慨之间，猛然间抬头一看，"请看石上藤萝月"。你看，山石上爬满了藤萝。当初，月亮刚刚升起来时，月光是照在藤萝上的；而现在呢？"已映洲前芦荻花"，已经从山石上的藤萝转移，照到河洲前面的芦荻花上面去了。所以，这是写他的长夜无眠，整夜都在怀念长安。

一夜就这样过去了，于是到了新的一天的早晨。我们看第三首：

千家山郭静朝晖，日日江楼坐翠微。
信宿渔人还泛泛，清秋燕子故飞飞。
匡衡抗疏功名薄，刘向传经心事违。
同学少年多不贱，五陵衣马自轻肥。

"千家山郭静朝晖，日日江楼坐翠微。"你看他对长安的怀念真是朝朝暮暮、不分日夜，无论何时何地，都是不能忘怀的。第二天天亮了，他就看到了千家山郭。夔州是山城，我没有登上过白帝城，因为那次我们从重庆坐船一直走下来，到白帝城时船没有停。我们中间停的一个地方是万县①，万县也是山城。那里都是高山，城市都是依山而建，错落在山间。你向下一看，高低上下，有千百户人家。杜甫说"千家山郭"，城分内外，内城为城，外城为郭，我们统称之为"城郭"。"千家山郭静朝晖"，有千户人家的这样一座山城，在曙光刚刚透出来、人们还没有起来的时候，显得如此宁静。他写得很好，如果你真的看见过山城早晨的景色，就更能体会到这句的妙处了。

晚上，他"每依北斗望京华"，白天他干什么呢？"日日江楼坐

———————————

① 万县：今重庆市万州区。——编者

翠微。""翠微"就是山中的溟蒙的烟岚，我不是说我写过一首诗，有一句是"空蒙青翠有还无"吗？你看那朦胧的远山，笼罩着很薄的一层青蓝色的烟霭，那就是翠微。你如果早晨或傍晚到美国的大峡谷，就会远远地看到这样的烟霭，外国人在旁边，告诉我说，那是 blue mist，我想这就是我们中国所说的"翠微"了。杜甫说，我"日日江楼"——"坐"——"翠微"，他本来应该坐在"江楼"之上，怎么能够"坐翠微"呢？江楼在什么地方？就在山中那一片烟雾之间。他用了一个动词"坐"把句法浓缩了。还有"画省香炉违伏枕"那句也是，"画省""香炉"都是名词，"违"是动词：是我离开了"画省香炉"，现在过着"伏枕"的舟中生活；但他不说我"伏枕"而"违"——"画省香炉"，而说"画省香炉"——"违"——"伏枕"，也是用了一个动词把句法浓缩了。杜甫的七言律诗之所以发展得很好，一个很重要的方面就是因为常常用动词把句法浓缩，使之结合了很多的意思，这是杜甫七言律诗的一个特色。

他"日日江楼坐翠微"，每天在江楼上都看到了什么？"信宿渔人还泛泛，清秋燕子故飞飞。"再宿为"信"，"信宿"就是再宿、连夜，不止宿了一晚上。因为有些渔家就是生活在水上的，昨天他们就在水上漂，今天他们还在水上漂。这样写有什么好处呢？你读中国古书，要了解中国文化的精华，你要培养这种能力。我们要知道，杜甫在江楼上坐也不是坐了一天，依北斗而望京华也不是望了一夜，他每天每夜都看到江上的打渔船还在水上漂来漂去。

我们说《秋兴八首》的结构、章法还有形象都很好，他整个这几首诗的形象之间有一种呼应和贯穿，所以杜甫是很了不起的诗人。因为他在江水之上，所以很多地方用了水和渔夫的形象。这句只是说了别的渔人，后面有一首他还把自己比作了"渔翁"，所以他的形象是连贯的。如果说，杜甫写诗前先要构建一个繁复详细的结构，然后再想：我要前后贯穿，这里写了水，那里也要写水；这里写了渔人，那里还要写渔人，杜甫不会这么笨，这么一个个死板地去想的。中国古典诗歌之所以难讲，就是因为真正好的诗人似乎有一种本能，有一种很敏锐的感受和掌握的能力。他说得不对的时候，本能的感觉就会告诉他这是不对的，他自己都会觉得不舒服。甚至他也说不出道理来，他不能告诉你，不能像我这么笨地讲书。尽管不能说出来，但是他感觉到了。杜甫写诗有时候也要改动，他说"新诗改罢自长吟"（《解闷十二首》其七），我的诗改完了还不说，你要拖长了声音念一念。所以我几次说，中国古典诗歌特别是律诗和绝句，其感发生命是和声音结合起来的，他的声音、形象是与他的感发生命结合在一起的。杜甫说"信宿渔人还泛泛"，人家本地的渔人根本不想回长安，根本不必往前走，所以每日在这里飘来飘去；可是我想回长安，船却走不动了。杜甫常常是一方面写实，一方面象征。这句表面上写的是眼前的景物，可是他中间实在还有一种象喻的意思。怎样表达出来的？"还"——"泛泛"。"还"是说一直没有改，还是在那里。还在那里怎么样？"泛泛"，还是在漂泊，而"还泛泛"三个字就不只是写到我所看到的渔人还在"泛泛"，而是我看到渔人总是在水中漂泊，我就想到我杜甫也是在这江上漂泊的。所以，这"还泛泛"既是写渔人，也是象喻他自己。

除了渔人之外，他还看到了什么？"清秋燕子故飞飞。"因为燕子是候鸟，每年春秋的时候它们都要南北地往来，所以杜甫看到很多燕子，而且四川的江水上真的有好多飞来飞去的燕子。我和四川大学的缪钺教授合写过一本论词的书，因此那几年每年暑假我都要到成都去。有时住在川大的招待所里，而川大就在锦江江边，一出学校大门就是锦江，再走一段路就是望江亭公园。记得我每次沿着江边散步的时候，看到江面上都是燕子，飞得很低，不是说燕子可以掠地而飞吗？所以这是实景。可是你要注意到，杜甫说："清秋燕子"—"故"—"飞飞"。诗的好坏，既要看形象，也要看口吻，这个"故"字说得好："清秋"是说秋天已到，那些燕子要走了；要走之前它们还故意在这里飞飞。燕子为什么要故意在这里"飞飞"？苏东坡说的："转朱阁，低绮户，照无眠。不应有恨，何事长向别时圆？"（《水调歌头》"明月几时有"）苏东坡问那个月亮，你为什么要在我们人离别的时候是圆的呢？你为什么要故意圆给我们看？月亮当然不知道，因为月亮没有这个意思。杜甫也是，他看到燕子可以自由地南来北往，就想到了自己的不自由：为何这么多燕子故意在我眼前飞给我看？所以，尽管"信宿渔人还泛泛，清秋燕子故飞飞"都写的是眼前的景物，但是，在"还"与"故"的口吻中已经透露出杜甫自己的漂泊感，已经表现出他欲回长安而不能回的悲哀了。

所以，接下来两句就写他自己了："匡衡抗疏功名薄，刘向传经心事违。"我们以前讲李清照的词，说是"闻天语，殷勤问我归何处"，李清照那时候也老了，她说："我报路长嗟日暮，学诗谩有惊人句。"（《渔家傲》"天接云涛连晓雾"）你这一生完成了什么？我说过，如果你有一种宗教信仰那是很好的。基督教告诉你永生，佛教告诉你还有来生，道教说你通过修炼可以长生：有了宗教信仰，你的生命就不会落空了，因为你有一个盼望在那里。中国的儒家是一种哲学思想而不是宗教，没有永生、来生和长生，可是儒家讲"三不朽"——立德、立功和立言。至于寻常人，既没有宗教信仰，也没有得到儒家所说的"不朽"，一般到衰老的时候都会想：我这一生到底完成了什么？杜甫属于儒家，他不敢说"立德"这一条，因为"立德"的是圣人哪！他说，如果以"立功"来说，我曾经希望能够做到像匡衡那样。匡衡怎么样？"匡衡抗疏。""疏"就是给皇帝的奏疏，告诉他这里不对那里不对。上疏就上疏，怎么还"抗"？"抗"者指在压力之下也不屈服，所以不是平常的上疏，而是勇敢大胆地上疏。当年匡衡"抗疏"，朝廷接受了他的奏疏，所以匡衡成功了。杜甫说，我当年何尝不是这样做？我不是还写过"明朝有封事，数问夜如何"（《春宿左省》）吗？可是我成功了没有？没有，我什么都没有完成啊！朝廷没有听过我一句话。"匡衡抗疏功名薄"，所谓"薄"，就是少的意思——他也像当年的匡衡那样上疏，可是什么成果也没有。

如果在事业方面没有成功，在学术方面也可以有所建树呀；立功落空了，立言不是同样可以不朽吗？可是，"刘向传经心事违"。刘向是汉朝研究经学很有名的一位学者，而且说到刘向，你要注意到是"传经"。中国有很多有理想、有品格的学者，如果做官失意了就去讲学。你看明朝末年中国亡给外族的清朝，像王夫之这些人干什么？讲学啊，把他的思想、精神、理想传给下一代，把他不能完成的理想交给下一代人去完成。所以中国古人很重视师生关系，很多人认为：我血肉的身体得自父母的遗传，我精神的世界受到了老师的影响。正因为对师生关系的格外重视，除了父母妻子的几"族"外，师生也算作一"族"，如果犯了罪，你的老师、你的学生、你的同门有时要一齐追究。杜甫说，我"致君尧舜上""窃比稷与契"的理想传给谁了？谁继承我的理想了？这是我平生的心事。然而"心事违"，都违背了，我一天到晚带着家人在各地漂泊，连饭都吃不饱，我立言的愿望同样没有完成。

这两句杜甫是在反省，我们说杜甫之"秋兴"的"兴"有时候感慨的是朝廷，有时候感慨的是自己。这两句当然是感慨自己了：我不敢说圣人的立德，我是立功、立言都没有完成，"匡衡抗疏"是"功名薄"，"刘向传经"是"心事违"，我全部落空了。

我是如此的，可是年轻时跟我一起读书的那些人怎么样呢？"同学少年多不贱，五陵衣马自轻肥。"一个人如果真要追求功名利禄的话，那么像杜甫这样的年龄早就功成名就了。有办法的人总会往上爬，当年的"同学少年"现在好多已成为达官贵人，在长安做起了高官。他们完成了什么？"五陵衣马自轻肥。""五陵"是长安附近的地名，是贵族所居的地方。"轻肥"是形容"衣马"的，"轻肥"和"衣马"出自《论语》的"乘肥马，衣轻裘"（《雍也》），就是说穿着最轻软的皮袄，驾着肥马拉的车子。杜甫说，当年和我一起读书的那些同学，很多人住在长安的五陵，过着锦衣肥马的生活。

在这句诗中，"自轻肥"的"自"是用得非常巧妙的一个字。

我也屡次说到诗的好坏常常在于表现的口吻，"自"是什么口吻？它有几种可能？一是说彼自轻肥，你们这些达官贵人，所求只是一己之轻肥，没有一个真正关心国家和朝廷的人。尽管有你们的轻裘肥马，但与我无关。任凭你们如何"轻肥"，我还看不上呢！第二个可能的暗示是说那些人只管自己的轻肥，不但不顾念国家，也不顾念故人，所以，"自"里面有嘲讽的意思，也有羡慕的意思，有一种很微妙的语气。所以杜甫的诗不但整个的章法结构好，就是每一句的章法结构、每个字的细微作用都有非常丰富复杂的暗示，这都是杜甫艺术成就很高的地方。

以上我们重点讲了一下字的结构，下面还要回来讲他这八首诗的整体结构。我说过，这八首诗是从夔州怀念长安的。第一首诗夔州秋景写得多，只有"丛菊两开他日泪，孤舟一系故园心"才写的是长安；可是第二首从第二句的"每依北斗望京华"就写长安了；而第三首就不只是怀念长安，而且想到了自己的一事无成，是对于个人平生的回忆和反省。但是杜甫向来不是一个只想到自己的人，所以很快从他对个人平生的反省过渡到五陵的同学少年，中间做了一个对比。你看他这几首诗的进行，从第一首结尾的"暮砧"到第二首开始的"落日"，再到第三首开始的"朝晖"，这是时间在进行。好，现在这第三首的结尾写到哪里去了？写到"五陵衣马自轻肥"。"五陵"在哪里？在长安，他已经不但说到了长安，而且说到了长安的政治人物，于是第四首接下来马上就是长安，而这个时候他的重点就转移了。"玉露凋伤枫树林"是从夔州眼前的景物写起的，"夔府孤城落日斜"也是从夔州眼前的景物写起的。本来，夔州秋日是重点，因为他开始是从夔州写起的，所以他前两首写夔州秋景写得多，写长安写得少；到了第三首是一半一半；到了我们将要讲的第四首，从开头就是写长安。你看他的感发生命：他从夔州的景物怀想到长安，然后对长安的感情逐渐加强；从"每依北斗望京华"的一个非常笼统的京华过渡到突出了京华的政治人物。一旦将目光对准长安，这种怀念便一发而不可收拾，于是从他的内心中涌出来，越来越多——他完全从长安写起了。

> 闻道长安似弈棋，百年世事不胜悲。
> 王侯第宅皆新主，文武衣冠异昔时。
> 直北关山金鼓振，征西车马羽书迟。
> 鱼龙寂寞秋江冷，故国平居有所思。

　　第三首还写到他个人的身世，现在已经完全转到了国家的形势、长安的政治了："闻道长安似弈棋，百年世事不胜悲。"他说，我现在远在四川，我听说我们的首都就像什么一样？就像下棋一样。下棋怎么样？这一盘你赢了，下一盘我赢了，你可以胜负输赢地变来变去。一个人输一盘没有关系，一个国家的首都怎么能够像一局棋呢？我说过，杜甫经过了长安的两次沦陷：一次沦陷于安禄山的叛乱，另一次沦陷于外族吐蕃的入侵。一个国家的首都，今天被这一方占领了，明天被那一方占领了，一天变一个主人，这怎么可以呢？现在很多西方学者讲这首诗、翻译这首诗，都认为这句说的是长安城里的建筑，因为东西南北的街道都是直的，就像棋盘一样。当然，杜甫可能有这种街道像棋盘的暗示，但是更主要的不是说长安像棋盘一样的街道，而是说长安屡屡沦陷正如下棋一般。所以接下来才有"百年世事不胜悲"的感慨。"百年"在这里也有两种可能：一是说国家的百年，唐王朝近百年来的历史；一是说人生的不过百年，我这一辈子所经过的"世事"真有令人"不胜悲"者，"不胜"就是说我不能够忍受这么深重的悲哀。

因为我亲身经历过北平的沦陷，所以很早以前念杜甫的《秋兴八首》就有一种非常亲切的感觉。说到近百年来的历史，也是几历起伏、几经翻覆，而且是不断受到外族侵略的一段历史。如果说百年是一生，我看过老舍的《茶馆》，他以一个茶馆为背景——茶馆常常是三教九流聚会的地方，可以反映社会上方方面面的情况。老舍以茶馆为人物活动的舞台，展示了从清朝末年到中华人民共和国成立前夕的一段历史，涉及晚清的贪污腐败、后来的军阀混战、日本的入侵与北平的沦陷等"世事"。老舍是把希望寄托在解放区革命之上的。在剧本的结尾处，三个老人同时走向死亡，而最后的希望寄托在下一代——茶馆主人的儿子身上，他已离开沦陷的北平前往解放区参加抗战了。中国经过这么多苦难以后，一定要使每个国民都觉悟了，真正有决心与那些不合理的社会现实相抗争，才真是有希望可言。所以看完老舍的《茶馆》后我写了这样一首诗：

> 欲遣平阳赋大招，冤魂不返恨难销。
>
> 纸钱台上飞扬处，如见空中血泪飘。（《观剧》）

"巫阳"见于《楚辞》，《楚辞》上说"巫阳"是一个巫者，可以交通鬼神，把死人的魂魄招回来；"大招"就是招魂。我说，如果真有一个巫者可以招魂的话，我们要把老舍的魂魄招回来。现在虽然给他平反了，可是"冤魂不返"，死者难以复生，老舍的死是无可挽回的一件事情。而且你从老舍的全部作品来看，你看他当年所写的《骆驼祥子》，写了一个真肯努力去工作的年轻人怎样被不合理的旧社会毁掉了一生；你再看他写的《四世同堂》，写抗战中沦陷在北平的那些人，他们有些人坚持与敌人抗争到底，有些人甘心做了汉奸……你如果了解老舍的生平，就知道他在抗战时期曾经在后方，脚踏实地地做过很多抗敌的工作，在精神品格方面有令人尊敬的地方。

刚才不是说《茶馆》的最后一幕是三个老人同时走向死亡吗？他们说，我们现在什么希望都没有了，我们自己来哀悼我们这一生吧！按照中国旧社会的传统，人死了之后，送葬的人要向空中撒纸钱，所以《茶馆》落幕之前是三个老人在台上一边走一边将纸钱撒向空中。我说，看着台上飞扬的一张张白色的纸钱，如同看到老舍飘飞的血泪。

老舍还写过一篇很好的小说《我这一辈子》，写的是军阀混战时期一个普通老百姓一生的悲剧。如果你真正经历了老舍所经历的生活，真正看到清朝的腐败、军阀的混战，看到种种不合理的社会现象，你就知道中国的这种积弊不是一朝一夕、一年两年的事情，所以杜甫也说："百年世事不胜悲。"在这句中，所谓"百年"一是说国家这么多年所发生的事情使我悲哀感慨，一是说我这一辈子所看到的事情使我悲哀感慨。回想自己的国家这一百年所经过的事情，我感到非常悲哀。怎么样悲哀？

"王侯第宅皆新主，文武衣冠异昔时。"首都经过沦陷，沦陷以后当然就要胜利光复。光复本来是一件好事，国家收复首都还不是好事情？可是你要知道，胜利光复以后，那些做官的人不是想改善政治，而是争夺利禄，绝对是如此的。这我也亲身经历过，当年日本占领北平，我们都盼望早日光复。等到国民党的军队打回来，北平光复，那时我正在教书，于是带着学生们到马路上欢迎自己国家的军队，多少人痛哭流涕！但是迎来以后怎么样？当时流传的一句话是"五子登科"，那些接收大员回来不是说要怎么样改善沦陷区老百姓的生活，而是要车子、房子、金子、女子这些东西！正是因为接收得不好，才会发生另外的战乱。

唐朝也是这样，唐朝后来怎么会走向败亡呢？不是说长安陷落一次就完了，陷落了，然后光复了，然后再陷落再光复，可是越来越糟糕，因为当权者在每一次战争中不是想到国家的利益，所以有人发沦陷财，有人发抗战财。就是说不管国家是什么情形，只要有财可发，他就发财。打仗他也发财，接收他也发财。所以杜甫才说"王侯第宅皆新主"，新的达官贵人上来一批，旧的达官贵人倒下去了，新的达官贵人又上来了……那些人回来以后被封王封侯，首都的房子他看哪个好就占哪个，"王侯第宅"都换了新的主人。

"文武衣冠异昔时"，满朝的文武百官那些穿朝衣、戴朝冠的人和从前都不一样了。这两句的感慨其实很深，如果你读唐朝的历史就会知道，唐朝自肃宗以后是宦官监军，就是说大将在外边打仗，皇帝对他们不放心。而宦官与皇帝最接近，所以就派宦官到前线去监军，那些大将反而要受到宦官的节制。宦官根本不懂军事，既没有文韬又没有武略，在当时却是高官厚禄。所以杜甫说，"文武衣冠"完全不一样了。这是一批什么样的人在台上呢？

大家只顾了发财，于是国家的战乱就又起来了："直北关山金鼓振，征西车马羽书迟。""直北"就是正北方，因为北方有回纥的侵扰，所以"关山"上一片"金鼓"的声音。我们讲高适的《燕歌行》，说"摐金伐鼓下榆关"，"金鼓"就是打仗时敲的鼓。北方的战乱还没有平定，西部的战乱就又起来了，"征西车马羽书迟"，北方是回纥，西方是吐蕃，国家在两面的夹攻之中。"羽书"是战争中插上羽毛的告急书，还是高适那首《燕歌行》，说是"校尉羽书飞瀚海，单于猎火照狼山"。既然是告急的书信，就应该非常快才是，怎么会"迟"呢？所以这句有两个版本的不同。有人认为，这个"迟"字不对，应该是"驰"，送紧急的书信当然要跑得很快。一天到晚是战争的消息，于是到处都是紧紧张张骑着快马传递战书的人。可是也有一个版本是"羽书迟"。为什么有这么一个版本呢？我刚才不是说代宗广德年间（763—764）吐蕃曾经攻陷了长安吗？在吐蕃还没有攻入长安之前，皇帝得知消息后，赶紧传下羽书，叫各路节度使派兵来救援，结果没有一个人出兵，所以长安才沦陷的。因为每个人都想保全自己的地方势力，大家只顾自己的利益，也就不管朝廷的安危了。因此也有人认为，杜甫故意用"迟"字来表示一种讽刺的意味，讽刺那些地方势力迟迟不来救急。

"直北关山金鼓振，征西车马羽书迟。"这就是我所关心的国家，这就是我所关心的朝廷！眼看着有这么多战乱，有这么多危机，可是我杜甫，一个衰老多病的人，我在哪里？"鱼龙寂寞秋江冷，故国平居有所思。"有人赞美杜甫的诗无一字无来历，他的感发常常是与他的学问、他作诗的功力结合在一起的。有人只讲究作诗要有学问、有功力，一点真感情都没有，都是造出来的。尽管他学问好、功夫好，可能造得很好，但都是假的也不成。有人说，我都是真的。可是你一句好诗都写不出来，你没有功夫是不是？杜甫有真正的感情，又有能够表现的学识和功力。就以这句为例："鱼龙寂寞秋江冷。""鱼龙"是有出处的。中国的古书上说，鱼龙以秋日为夜，就是说鱼龙等水族都是在春天活动，秋天是他们的夜晚，它们在秋冬时候要蛰伏在水底休息，不再活动了。而且中国还有一个传说，说是鱼可以化为龙，尤其是金色的鲤鱼如果跳过了龙门就可以变成龙了。这当然只是传说而已，不可以当真。但是想一想，假如鱼可以变成龙，那该是多么成功、多么飞扬！杜甫若有一个从鱼变龙的机会该有多好？可是现在，他滞留江上，衰老多病，一事无成。"鱼龙"应该是有作为、可以施展一番的。但赶上这样一个时代、一个季节，它完全不能有所作为，只能躲在寒冷的江水中。所以，这句不仅写的是眼前的景物，也是杜甫自己的一个象征。杜甫说，我就像困在水里没有作为的一条鱼。我沦落在寒冷的秋江上，此时不用说人是寂寞的，连水里边的鱼龙都是寂寞的。你看他不但有真感情，选字选得也非常好，他把感情与功力恰到好处地结合起来了。

"鱼龙寂寞秋江冷"，仅此一句就又回来了。回到哪里？回到了夔州——那是长江的秋天。这首诗的前六句写的都是杜甫对于国家的关心和怀念，而"我"在哪里？"鱼龙寂寞秋江冷"，我在这么寒冷寂寞，连鱼龙都要潜藏起来的地方，可是我怎么也不能忘怀我的故国："故国平居有所思。""故国"指的是长安；"平居"是说昔日在长安居住的一段生活，我的少年、壮年时代都在长安居住过，我在那里生活过很久。现在，有很多情景都让我怀想起来了。

到此为止，我们已经讲完《秋兴八首》的前四首。我们看他的感发的进行：他从夔州的秋景写到怀念长安的感情，后者的分量一首比一首加重，到了第四首，除了"鱼龙寂寞秋江冷"一句以外，已经整首都是写长安了。从第三首结尾的"五陵"到第四首的长安，再到第四首结尾，想到"故国平居"的生活——我当年在长安居住的时候，是一种什么样的情况？于是第四首的"故国平居"引起了他以下的怀念，怀念长安的很多地方。所以我们应该在"故国平居有所思"的后面加一个冒号，以下的五、六、七、八分写他对长安某些地方的怀念。他都怀念了哪些地方呢？第一个是蓬莱宫；第二个是曲江江头；第三个是昆明池；最后一首是接连几个地方：昆吾、御宿、紫阁、渼陂。下面我们依次来看，先看第五首：

蓬莱宫阙对南山，承露金茎霄汉间。
西望瑶池降王母，东来紫气满函关。
云移雉尾开宫扇，日绕龙鳞识圣颜。
一卧沧江惊岁晚，几回青琐点朝班。

我们说杜甫的感性和理性结合得很好，你怎么排列这个顺序？你"故国平居有所思"，为什么首先怀念蓬莱宫？第一个原因，蓬莱宫是天子的所在，当然你第一个要说天子呀！第二个原因，也是更重要的原因，这里是杜甫献赋的所在，那是他最得意的一段生活。他有一首诗说："忆献三赋蓬莱宫，自怪一日声辉赫。"（《莫相疑行》）他说，回忆当年，我因献赋而得到天子的召见。真没想到，仅仅一日之间，我的声名就传遍了长安城。所以，无论是从情感的进行，还是从理性的安排上，他首先写蓬莱宫都是对的。就理性的安排来说，皇帝自然要排在第一个；就情感的进行而言，他杜甫第一怀念的就是自己当年的盛事，那时候他真是想，如果皇帝任用他，他不是就可以"致君尧舜上"了吗？这本来是他最高理想的所在。

　　"蓬莱宫阙对南山，承露金茎霄汉间。"杜甫的诗不但理性安排得好，感情深厚博大，而且他的声调和口吻也非常好！他想让他的诗高起来，他的诗一下子就高起来了。你如果看长安在历史上的地图就会发现，蓬莱宫果然对着终南山。终南山是高的，相对的蓬莱宫也是高的了——宫殿本来就不是一层，而是几层盖起来的。所以，高高的山对着高高的宫殿，二者相得益彰，他一起就起得开阔高远、气象万千。

　　"承露金茎霄汉间。"我们说杜甫在写实中常常隐藏着喻托，他在赞颂盛世中往往就已经暗含了一种讽刺的意味了。我们看这句用了一个典故。汉武帝信神仙，求长生，要吃一些不死的药。于是命手下做了一个铜人，铜人的双手举起来，托着一个铜盘，叫做"承露盘"。他叫人每天早上取下铜盘上的露水，合着一种药来吃，说是可以长生不老。当然这并不可信，汉武帝最后还是死了。这里你就要注意了，汉武帝求长生，唐玄宗晚年也和汉武帝一样迷信神仙，追求长生不老啊，所以唐朝的诗人写到唐玄宗时常用汉武帝来做比喻。"承露金茎霄汉间"，如果从字面上看，"承露金茎"就是承露盘下面的铜柱子———一根很高的柱子，上面有一个铜人，铜人托着铜盘，立在九霄云汉之间。表面上这当然是歌颂，赞美宫阙的壮丽雄伟，真是帝王所居；然而就在这种歌颂赞美之中，就在这种高华开阔的气象之中，他隐含了一种讽刺，讽刺玄宗的求仙。不过，杜甫批评朝廷和皇帝时，不是用那种很刻薄，或者很明显的污辱的话，而是写得非常含蓄，外表上不显露出来。

下面两句还是将赞美和讽刺结合在一起来写的："西望瑶池降王母，东来紫气满函关。"前一句写长安的地理形势，长安在中国的西北，据说中国西北的昆仑山上有瑶池，是西王母所居的地方。她与汉武帝见过面，还请汉武帝吃了她的蟠桃。所以杜甫说，远望西北，是昆仑山和瑶池的所在，那里有使西王母都能降临的形势。这句除了继续写长安的形胜之外，当然还可能有讽刺玄宗求仙的意味；不过其讽刺还不止于此，我说过，杜甫的诗凡说到瑶池或说到王母，往往暗指了一个女子。这句暗指的是什么？是玄宗的专宠贵妃——杨贵妃是做过女道士的。所以这个"王母"就不只是指的神仙，而是女子，是爱情，是对于爱情的耽溺了。

"东来紫气满函关"，这里用了另外一个典故。相传当年老子曾经要过函谷关，守关的关令尹善于天文，会观星象。有一天他登楼四望，远远地看到东方有一片紫色的云气，他很高兴，说一定有圣人要从那边来了。后来老子就骑牛过来了。我们说"紫气东来"代表了吉祥，代表了国家的兴盛。所以，看到紫红色的烟霞从东方升起，这里有歌颂当年国家兴盛的意思。可是同时，这句也暗含了讽刺。玄宗不也曾迷信道士不理朝政吗？他曾邀请了很多道士到他的宫里去。老子说得好："祸兮福之所倚，福兮祸之所伏。"（《老子》第五十八章）你看到了灾祸，灾祸之中幸福可能跟它一起发生了。你表面上看到的是灾难，但灾难或许对你是有好处的。相反，你表面上看起来是幸福的，可是幸福之中，灾难就隐藏在里边了。而且孟子说："生于忧患，而死于安乐。"（《孟子·告子下》）有很多人误会，说人是从忧患中生的，他死时就是安乐的。其实不是，孟子的意思是说，忧患可以使人生，安乐可以使人死。所以正是因为玄宗开元时的政治太好了，于是他得意得忘乎所以，后来就只追求享乐了，因此埋下了天宝之乱的种子。祸福相倚，中国哲学一直是这样讲的，这是很有道理的一件事情。"东来紫气满函关"，其中有讽刺，也有兴亡的道理。

接下来就落到杜甫自己了："云移雉尾开宫扇，日绕龙鳞识圣颜。"杜甫当年被皇帝召见，那皇帝是怎么出来的？皇帝不像我们老师，在讲台上这样走来走去，无论干什么你们都可以清清楚楚地看到，那不就显得太平凡了吗？皇帝不可以这样，他们故意要弄得很神圣。上朝时，有侍卫拿着羽毛做成的很大的宫扇遮住皇帝，皇帝要从那扇子背后走出来。此时群臣已在底下等候，因为不能让皇帝坐在那里等大家来，这不礼貌。等皇帝坐好了，扇子往后一撇，皇帝已经很威严地坐在那里了。这是古代的礼法，所以杜甫说："云移雉尾开宫扇，日绕龙鳞识圣颜。"五彩的野鸡羽毛做成的扇子一打开，就像天上的彩云在移动。早晨的太阳升起来，照在皇帝的龙袍上，袍上的龙鳞在闪耀。我——杜甫——一个布衣野老，今天第一次见到了当朝天子的颜面！

这首诗的前六句表面上都是歌颂赞美长安的盛事，他写得多么华丽庄严，但其中有更深一层的讽刺意味。然后回到现在："一卧沧江惊岁晚，几回青琐点朝班。"没想到我现在卧床不起了，他不是说自己"老病舟中惟伏枕"吗？卧病在哪里？不是在长安，而是在长江苍茫的江水上，离长安那么遥远。"沧江"当然指的是夔州的长江，"岁晚"是指现在的秋天，一年的秋暮。我常常说，凡是诗人，说到"岁晚"的时候往往想到的是生命的迟暮。所以，"一卧沧江惊岁晚"，杜甫说，多少年过去了，那时我还强壮年轻。想到我此时卧病在那么遥远的剑阁之外的夔州，已经这样衰老，真是惊心动魄！我哪一天才能回去？像我们这些年岁大的人，有时也有类似的感触：回去一看，当年老的现在更老了，或者已经不在了；当年年轻的也都变老了，真是令人惊心。

"几回青琐点朝班"，"几回"意思是几时回——我几时才能回去？回到什么地方？"青琐"就是青琐门，我们讲王维的《洛阳女儿行》时说："春窗曙灭九微火，九微片片飞花琐。"有人把"飞花琐"的"琐"讲成琐窗，其实是琐细、细碎的意思。可是在这里，"琐"不但是琐窗，还有琐门的意思。中国古代的门窗上常常雕刻着各种连琐的花纹。你看很多宫殿的门，四周涂上红色，中间的花纹涂上青绿色，这就是所谓的"青琐"。杜甫说，我几时才能回到那青琐门——朝廷的宫殿上，在应卯签名时点上我一个呢？

这是他第一个怀念的地方，当年献三赋的蓬莱宫。

第二个怀念的地方是曲江，我们看第六首：

> 瞿唐峡口曲江头，万里风烟接素秋。
> 花萼夹城通御气，芙蓉小苑入边愁。
> 珠帘绣柱围黄鹄，锦缆牙樯起白鸥。
> 回首可怜歌舞地，秦中自古帝王州。

"瞿唐峡口曲江头，万里风烟接素秋。"杜甫真的是会写：我此时所在的地方是瞿塘峡口，我所怀念的地方是曲江江头。从"瞿唐峡口"到"曲江头"有万里之遥。第二句有版本的不同，有的版本是"万里烽烟接素秋"，这个"烽烟"指的是战乱。我现在要从"瞿唐峡口"到"曲江头"去，万里的路途中有多少烽烟、多少战乱？这是他杜甫所以不能回去的缘故。按照当时的情形，很多人认为这个"烽烟"更好，可是我以为如果结合下面的"接素秋"三个字来看，实在是这个"风烟"更好一些。"素秋"就是寒冷的秋天，"素"是洁白的，就是说万紫千红都零落了，没有了，所以是"素秋"。秋天只有什么？只有秋风和烟雾。是一片寒冷的秋风，一片溟蒙的烟霭，是"万里"的"风烟"。虽然隔着"万里风烟"，我的心却在"曲江江头"，二者怎么样接连起来的？就在这"万里风烟"中接连起来的，每一片云、每一丝风——天上的云影、地上的风丝，那都是我的思念。

我怀念曲江头的什么？"花萼夹城通御气，芙蓉小苑入边愁。"杜甫写每一个地方都与他的感发有关系，所以修辞不只是从文字上去讲，说我要找个漂亮字，查查《辞海》吧，不是这样的。如果想每一个字都用得恰到好处，就必须与你自己的感动结合在一起才行。比如这首诗，从第一句的"瞿唐峡口曲江头，万里风烟接素秋"，是由此到彼的一种连贯，是"万里风烟"把"瞿唐峡口"和"曲江头"连在一起了，是由此到彼的感动形成一种连接的力量，一直贯穿下来；到了"花萼夹城通御气"这句也是如此，"通"字、"入"字都是由此到彼的意思。第一个由此到彼的"万里风烟接素秋"是杜甫的怀念——我隔着万里之遥，在素秋的风烟中怀念万里之外的长安。这是杜甫自己。那么"花萼夹城通御气"呢？是写当年的盛世。因为"花萼楼"是唐玄宗在开元年间（713—741）所建，与兄弟们一起居住的地方。据历史上记载，玄宗刚刚继位的时候，与自己的兄弟们关系非常好，而自古以来帝王家的兄弟之间常常是为了争帝位而互相残杀，可见玄宗早年无论在政治上还是在伦理上都是很好的。在开元的盛世，玄宗有时也到曲江去游玩，因为皇帝是从皇宫里边到皇宫外边的曲江去游历，他不走一般人所走的车马嘈杂之路，而是走"夹城"。"夹城"就是在两边筑起墙来，墙里边有一条路，那时皇帝住在花萼楼，从兴庆宫出来，经过夹城来到曲江。"花萼夹城通御气"，夹城里面是什么？是皇帝的往来。在这里，他不直接说皇帝而是说"御气"，是为了表示对皇帝的尊重：

不能说皇帝的身体，而是说皇帝的那种精神气概。

当年皇帝的车马卫队来到曲江，"芙蓉小苑入边愁"。我们说过，曲江池附近还盖有芙蓉苑，就是一个花园。杜甫真的是跌宕转折！前面写的都是曲江的盛事，"芙蓉小苑"——这么美丽的花园，转眼一跌——"入边愁"，就在他的歌舞享乐之中，在边塞，在河北的渔阳，安禄山就起兵了。

我们已经说过了《秋兴八首》的结构，前面的四首是从夔州的秋天怀念长安，后面的四首所怀念的都是长安：第一个是蓬莱宫，第二个是曲江，诗人之创作就是要把他的感发传达给读者，他说"万里风烟接素秋"，让你读起来果然觉得"瞿唐峡"与"曲江"连起来了，一定要有这样的力量才可以。"瞿唐峡口曲江头"，这是两个地名，他一说"接"，两个地方马上就接在一起了，这就是诗人的一种感发的力量。这首诗从瞿唐峡到曲江，然后从花萼楼到芙蓉苑，从兴盛到衰败，从玄宗早年对兄弟的友爱到他晚年耽溺于歌舞的享乐，短短几句，只用了几个形象就把唐朝的历史和他自己的感情都表达出来了。还不止如此，你看他的前四句，"万里风烟接素秋"的一个"接"字、"花萼夹城通御气"的一个"通"字、"芙蓉小苑入边愁"的一个"入"字，都是交通，从这里到那里，他每一首诗都有彼此的呼应，八首诗中的前面几首与后面几首有呼应，动词之间也是互相呼应，打成一片的。他从一开始写到水，水的形象在几首诗中是贯穿下来的。如果你仔细读，还可以找到别的形象和别的动词，别的可以互相贯通的地方。西方文论讲image，当然你可以有现实的形象，你也可以有想象中的形象，而杜甫的诗里边既有古代的形象，有他怀念之中的从前的形象，又有现在的眼前的形象，他都结合成一片了。

除形象以外还有结构，我们可以把这八首诗在结构方面分成两部分：一个是外表的文字上的结构；一个是情意感发上的结构。你可以把它的种种关系做一个仔细的分析。

所以杜甫诗的好处是多方面的，我们讲完杜甫以后还要讲白居易和韩愈，而他们也都受到杜甫的影响，一直到宋代江西诗派的黄山谷和陈与义还是受到了杜甫的影响。有人说，杜甫的诗为后代作者开启了无数的法门，的确如此。你看他的形象、结构，他种种的呼应，他理性与感性的结合，从这些方面我们都可以看到杜甫了不起的成就。

"珠帘绣柱围黄鹄，锦缆牙樯起白鸥。"他不是已经写到曲江的芙蓉苑了吗？芙蓉苑那里有皇帝的行宫等很多建筑，那些建筑物的帘子是用珍珠串成的，而那里的柱子也是"绣柱"。关于"绣柱"，古人解释为柱子上围着一种绣幕。我要说古人也有错误，尽信书，不如无书，古人也不是完全正确的。你以为"绣柱"是指柱子上围着帐幕？在中国的宫殿里也没有这种柱子呀！你去查一查中国最早的辞书《说文解字》，"绣"这个字的原始意义是说凡是有五彩颜色的就叫作"绣"，不是说你一定要在丝帛的帐幕上绣花。所谓"绣柱"者，就是说五彩雕绘的柱子，你看有的柱子上不是雕绘着龙的图案吗？这句当然是杜甫怀念当年朝廷的兴盛了。

有些人说从前读杜甫的诗不喜欢，因为你那时候不懂，你既没有很渊博的读书背景，也没有很丰富的人生体验。为什么"珠帘绣柱"上围着"黄鹄"呢？这里有一个典故。《汉书》上说，西汉昭帝的时候，有一只黄鹄从天上飞下来，到了建章宫的太液池里。这样的事情在中国被认为是一种太平的吉兆。可是读杜甫的诗，你要注意他往往还有另一种更深刻的含义。比如上一首的"蓬莱宫阙对南山，承露金茎霄汉间。西望瑶池降王母，东来紫气满函关"几句都是在赞美，但赞美的背后还有讽刺；而"珠帘绣柱围黄鹄"，他说的是当年的兴盛，反衬的却是现在的凄凉。

下面这句也是如此："锦缆牙樯起白鸥。"当年皇帝在曲江池坐船游赏，那拉船的纤绳都是锦缎做成的，而船帆中间的樯杆也都是象牙做的，所以是"锦缆牙樯"。当皇帝坐着"锦缆牙樯"的船在曲江的水面上经过的时候，把水面上的白鸥鸟都惊得飞了起来。这句又有一种微妙的作用了。就像第三首诗，"信宿渔人还泛泛，清秋燕子故飞飞"，他的感慨都在虚字。而"锦缆牙樯起白鸥"这句表面上当然写的也是盛世的繁华，可是透露出来一种惊起的意思；而且还有一重含义，当年"锦缆牙樯"的繁华已经像一场梦一样被惊醒，现在只剩下水面上的鸥鸟了。

我们讲完诗就要讲词了，词里边有不同于诗的另外一种境界。南宋的吴文英有一首很长的《莺啼序》，写他和自己所爱的一个女子相识到生离死别的过程。他是在西湖遇到这个女子的，当她死去以后，吴文英写了这首词。中间有这么一句："轻把斜阳，总还鸥鹭。"当年，在西湖的水面上就有很多鸥鹭，可是那时候两个人相爱，斜阳也美好，鸥鹭也美丽，这一切美好的景致都属于相爱的两个人。现在那个女子不在了，所以斜阳也不再属于他孤独的一个人，鸥鹭也不再属于他孤独的一个人，于是就这么轻易地把斜阳还给了鸥鹭。"轻把"两个字那么容易——没想到生离死别这么容易，我们就这么轻易地把斜阳都还给水鸟了。人没有了，水面上鸥鹭依然，天西方斜阳依旧！你看他这么轻易的写景的句子，里面带有无限的感慨。

杜甫说："珠帘绣柱围黄鹄，锦缆牙樯起白鸥。"长安经过了多少次败亡，那"珠帘绣柱"也许都残败了，可是水边芙蓉苑的宫殿建筑一座一座还在那里呀！它们空空地围住水池中的黄鹄；曲江池里的"锦缆牙樯"没有了，只有白色的鸥鹭还在水面上飞起来。这两句真是有很多盛衰的感慨。

最后两句："回首可怜歌舞地，秦中自古帝王州。""可怜"两个字很妙，既有可爱的意思，也有可惜的意思，而杜甫这句中的"可怜"兼有两重意思：那长安城、芙蓉苑、曲江池，这是多么可爱的地方！然而现在，这么好的首都怎么就经过了几次沦陷呢？我们说过长安经历了两次沦陷，其实还不止两次，第三次沦陷杜甫没有看到。在杜甫死去以后，长安又沦陷了。所以杜甫说，我回头想一想，当年曲江那里听歌看舞的繁华盛世，这么可爱的一个地方，这么可惜的一个地方，后一句他接得也非常好："秦中自古帝王州。""秦中"就是长安所在的地方，我们讲王勃的《送杜少府之任蜀州》，说是"城阙辅三秦"，所以陕西长安也叫"秦中"，是古代三秦所在的地方。此地从周朝开始，以至于后来的汉朝、隋朝、唐朝，多少个朝代都是在这里建都，有多少盛世是以这里为中心的？可是现在，他们自己把自己的国家毁坏成这个样子！杜甫这个人国家民族的观念很强，这种感情常常不由自主地随处流露出来。如果你只是说，陕西的长安是中国历史上的古都，这是客观地讲地理。而杜甫就是以这么客观的口吻和他的整首诗结合起来，表现了很多盛衰的感慨。而且你看他的飞扬变化，我们说他从夔州的秋天思念长安，其中涉及个人的身世，涉及朝廷的盛衰，但他只是对举了夔州和长安，说到长安时也只是今昔的对比——对比现在的长安和过去的长安、自己的今昔和国家的今昔。可是，他现在就不是只讲唐朝一个朝代，而是包括了对古今盛衰的感慨。话说天下大势，合久必分，分久必合，难道只是一个唐朝有盛衰吗？所以他现在的感慨就扩大了一片，就感慨古今了。我们看下一首，他就是从古代写起的：

> 昆明池水汉时功，武帝旌旗在眼中。
> 织女机丝虚夜月，石鲸鳞甲动秋风。
> 波漂菰米沉云黑，露冷莲房坠粉红。
> 关塞极天唯鸟道，江湖满地一渔翁。

"昆明池水汉时功，武帝旌旗在眼中。"我们说诗人联想的力量，有时说飞起来就飞起来，他真的是自由，真的是有创造性。你看杜甫的承接，他既有直线的承接，也有横线的承接。这首诗的"昆明池"上接前一首的"曲江头"，是一个地方、一个地方横着排下来的；而另一方面，这首的"汉时功"上接前一首的"秦中自古帝王州"，"自古"两个字一下子从唐朝联想到汉朝。你可以清楚地看到他的想象和感情的进行。他说："昆明池水汉时功，武帝旌旗在眼中。""昆明池"是从前汉武帝在长安开凿的一个大水池。你要知道汉武帝的谥号为什么是"武"，就是因为他在位时以武功在中国疆土的开拓方面成就了很大的功业。汉武帝为什么要开凿"昆明池"？因为他要到云南去作战，而云南有一个滇池，汉武帝恐怕北方的军队不习水战，将来与云南打仗会因此而失利，所以就开凿昆明池来练习水上作战。所以，汉武帝开池是为了建立他的功业。长安是汉朝的首都，也是唐朝的首都，中华民族曾经有过那样光辉强盛的时代，而杜甫现在所见的长安为什么经历了两次的沦陷呢？杜甫说，我一想到当年汉武帝开凿昆明池的时候，脑子里就浮现出一幅幅图画，那招展的旌旗就如同近在眼前一般。你看，当他联想到汉朝的时候，他把汉朝的image也写得那么真切，如在眼前，这就是诗人的想象和联想的能力。

好的诗人一般都是如此的，尤其是当他专心倾注在一件事情上的时候。台湾最近出了一本书，叫《李白的天才与痛苦》，这本书虽然用了化名，但实际的作者是李长之。李长之是民国初年一个很有名的作者，他写过中国历史上的几个天才，有司马迁，有李白，都写得很好。他说，所谓天才，就是他的感觉比我们一般人要敏锐，当他投注在一个目标上的时候比我们更专注——他把自己全部的心灵和感情都投注上去，所以才有这么深刻的感受。杜甫正是这样一个诗人，他说"武帝旌旗在眼中"，当年汉武帝训练水军的情景恍然就在眼前。

他说的是汉武帝，汉朝与唐朝何干？你要知道，唐朝的诗人常常把"唐玄宗"比作"汉武帝"。汉武帝曾经重视武功，喜欢打仗；玄宗早年也曾经屡次向边疆的外族用兵，所以这句有可能在赞美其赫赫武功的同时，又有讽刺统治者穷兵黩武，花费很多军费来扩张自己的势力、发动不义战争的意思。"昆明池水汉时功，武帝旌旗在眼中"，杜甫写得真是有力量！

在上首诗中，杜甫想到曲江就写曲江的景物，在这首诗中，他想到昆明池就写昆明池的景物。昆明池里都有什么呢？"织女机丝虚夜月，石鲸鳞甲动秋风。"昆明池的两边立有两个雕像，一个是男子的雕像，象征牛郎；一个是女子的雕像，象征织女。你去看汉唐的石雕，真的是淳朴厚重！什么叫厚重呢？清朝的况周颐写过《蕙风词话》，其中就提到了"重""拙""大"。说到词话，我们常常讲王国维的《人间词话》。《人间词话》之所以特别受人重视，是因为王国维受了西方哲学和美学思想的影响，他古典的修养很高，又能够用比较现代的方法说出来，可以称得上是从古代通到现代的一座桥梁，所以近代的人都比较喜欢王国维的《人间词话》。可是事实上说起来，如果以纯粹的中国旧传统来说，王国维应该算是"教外别传"。而况周颐的《蕙风词话》完全是从古代的传统中延续下来的集大成的词话。《蕙风词话》讲得有深度、有广度，而且是很厚的一本书。戴锦华要写一篇关于词的论文，她读了《蕙风词话》后就问我，为什么写词要讲究所谓的"重""拙""大"？"重""拙""大"是怎么回事？现在我就要说了，你去看汉唐的石雕，多么淳朴厚重！后来的很多艺术品雕刻得非常细致，可它没有精神，没有生命，仅仅是手艺而已！所谓淳朴厚重很难说，庄子讲过一个寓言，他说从前有一个名叫混沌的精灵，没有七窍。我们说，人都有眼、耳、鼻等感官，混沌怎么能没有呢？后来有人给混沌凿开了七窍，结果七窍凿而混沌死。就是说，你人为的功力太多了，本身的生命就丢掉了，原来那种感发的力量就没有了。杜甫的诗之所以好，就是因为他的功力与他的感发是结合起来的，是七窍凿而混沌不死，这是杜甫的了不起之处。我们现在讲到汉代的石雕，因为有这么一个道理，于是顺便在这里提出来。

汉代在昆明池的两边有牛郎和织女的雕像，所以杜甫说："织女机丝虚夜月。"既然管她叫"织女"，她的主要特色就应该是织布呀。你看归有光写他母亲教导他的《鸣机夜课图记》，古代的女子在白天有许多事情要做，到了晚上才可以坐在那里织布。而昆明池那里的织女在月光下织布没有？没有。你想，都是石头的，哪里会有真的丝线和布匹？这一切都是杜甫想象中的，他想象那里既然有织女像，织女前面有一张织布机，那她就应该织布了。可是，当半夜月上中天的时候，月光下的织女没有织出一匹布来，因为连"机丝"都没有，是空虚的、一事无成的。这句表面上依旧是写实，杜甫写的这些意象在现实上是有根据的：昆明池上果然有这样的石像，这个石像确实不可能完成任何织布的工作，可是杜甫的重点是用这种意象表现一种落空的感觉。杜甫所写的落空不只是他自己个人理想的落空，而且是唐朝的政治计划不能完成、政治业绩不能实现的落空。他在这句中又用了一个典故。《诗经》中有一篇说："小东大东，杼柚其空。"（《小雅·大东》）就是说，在东周衰乱的时代，靠近东方的那些诸侯国，无论是大的国家还是小的国家，他们的织布机上都是空的。也就是说，这些国家现在都很贫穷，女子的织布机上没有一匹布。所以你看杜甫多么妙！他表面上写的是昆明池——我怀念的昆明池旁也有织女像，可是织女的"机丝"在月光下没有织出布来；而他暗含的意思呢？我们的国家如此贫穷。

"石鲸鳞甲动秋风"，这句也是写实，因为在昆明池里边有一个大石鱼。我到西安去参观的时候，西安博物馆里还存有一个汉唐石雕的大鱼头呢！而且历史上传说，每当有风雨的时候，昆明池里的大石鱼就会怒吼着在池中游动。其实，只不过是暴风雨发出巨大的声响，水波动荡，仿佛鱼动一般罢了。杜甫说，那石鱼的鳞甲好像在秋风中动荡。这句虽然也是写昆明池实在的景物，但是也有一个出处。那鲸鱼代表什么？《左传》中说："古者明王伐不敬，取其鲸鲵而封之，以为大戮。"也就是说，国家如果发生了叛逆，明王就把那些叛逆之人斩首，把他们的尸体堆在一起，建筑一个大高台给人看，这是对叛逆最大的惩罚。所以，"鲸鲵"有叛逆的意思。在这句中，杜甫不仅把昆明池的景物写得真切生动，而且借助于典故隐藏了另一层含义：那些叛逆蠢蠢欲动，总想在水中兴风作浪。你看唐朝的历史，从安史之乱衰败下来，光是首都长安就沦陷了三次。外族的入侵、各地军阀的叛乱，一个接着一个。没有建设起来什么，而危机到处都在潜伏着。

"织女机丝虚夜月，石鲸鳞甲动秋风。"在杜甫的回忆中，国家的什么事情都是落空无成，国家的整个形势都在动荡不安。这是杜甫的特色，他不是用直接的叙述，而是用具体的意象掌握了他所要表现的情意上的重点。这两句与前面的"昆明池水汉时功，武帝旌旗在眼中"两句形成一个鲜明的对比，是当年有那样的功业上的成就，而现在完全是落空无成，完全是动荡不安。

"波漂菰米沉云黑，露冷莲房坠粉红。"这两句写得多么美丽！昆明池里还种有菰米，菰米成熟以后是可以捞出煮熟来吃的，而现在昆明池没有人照看，没有人清理，已经荒凉了。成团成团的菰米烂在水中，像黑色的云彩一样，随水漂流，逐渐沉下去了。"莲房"是莲花的中心所在，秋天寒冷的露水降下来，一直侵袭到莲心深处，粉红的花瓣片片零落了。你看他所用的动词，一个是"沉"，一个是"坠"，都是代表衰败与零落的字样，可是他写得多么漂亮！现在的长安，这样凄凉，这样衰败，有多少叛逆蠢蠢欲动？我杜甫什么时候才能回去为国家尽一分力量？

"关塞极天唯鸟道，江湖满地一渔翁。"我要回到我心心念念中的长安，可是现在身处三峡之间，两面都是高山，西方又有吐蕃的侵扰，"关塞极天"，这么高的山也许只有鸟才可以飞过去，李白说"蜀道之难，难于上青天"，又说"西当太白有鸟道"（《蜀道难》），这是蜀地客观的地理形势。可是当杜甫说下来的时候，就又回到水了："江湖满地一渔翁。"他在第一首说"江间波浪兼天涌"，在第三首说"信宿渔人还泛泛"，现在又说"江湖满地一渔翁"：我就像那泛泛水中的渔翁一样——他又照顾到前面去了。所以，杜甫诗中的形象都是相互连锁、彼此呼应的。此外，他说"江湖满地"，为什么要用"满地"来修饰"江湖"呢？一方面因为我在长江，看到的是"江间波浪兼天涌"，眼前的天地间只有长江这一片汹涌的波涛，当然是"江湖满地"了；再有，《论语》中有这么一句话：

"滔滔者天下皆是也，而谁以易之？"（《微子》）"滔滔者"代表了什么？水流而就下，"滔滔者"代表了社会风气的堕落与败坏。现在举国之人都是唯利是图、见利忘义的，谁能够挽回这种不良风气？有这么一个人吗？杜甫本来希望"致君尧舜上"，常常"窃比稷与契"的，可现在落到了怎样的地步？他说，对着"江湖满地"，我只是一个没有办法回去，"信宿"地"泛泛"于江上的老渔翁啊！

　　杜甫诗的联想、想象与他的感情结合得真是好。最近我指导的博士研究生要研究李商隐的诗，而李商隐的诗中有很多image，有很多联想与想象。这在理论上有很多的说法，就像我在开始时曾经说过的，它可以有明喻、隐喻、转喻、拟人、象征，等等，你可以给它取不同的名称，而且你也可以说，image的形象有取自于自然界的，有取自于人事界的，有真实存在的，有想象之中的……你可以把它分成很多类，可是这对你欣赏一首诗的好坏完全没有用处。所以，你要知道的不光是科学的分类，而是它在诗里边的作用是什么，使各种形象在诗歌整体中所形成的感发作用是什么，是这个形象与前后左右其他的形象的关系以及它的声音、表现的口吻、诗歌的结构等一切结合起来的效果才是重要的。杜甫正是一切结合得非常好的一位诗人，更可注意的是杜甫的结合还不是理性的安排，是他在感动之中本能地觉得要如何传达才好，传达出来果然恰到好处，这是所有第一流的天才诗人最了不起的地方。我们讲完杜甫以后，还要讲韩愈和白居易，他们都是模仿杜甫的，都模仿了杜甫的某一方面，但是都比不上杜甫。因为他们都是有心地模仿，而杜甫是把功力与感觉结合起来的，这是很不同的一点。

最后一首就更妙了：

> 昆吾御宿自逶迤，紫阁峰阴入渼陂。
> 香稻啄余鹦鹉粒，碧梧栖老凤凰枝。
> 佳人拾翠春相问，仙侣同舟晚更移。
> 彩笔昔曾干气象，白头今望苦低垂。

我们说杜甫的感性和理性兼长并美，不但如此，他的理性安排也不是一成不变的，他在规则之中也常有变化。现在我们看他最后一首，这最后一首表现出很多的变化。包括哪些方面呢？既有章法方面的变化，也有句法方面的变化。

我们从前两句看起："昆吾御宿自逶迤，紫阁峰阴入渼陂。"在第四首诗的结尾，杜甫说"故国平居有所思"，接下来三首诗，每首诗写一个地方。可是到了第八首，他开始就说了一连串的地名："昆吾"是昆吾亭，"御宿"是御宿川，"紫阁"是紫阁峰，"渼陂"是一个池塘。就是在这种理性结构的变化之中表现了他的感情：对于我"故国平居"的长安，我难道只怀念蓬莱宫吗？我难道只怀念曲江池吗？我难道只怀念昆明湖吗？当然不是，我怀念长安的一切景物，可是我不能把每个都写出来，所以接下来他一下子写了四个地名，就有一种倾泻而下的样子。在这种倾泻而出之中，也仍然是有他的次序的。他重点写了渼陂，昆吾亭、御宿川和紫阁峰都是陪衬。不仅是陪衬，那三个地方都是他往渼陂去的所经之地。

"昆吾御宿自逶迤"，我想到当年我往渼陂的时候，要经过昆吾亭和御宿川，"逶迤"就是曲折不断的样子。"昆吾御宿"是"自"——"逶迤"，你看他说话的口吻：我不是为了赶路而拼命地奔跑，我是沿途欣赏着风景，经过了昆吾亭，经过了御宿川，我一路上曲折不断、从容自然地欣赏着风景。"自"在这里有一种悠然自在、自然如此的意思。"紫阁峰阴入渼陂"，我们已经说过，以山来说，山南是"阳"，山北是"阴"，所以，他就从紫阁峰的北面来到了渼陂。我们现在时间来不及，而且选本上也没有选他很多的诗，其实讲到这里的时候，大家本来可以参考杜甫的另一首诗——《渼陂行》。《渼陂行》这首诗记载了天宝之乱以前，当国家还是安定太平的时候，有一次杜甫与岑参兄弟同游渼陂的情景。他写到山峰在水波中摇荡的样子，说是"动影袅窕冲融间"，那就是紫阁峰倒映在湖水中的样子。

后面就是被胡适之先生批评为"不通"的两句了："香稻啄余鹦鹉粒，碧梧栖老凤凰枝。"胡适在中国近代的学术史上有很重要的地位，他在学术上开拓了一个新的领域，我们不能够把他完全抹杀，但是他对于中国某些古典诗歌不太会欣赏。天下不是说只有白话才好，白话有白话的好处，古典有古典的好处。我绝不抹杀白话，因此还曾给台湾现代诗人的诗集写过一篇序。我向来不给别人写序，之所以给一位现代诗人写了序，可以证明我是重视现代诗的，我认为它有它的好处，而且我相信将来的诗坛一定是现代诗歌的天下。因为学习古典诗歌你要费多少劲？要念多少书？要有怎样的修养？现代人哪有工夫弄这些呢？还不要说作，就是欣赏古典诗歌你要有怎样的修养才行？所以我绝不是说胡适对白话文学的重视与开拓是错误的。而且我也承认，就写小说、写论文而言，白话可以委婉曲折地表情达意。可是浅俗有浅俗的好处，深奥有深奥的好处，不同风格有不同风格的好处，文学艺术没有绝对的标准。我为什么要这样说？因为胡适在他的《白话文学史》中说杜甫的《秋兴八首》简直不通，都是一种无聊的诗谜、诗把戏，他把凡是以古典深奥见长的诗歌都抹杀了。

杜甫是不是要标新立异，说我要写得古典深奥，让你们都不懂吗？不是。胡适也赞美过杜甫的一首诗，题目是《遭田父泥饮美严中丞》，说有一天他出来散步，被一个老农夫请去喝酒。他为什么要用这个"泥"字呢？"泥"就是说勉强，非要他这样做不可。杜甫本来没空去喝酒，可那老农夫非叫他去；不但叫他去了，还拉住他不放，月亮都出来了还不放他回家。他对杜甫太热情了，杜甫就写了这件事。他都是用老农夫的口吻写的，写得生动真切、平易浅俗，完全是农民的口吻。我不是说过，杜甫也写过"群鸡正乱叫"那样的句子吗？可见杜甫的心里边没有一个区别，说白话才是好，古典才是好，浅俗才是好，深奥才是好，杜甫没有这种成见，他是我现在的感情用什么形式表现能够恰到好处，我就用这种形式。《遭田父泥饮美严中丞》这首诗用浅俗的话恰能表达我与老农在一起的感情，我就用这样的语言来表达。可是他现在怀念长安，写他一生很多的感慨，他要把这众多的感慨凝聚浓缩起来，所以很自然就用另一种表达方式了。

"香稻啄余鹦鹉粒，碧梧栖老凤凰枝"，胡适说这两句不通，是不通吗？你想，"香稻"是一种植物，又没有嘴，怎么可以去"啄"

呢？"碧梧"是树，也不是动物，更没有脚，怎么能够"栖"呢？而且"粒"是说"香稻"的米粒，怎么会有一种"粒"是"鹦鹉粒"呢？"凤凰"是鸟不是树枝，应该是"碧梧"的树枝，怎么变成凤凰的树枝？什么样的树枝是"凤凰枝"啊？所以从表面的文法上看起来，这两句确实不通。如果你把前一句的"香稻"与"鹦鹉"换一下位置，把后一句的"碧梧"与"凤凰"换一下位置，变成"鹦鹉啄余香稻粒，凤凰栖老碧梧枝"那岂不是再通顺不过了吗？是鹦鹉啄食剩下的香稻的米粒，是凤凰落在一个碧绿的梧桐树枝之上，直到终老再也不愿离开，这样的话在文法上就完全通顺了，可是杜甫为什么不好好说，偏要这样颠倒着说呢？有些人故意将句法颠倒，制造困难让别人看不懂，他这样做既没有艺术上的原因也没有艺术上的效果，而杜甫这样做是有一种艺术上的效果的。

我们说杜甫晚年所写的七言律诗已进入一种化境。所谓"化境"，就是摆脱了外表的限制，融化了一切外表而变化出之。以绘画为例，你看一眼画一笔，再看一眼再画一笔，即使你画得很像，可是那样太死板。西方的画家去游黄山，看一眼画一笔，画的与照的差不多；而中国画家则是先将黄山游览一番，看遍了黄山的日出日落以及云海的变化，回来以后再画，他画的是对黄山整体上的一种感受，是对黄山之精神的一种体会，已经脱出形迹而将山之外表融化了。这是中国画与西方画很不同的一点。还不只是画山，画什么都是如此。清朝时有位西方画家郎世宁到中国来，用西方那种画法来画马，他的马画得很多也很细，但大多比较死板。可是徐悲鸿画马就不一样了，他体会了马那种奔腾长啸的精神，并且能够表现出这种精神。他画的是精神上的马，而不单是形体上的马，这是一种很高的境界。

诗歌最高的境界同样是进入一种化境，就是说要能够摆脱外表上的拘限。外表上的拘限包括两方面：一是文法上的拘限，一是情事上的拘限。杜甫在这两方面都能够做到不被拘限而变化出之。在文法上，比如杜甫的"香稻啄余鹦鹉粒，碧梧栖老凤凰枝"两句，也是名词加动词，可是他把名词拆开了：本该属于"香稻"的"粒"跑到了后面，而本该属于"鹦鹉"的"啄"跑到了前面。这是杜甫在文法上的变化而出。除此之外，杜甫晚年所写的诗在情事上也能够变化而出。我们以前讲过他的《自京赴奉先县咏怀五百字》，他说他一路上怎样经过了骊山和渭水，说什么"路有冻死骨"，等等；我们还捎带提过他的《悲陈陶》，说是"孟冬十郡良家子，血作陈陶泽中水"，那还是杜甫比较早期所写的诗，写实的成分偏多。而现在，他的写实中大多有象喻的成分了。比如上首诗中的"织女机丝虚夜月，石鲸鳞甲动秋风"两句，"织女"和"石鲸"当然是昆明池那里实有的石雕，而与此同时，这两句让我们想到了国家的贫困和动荡不安。所以，现在我们可以看到，杜甫到了晚年以后，一切都能够变化而出，不但文字方面变化了，情事方面也变化了。

好，下面我们接着来看杜甫的那两句诗："香稻啄余鹦鹉粒，碧梧栖老凤凰枝。"在此之前，杜甫说："昆吾御宿自逶迤，紫阁峰阴入渼陂。"长安的每一个地方都是令我怀念的，只是回想一下都那么真切，仿佛又回到了从前。记得当年我沿着委曲的小路，经过昆吾亭和御宿川，再经过紫阁峰就来到了渼陂。"渼陂"是产"香稻"的。你要知道，长安在中国的北方，主要生产玉米、麦子、高粱等农作物，很少有种稻米的。可是因为"渼陂"是个大池塘，那里有很多水田，据说那里所产的稻米特别好，而且是香稻米。我国北方特别培育出的稻米品种往往都是很好的，小时候我在北京居住，北京有个地方叫海淀，附近有一些湖，是可以种稻子的。海淀的稻米很有名，我们称之为"京西稻米"。而渼陂的稻米更出名，这在杜甫早年的诗中都有记载。所以，他想到过去的那一段生活，不但在大自然的风景上仿佛看到了旧日的山河，而且怀念到当年那一段民生的富足，我们前面提到他的《忆昔》一首诗，说的正是长安的全盛时代。

"香稻啄余鹦鹉粒"，他说，那时候我来到渼陂，看到香稻的丰收，不但人吃不了，甚至可以拿这么好的稻粒来喂鹦鹉，而且连鹦鹉都吃不了，是"啄余鹦鹉粒"。你看，他所要表现的重点，不是"鹦鹉"而是"香稻"的富足。他这句本来可以颠倒一下，说"鹦鹉啄余香稻粒"，这样文法通顺了，平仄也不错；但是就变得非常写实，而且重点也就变成了"鹦鹉"，是说真的有"鹦鹉"来吃"香稻"，而且真的把"香稻"剩下了。而杜甫不是要写这么一件事情，他的目的是要写"香稻"的丰收，所以是"香稻啄余鹦鹉粒"。

下边呢？"碧梧栖老凤凰枝。"根据地方志的记载，从长安到渼陂的沿路两边种的都是梧桐树。那里什么时候才开始有的梧桐树？有一次我们讲到了柳树，说塞外本来没有柳树，是清朝的左宗棠到那里后才种了柳树，所谓"左公种柳玉门关"。从长安到渼陂的梧桐树是谁种的？是前秦的君主苻坚种的。当年苻坚在长安建都，在那里种了很多梧桐树。"碧梧栖老凤凰枝"，本来也可以将"碧梧"与"凤凰"对调，说是"凤凰栖老碧梧枝"，这样平仄也完全对，就是说，凤凰停下来，终老在这里。在哪里？在碧绿的梧桐树上。可是你要知道，话一旦说得明白通顺了，就给人一种非常写实的感觉，说是"凤凰"真的"栖老"在"碧梧枝"上。其实哪里有凤凰呢？凤凰从来没有出现过，连孔子都叹息，说"凤鸟不至，河不出图"（《论语·子罕》），所以这个"凤凰"是假的，"碧梧"才是真的，他要形容"碧梧"的美好。"碧梧"怎么美好？中国古代的传说认为凤凰非梧桐不栖，坏的树木它都不会落在上面。杜甫说，这样的梧桐树可以吸引凤凰到这里来，来了以后就栖在枝上以终老，再也不走了。那么美好的梧桐树，是值得凤凰在上面"栖老"的。而"凤凰"代表的是什么？我们以前说过，杜甫有一首诗说自己"七龄思即壮，开口咏凤凰"（《壮游》），而"凤凰"代表的是太平盛世，代表的是民生之安定、生活之美好。所以这两句不是写鹦鹉吃稻子，凤凰落在树枝上，他不是这样死板地写实，而是通过文法的颠倒掌握了情意上的重点，表现出很强烈的象喻的意味——我"故国平居"的日子正是"开元全盛"的时候，我看见过我们国家如此美好的日子。

"佳人拾翠春相问，仙侣同舟晚更移。"前面七首的背景都是秋天，写夔州，写长安都是如此。"瞿唐峡口曲江头，万里风烟接素秋"，从瞿唐峡到曲江头，都是"风烟"的"素秋"——我在夔州的秋天怀念的是长安的秋天。可是我说过，诗人的联想与想象不是被客观地限制住，死在那里的。到了第八首，杜甫的感情倾泻而出，他用变化来表现这种没有终了、没有限制的深厚感情——我难道只怀念长安的秋天吗？当然我也怀念长安的春天，所以他说"佳人拾翠春相问"，这句忽然出现了一个"春"字。他说，当年太平盛世的时候多么美好，每到春天，曲江江边、渼陂塘边，到处都是游春的女子。女子们在那里做什么？在那里"拾翠"。"拾翠"本来是说拾翠鸟的羽毛来做装饰品。古代的女孩子出来游春，可以赏花，可以斗草，还可以拾翠。什么叫"斗草"呢？你看《红楼梦》有没有看到"斗草"的游戏？春天的田野上有各种的花草，如果你找到一种植物，它的名字可以和另一种植物的名字对起来，你就赢了；对不上，你就输了。比如她找了一枝"罗汉松"，你找了一枝"观音柳"；她找到了开在一起的"并蒂莲"，你找到了开在一起的"夫妻蕙"，这都是可以相对的名称。杜甫说了"拾翠"两个字，可是包括了当年赏花、斗草、拾翠等所有的春日嬉游。

"佳人拾翠"是"春相问"，"问"代表什么呢？我们说"问遗"，"问"就是访问，"遗"就是馈赠。你游春赏花，也可以折花呀！你可以采摘花草编个花篮什么的送给别人，表示对她的一种关心；她可以把拾到的翠鸟羽毛送给你，表示感谢。大家可以互相访问、互相馈赠。李清照有一首词说："一枝折得，人间天上，没个人堪寄。"（《孤雁儿》"藤床纸帐朝眠起"）她说，我不是没有花，现在国家虽然灭亡了，可是春天来了，花还是要开的。我有这么好的花，却不知道要送给谁。李清照写的是亡国之后的情景，而杜甫写的则是当年的太平盛世。

你要知道，这首诗他写的重点在渼陂，除了有人踏青拾翠以外，渼陂是水塘啊，所以还有人在坐船。接下来他说："仙侣同舟晚更移。"这里又有一个典故了。汉朝有两位很有名的学者名叫李膺和郭泰，有一次他们两个人坐在同一条船上，岸边的人望之如神仙。我们说，中国古代讲做学问，不是说你记了很多东西，能考一个高分，而是与学道及修养相关的，是你在读书中提高了修养。而当一个人的修养提高以后，就会在言谈举止间表现出一种特殊的气度与风采。李膺和郭泰当然是这样的学者了，况且古人的衣服宽袍大袖，风一吹飘飘然正如凌波的神仙一般。杜甫用这个典故说明，来渼陂这里游赏的不仅有那些女孩子，还有很多文人学士。这句不止用了古代的典故，还用了杜甫自己的典故啊！所以看杜甫的诗你不能只看一首，因为他是把他整个的生命投注进去的。我们说过，杜甫有一首《渼陂行》，写他和岑参兄弟一起游渼陂的情景。那次他们遇到了大雷雨，雷雨过后，月亮升起来，灯也亮了。曾经有这么难忘的一段往事，有这么好的诗人伴侣，苏东坡写给参寥子的词，说："算诗人相得，如我与君稀。"（《八声甘州·寄参寥子》）"仙侣同舟晚更移"写的正是对那段往事的留恋。"移"就是移舟，记得那次天已经很晚了，我们还是不想离开渼陂，于是把船划向另外一个方向。灯火明灭，映在湖水之中……

杜甫所怀念的是过去的生活，而他所有的形象都有超一层的意思，超越了表面的写实而达到一种化境。

最后两句："彩笔昔曾干气象，白头今望苦低垂。""今望"有的版本是"吟望"，我认为是"今望"，因为前面说的是"昔"，这里是"今"，他用对句来做一个总结。"彩笔昔曾干气象"，杜甫对自己的文才还是很得意的，前面我们说过，他在送给韦左丞的一首诗中说自己"赋料扬雄敌，诗看子建亲"（《奉赠韦左丞丈二十二韵》），而且他曾经向皇帝献过"三大礼赋"，玄宗在蓬莱宫召见他，当时真是"彩笔"！"昔"是说从前。"干气象"三个字也有两层意思：一是说山水的气象，他不是给岑参兄弟写过《渼陂行》吗？在那首诗中，他把渼陂从白天写到晚上，从晴天写到风雨交加，从天上的太阳写到船上的灯火，真的是"彩笔昔曾干气象"！"干"本来是触动、接触到的意思，在这里指写出来——我把山水的"气象"用我的"彩笔"写出来了。此外，"干气象"还可以使人产生一种联想，有人认为，这里的"气象"指的是天子的气象，是说杜甫当年的彩笔曾经感动了玄宗。

朱自清先生曾引用英国的 William Empson 所写的 *Seven Types of Ambiguity* 一书，将其书名翻译为《多义七式》。就是说诗歌可以是多义的。其实，中国诗歌的多义不止是"七式"，只是 William Empson 分析英国的诗歌，说是有七种方式可以衍生一首诗的多重意蕴的联想。中国古典诗歌衍生多义联想的方式非常多，在这里，我只是说朱自清在提到诗歌之多义的时候，指出诗是可以有多义的。可是你要分别主从，知道哪个是本义，哪个是衍生、联想出来的意思。

就杜甫这首诗的"干气象"而言，他的本义是说干动山水的气象；以联想来说，你可以想到杜甫的文章干动了天子，因为天子召见过杜甫。尽管你可以有多种联想，但他的本义、他的主题一定是山水。无论杜甫隐藏了多少感发，这是杜甫的理性，他并没有离开主题呀！什么主题？我们从开始看："昆吾御宿自逶迤，紫阁峰阴入渼陂。""昆吾""御宿""紫阁"三个地名都是陪衬，他真正怀念的还是"渼陂"。"香稻啄余鹦鹉粒"是说"渼陂"出产的"香稻"；"碧梧栖老凤凰枝"是说"渼陂"一路上种的"碧梧"。这都不是随便说，而是有确切的记载的。接着，"佳人拾翠春相问"是说在"渼陂"附近的游春赏花，"仙侣同舟晚更移"在"渼陂"的湖水上乘舟游赏，所以你一定要分辨出主从来，他的主题一定是山水，"干气象"也是干动了山水的气象。而杜甫当年真的写过《渼陂行》，不止写过《渼陂行》，他还写过很多描写渼陂附近的景物的诗。"彩笔昔曾干气象，白头今望苦低垂"，杜甫说，我当年看到过渼陂的香稻和碧梧、佳人与士子，我曾经用彩笔描绘出这么美丽的风景来，可是现在我已经这么衰老，连头都抬不起来了。所谓"苦低垂"，一方面是因为衰老，另一方面说明现在的悲哀。还不仅仅是说我什么时候才能回到长安，是我什么时候才能看到国家真的恢复到富强的盛世。我杜甫有没有可能看到这一天？

杜甫没有看见，他离开夔州后顺江而下，到了湖南，最后死在了湖南耒阳附近。

到此为止，我们讲完了杜甫的《秋兴八首》。有人赞美杜甫的诗为后来的诗人开启了无数法门，的确如此。你从这八首诗就可以看到，他在表现手法、结构、形象以及用字等方面都是很好的。一般把唐朝的文学分为初唐、盛唐、中唐、晚唐四个阶段，李白和杜甫属于盛唐诗人，我们以前已讲过了初唐诗人，至于中唐诗人，我打算只简单地做一个介绍，然后再重点讲晚唐诗人李商隐。我为什么对中唐的几个诗人只做简单的介绍呢？你们也许听到过这么两句诗："曾经沧海难为水，除却巫山不是云。"（元稹《离思五首》之四）大家怎样理解这两句诗？现代人理解这两句话，一般认为是曾经爱过一个人，那个人在自己眼里是天下最好的人，除他（她）以外，再没有令自己如此动心的人了。这句话大多被这样来用，因为下边还有一句："除却巫山不是云。"中唐的元稹在他的《会真记》里用过这两句，写张生与莺莺恋爱的故事。"除却巫山不是云"出自一个典故，说是巫山上有一位神女，"旦为朝云，暮为行雨"（宋玉《高唐赋》），这个故事写的也是男女之间的遇合，所以被那样用了。可是我实在要说，真正的"曾经沧海难为水"最早的典故不是写男女之间的爱情，而是孟子说的。孟子说："观于海者难为水，游于圣人之门者难为言。"（《孟子·尽心上》）意思就是说，如果你已经见过大海，再看一条条的小河沟，那简直不算水，你都看不上眼了；如果你曾在圣人的门下游学，做过孔子的学生，再听别人的讲话总会觉得逊色了。他是在赞美，既然已经见过了最好的，再看别的总觉得不好了。

我们已经讲完了李白和杜甫，这真是最好的诗人！再讲别的诗人你就会觉得不过瘾，他怎么说得那么不到家、不彻底、不感动人呢？如果你先讲小家再讲大家还比较容易，而先讲了大家就会有一种后难为继的感觉。当然，我并不是说后来那些人就不好了，像中唐的白居易、韩退之等人我们都要介绍，他们每个人都有自己的特色，可是都没有李白、杜甫那么高的标准。晚唐的李商隐有他特殊感动人的地方，我们将来要详细介绍；中唐的诗人，我们只打算简单地介绍。关于杜甫，我们就说到这里。

（曾庆雨整理）